REBELLE

LA MAISON DE LA NUIT

Livre 1. *Marquée*
Livre 2. *Trahie*
Livre 3. *Choisie*
Livre 4. *Rebelle*
Livre 5. *Traquée*
Livre 6. *Tentée*
Livre 7. *Brûlée*
Livre 8. *Libérée*
Livre 9. *Destinée*
Livre 10. *Cachée*

À paraître :

Livre 11

REBELLE

LA MAISON DE LA NUIT   LIVRE 4

P.C. CAST ET KRISTIN CAST

Traduit de l'américain par Julie Lopez

POCKET JEUNESSE
PKJ.

Directeur de collection :
Xavier d'ALMEIDA

Titre original :
Untamed – A House of Night Novel 4
Publié pour la première fois en 2008
par St. Martin's Press LLC, New York.

Loi n° 49 956 du 16 juillet 1949 sur les publications
destinées à la jeunesse : mars 2014.

© 2008 P. C. Cast and Kristin Cast. All rights reserved.
© 2011 éditions Pocket Jeunesse,
département d'Univers Poche, pour la traduction française.
© 2014, éditions Pocket Jeunesse, département d'Univers Poche,
pour la présente édition.

ISBN : 978-2-266-23062-9

Ce tome est dédié aux élèves, anciens et actuels, du lycée South Intermediate de Broken Arrow, en Oklahoma. Merci pour votre enthousiasme, votre sens de l'humour et votre soutien à la série. Vous êtes les meilleurs !

Nous le dédions également aux dames de Chats de gouttière, à Tulsa, qui ne sont pas des nonnes mais ont largement mérité le titre de saintes patronnes des chats !

CHAPITRE UN

Les croassements d'une corneille m'avaient tenue éveillée toute la journée – comme vous le savez, chez les vampires, nuit et jour sont inversés. Cela dit, le manque de sommeil était bien le moindre de mes problèmes... Tous mes copains étaient fâchés avec moi. Décidément, moi, Zoey Redbird, j'étais la reine incontestée du royaume des Amis en colère.

Perséphone, la grande jument alezane qui m'appartiendrait tant que je vivrais à la Maison de la Nuit, tendit le cou et frotta ses naseaux contre ma joue. Je l'embrassai tout en continuant de la brosser. M'occuper d'elle m'aidait toujours à réfléchir et à me sentir mieux. Et j'en avais drôlement besoin...

— Bon, j'ai réussi à éviter la Grande Confrontation pendant deux jours, mais ça ne peut pas durer. Je sais qu'ils sont à la cafétéria en ce moment même, en train de dîner tous ensemble, en m'ignorant complètement.

Perséphone renifla et se remit à mâcher son foin.

— Oui, moi aussi, je les trouve idiots. D'accord, je leur ai menti, mais juste par omission. Je leur ai caché des trucs pour leur bien.

Je soupirai. Si je ne leur avais pas parlé de Lucie, devenue un zombi, c'était pour les épargner. En revanche, je devais reconnaître que c'était pour mon propre bien que je leur avais caché mon histoire avec Loren Blake, poète lauréat des vampires, professeur à la Maison de la Nuit.

— Mais, quand même, ils me jugent trop sévèrement.

Perséphone renifla de nouveau ; moi, je soupirai de nouveau. Zut. Je ne pouvais pas les éviter plus longtemps.

Après avoir caressé ma jument une dernière fois, j'allai dans la sellerie pour ranger les brosses et les étrilles. Je respirai l'odeur de cuir et de cheval qui m'apaisait toujours. En apercevant mon reflet dans la fenêtre, je passai machinalement les doigts dans mes cheveux pour essayer de les dompter. Cela faisait à peine deux mois que j'avais été marquée et que j'avais emménagé à la Maison de la Nuit ; pourtant, mes cheveux étaient déjà très longs et très épais. Ce n'était que l'une des nombreuses transformations qui s'étaient produites en moi. Certaines étaient invisibles, comme mon affinité avec les cinq éléments ; d'autres, au contraire, sautaient aux yeux, comme les tatouages uniques qui encadraient mon visage en de délicates spirales exotiques, puis descendaient – à la différence de ceux de tous les autres vampires – dans mon cou, sur mes épaules, le long de ma colonne vertébrale et, plus récemment, autour de ma taille, un détail que seuls mon chat, Nala, et notre déesse, Nyx, connaissaient.

À qui aurais-je bien pu les montrer ?

— Hier, tu n'avais non pas un, mais trois petits copains, me dis-je en fixant mes yeux sombres avec un demi-sourire cynique. Mais tu as réglé ça, pas vrai ? Résultat, tu n'as plus de petit copain, et plus personne ne te fait confiance.

Enfin, à part Aphrodite, qui avait décampé deux jours plus tôt parce qu'elle était retournée à sa condition d'humaine, et Lucie, qui l'avait suivie. C'est elle qui avait été la cause de ce changement, survenu lorsque j'avais formé un cercle pour la transformer de morte vivante terrifiante en vampire à la marque rouge et qu'elle était redevenue elle-même.

— Quoi qu'il en soit, j'ai réussi à mettre un sacré bazar dans la vie de tous ceux qui comptent pour moi. Bien joué, Zoey !

Ma lèvre se mit à trembler ; les yeux me piquaient. Je me ressaisis : pleurer ne servirait à rien. Si le contraire avait été vrai, mes amis et moi nous serions réconciliés depuis longtemps. Il me fallait les affronter et essayer d'en finir avec cette histoire.

La nuit de décembre était fraîche et humide. Les lampes à gaz qui bordaient l'allée menant des écuries au bâtiment principal vacillaient, entourées de petits halos de lumière jaune qui leur conféraient une beauté surnaturelle. Le campus de la Maison de la Nuit semblait tout droit sorti d'une légende du Moyen Âge. « J'adore cet endroit, pensai-je. C'est mon foyer. Ma place est ici. Je vais me réconcilier avec mes amis, et tout ira bien. »

Je me mordillais la lèvre en me demandant comment j'allais m'y prendre lorsque mes pensées furent interrompues par un sinistre battement d'ailes au-dessus de ma tête. Un frisson me parcourut. Je levai les yeux. Il n'y avait rien, à part le ciel noir et les branches nues des chênes. Je frissonnai : la nuit, douce et humide, me parut tout à coup sombre et malveillante.

Sombre et malveillante ? N'importe quoi ! Ce n'était sans doute que le bruit du vent dans les arbres.

Je me remis à marcher. Je n'avais fait que quelques

pas quand cela recommença. Le battement mystérieux déplaça l'air, dont la température semblait avoir chuté de dix degrés. Je levai machinalement le bras pour me protéger, imaginant des chauves-souris ou des araignées, ou d'autres créatures terrifiantes.

Je ressentis une vive douleur à la main. Paniquée, je poussai un cri et la serrai contre ma poitrine. Le bruit était de plus en plus fort, le froid de plus en plus intense. Quand je réussis enfin à bouger, je fis la première chose qui me vint à l'esprit : la tête baissée, je courus vers la porte la plus proche, celle de la salle de jeux.

Une fois à l'intérieur, je claquai l'épais battant et, haletante, je me retournai pour regarder par la petite vitre au milieu. La nuit ondulait, noire et menaçante. Que se passait-il ? Presque sans m'en rendre compte, je murmurai :

— Feu, viens à moi. J'ai besoin de toi.

L'élément répondit immédiatement, m'entourant de sa chaleur apaisante et de son odeur de bois brûlé.

— Dehors, repris-je. Envoie ta chaleur dehors.

Le feu m'obéit et alla se répandre à l'extérieur. J'entendis un craquement, comme si de la glace était en train de fondre. Le brouillard tourbillonna, épais et trouble, et je me sentis prise de vertige. Puis l'étrange obscurité commença à se dissiper ; bientôt, la nuit redevint calme et familière.

Que s'était-il passé ?

Je regardai ma main endolorie. Des zébrures rouges marquaient ma peau, causées, aurait-on dit, par des griffes. Je frottai ces marques qui me brûlaient.

Alors, grâce au sixième sens que m'avait donné la déesse, je sus que je ne devais pas rester là, toute seule. Le froid glacial qui avait envahi la nuit et cette chose fantomatique qui m'avait poursuivie et blessée m'avaient emplie d'un terrible pressentiment. Pour la première fois depuis longtemps, j'avais vraiment peur. Pas pour mes copains, pas pour ma grand-mère ou mon petit ami humain, ni pour ma mère, avec qui je ne m'entendais plus. J'avais peur pour moi. Il fallait que je rejoigne au plus vite mes amis.

Sans cesser de me frotter la main, je forçai mes jambes à se mettre en mouvement, préférant affronter la déception et la colère de ceux qui avaient remplacé ma famille plutôt que cette chose obscure qui m'attendait, tapie dans les ténèbres.

J'hésitai un instant devant la porte ouverte de la cafétéria de l'école, observant les élèves qui bavardaient avec animation. J'aurais tellement voulu être une novice comme les autres, sans pouvoirs extraordinaires et sans les responsabilités qui allaient avec. Pourquoi ne pouvais-je pas être juste normale ?

Alors je sentis sur ma peau la douce caresse du vent, réchauffé par une flamme invisible. Je perçus l'odeur de l'océan, bien qu'il n'y en ait aucun près de Tulsa, en Oklahoma, et celle de l'herbe fraîchement coupée. J'entendis des chants d'oiseaux, et je fus remplie d'une joie silencieuse en pensant à la puissance de mes affinités avec les cinq éléments : l'air, le feu, l'eau, la terre et l'esprit.

Non, je n'étais pas normale ; je n'étais semblable à nulle autre, novice ou vampire, et j'avais tort de souhaiter le contraire. Je devais entrer et essayer de faire la paix avec mes copains. Je me redressai et parcourus la salle du regard en cessant de m'apitoyer sur mon sort. Je les localisai sans peine, assis à la même table que d'habitude.

J'inspirai profondément avant de traverser la salle,

répondant d'un sourire ou d'un hochement de tête à ceux qui me saluaient. Tout le monde me traitait avec respect et crainte. J'en déduisis que mes amis n'avaient pas dit du mal de moi aux autres. Cela signifiait aussi que Neferet n'avait pas lancé une campagne de dénigrement contre moi.

J'attrapai une petite salade et un soda, puis, m'agrippant si fort à mon plateau que mes phalanges blanchirent, je me dirigeai vers la table et m'assis à ma place, à côté de Damien.

Personne ne me regarda, mais le bavardage de mes amis s'arrêta aussitôt, preuve qu'ils étaient en train de parler de moi.

— Salut, dis-je au lieu de m'enfuir et de fondre en larmes, comme j'en avais envie.

Silence.

— Alors, quoi de neuf ? demandai-je à Damien, sachant que mon copain gay, sensible et poli, était le maillon le plus faible de cette conspiration.

Malheureusement, ce furent les Jumelles qui me répondirent.

— Que dalle, n'est-ce pas, Jumelle ? dit Shaunee.

— C'est bien vrai, Jumelle, que dalle, confirma Erin, vu qu'on est tellement peu fiables qu'on ne nous dit rien. Tu savais que nous étions complètement indignes de confiance ?

— Je viens de le comprendre, Jumelle. Et toi ?

— Moi aussi.

En réalité, elles n'étaient pas du tout jumelles. Shaunee Cole était une Américaine d'origine jamaïcaine, couleur caramel, qui avait grandi sur la côte Est. Erin Bates était une superbe blonde née à Tulsa. Elles s'étaient rencontrées après avoir été marquées, le jour où elles étaient entrées à la Maison de la Nuit. Elles s'étaient liées immédiatement, se moquant de la géographie et de la génétique ; depuis, elles étaient inséparables. Et, à cet instant précis, elles me regardaient avec les mêmes yeux furieux.

Bon sang, elles me fatiguaient. Et elles m'énervaient, aussi.

Oui, j'avais eu des secrets. Oui, je leur avais menti. Mais j'y avais été obligée. Du moins, en grande partie. Et leur attitude commençait sérieusement à me taper sur les nerfs.

— Merci pour ce commentaire spirituel ! Maintenant, je vais poser la question à quelqu'un qui ne me répondra pas en version stéréo de l'horrible Blair dans *Gossip Girl*.

Alors qu'elles s'apprêtaient à se lancer dans une diatribe incendiaire, je me tournai vers Damien :

— Ce que je voulais vraiment savoir, quand j'ai demandé « quoi de neuf ? », c'est si vous aviez remarqué quelque chose d'étrange, de fantomatique et de terrifiant dehors ? Quelque chose qui fait un bruit de battement d'ailes ?

Damien était un garçon grand et très mignon, avec une belle ossature et des yeux marron, d'ordinaire chaleureux et expressifs. Mais, ce jour-là, ils étaient froids et méfiants.

— Un truc fantomatique qui fait un bruit de battement d'ailes ? répéta-t-il. Désolé, je n'ai aucune idée de ce dont tu parles.

Mon cœur se serra ; je me consolai cependant en me disant qu'il avait au moins répondu à ma question.

— En revenant de l'écurie, j'ai été attaquée par ce… truc. C'était froid, et ça m'a griffé la main.

Je tendis la main pour la lui montrer. Il n'y avait plus rien !

Génial.

Shaunee et Erin eurent un rictus méprisant. Damien, lui, parut attristé. J'allais leur jurer que des traces sanguinolentes étaient encore là quelques instants plus tôt lorsque Jack est arrivé.

Il s'arrêta net en m'apercevant.

— Oh ! Euh... Salut, Zoey.

Je lui souris :

— Salut, Jack.

— Je... je ne m'attendais pas à te voir, bafouilla-t-il. Je croyais que tu étais toujours, euh... eh bien... euh...

Il se tut, mal à l'aise.

— Toujours cachée dans ma chambre ? lui soufflai-je.

Il hocha la tête.

— Non, dis-je avec fermeté. C'est terminé.

— Waouh ! Grande nouvelle, commença Erin.

Avant que Shaunee puisse en rajouter une couche, un rire sensuel s'éleva derrière nous, et nous nous retournâmes tous.

Aphrodite entra dans la salle tel un sex-symbol, riant et faisant les yeux doux à Darius, l'un des Fils d'Erebus les plus beaux, sans oublier de rejeter les cheveux en arrière. Cette fille était douée pour faire plusieurs choses en même temps ! J'étais quand même choquée de la voir si nonchalante et sûre d'elle : cela faisait à peine deux jours qu'elle avait failli mourir et que la Marque avait disparu de son front.

Ce qui signifiait qu'elle était redevenue humaine.

CHAPITRE DEUX

En tout cas, j'avais cru qu'elle n'était plus une apprentie vampire ; or, je voyais que sa Marque avait réapparu ! Ses yeux bleus et froids parcoururent la pièce et elle adressa une grimace méprisante aux novices qui la dévisageaient. Puis elle se tourna vers Darius et laissa sa main s'attarder sur la poitrine du combattant.

— C'est très gentil de m'avoir accompagnée jusqu'ici ! Tu as raison, je n'aurais pas dû prendre deux jours de vacances supplémentaires. Par les temps qui courent, mieux vaut rester sur le campus, sous ta protection. Comme tu seras en faction à la porte de notre dortoir, cela en fait l'endroit le plus sûr et le plus attirant de la Maison de la Nuit, ronronna-t-elle.

Bon sang, quelle allumeuse ! Si je n'avais pas été aussi surprise de la voir, je ne me serais pas gênée pour manifester bruyamment mon dégoût.

— Je dois reprendre mon poste. Bonne nuit, ma dame, dit Darius.

Il s'inclina, tel un chevalier romantique tout droit sorti du passé.

— C'est un plaisir de te servir, ajouta-t-il en lui souriant une dernière fois avant de quitter la cafétéria.

— Et ce serait un plaisir pour moi de te rendre service, dit Aphrodite d'une voix suggestive.

Elle pivota vers les élèves, qui la fixaient, bouche bée. Elle haussa un sourcil parfaitement épilé.

— Quoi ? On dirait que c'est la première fois que vous voyez la perfection incarnée. Hé, je ne suis partie que quelques jours ! Vous vous souvenez de moi ? Je suis la superbe garce que vous adorez détester.

Comme personne ne répondait, elle roula des yeux.

— Oh, peu importe !

Elle se dirigea vers le buffet et remplit son assiette de salade tandis que les discussions reprenaient.

Pour des observateurs non avertis, Aphrodite était toujours la même fille hautaine. Moi, je voyais à quel point elle était nerveuse et tendue. Je comprenais parfaitement ce qu'elle ressentait : je venais moi aussi d'affronter une foule hostile.

— Je pensais qu'elle était redevenue humaine…, murmura Damien, mais sa Marque est revenue.

— Les voies de Nyx sont mystérieuses, déclarai-je, m'efforçant de paraître sage, en digne candidate au poste de grande prêtresse.

— Aphrodite est une sorcière, dit Shaunee, et on espérait un peu que Nyx l'avait laissée tomber en effaçant sa Marque.

— On l'espérait plus qu'un peu, Jumelle, rectifia Erin.

Tout le monde dévisageait Aphrodite, qui, autrefois, était la plus populaire, la plus puissante et la plus cruelle des novices. Depuis qu'elle s'était mis la grande prêtresse Neferet à dos, elle subissait un ostracisme sans merci et n'était désormais que l'élève la plus haïe de la Maison de la Nuit.

Les circonstances avaient voulu que nous devenions amies – ou du moins alliées. Nous préférions cependant ne pas le crier sur les toits. Quoi qu'il en soit, je m'étais inquiétée quand elle avait disparu, et quand Lucie était partie à sa recherche. Pendant deux jours, je n'avais eu aucune nouvelle ni de l'une ni de l'autre.

Mes copains – Damien, Jack et les Jumelles – la détestaient. Alors c'est un euphémisme de dire qu'ils furent désagréablement surpris lorsqu'elle s'approcha de notre table et s'assit à côté de moi.

— Ce n'est pas poli de fixer les gens de cette façon, dit-elle en s'attaquant à sa salade, même s'ils sont aussi beaux que moi.

— Qu'est-ce que tu fais, bon sang, Aphrodite ? souffla Erin.

L'ennemie publique n° 1 déglutit et battit des paupières d'un air innocent.

— Je mange, idiote, répondit-elle d'une voix mielleuse.

— C'est une zone interdite aux garces, déclara Shaunee.

— C'est affiché ici, enchaîna Erin en désignant un panneau imaginaire.

— J'ai horreur de me répéter, mais pour une fois je vais faire une exception : allez au diable, Jumelles débiles !

— Arrêtez ! m'écriai-je.

Les Jumelles me lancèrent un regard mauvais, et mon cœur se serra : me détestaient-elles vraiment autant qu'elles en avaient l'air ? Cela me déprimait, mais je relevai le menton et leur rendis leur regard. Si je réussissais ma Transformation, un jour je serais leur grande prêtresse, ce qui signifiait qu'elles avaient tout intérêt à m'écouter.

— On en a déjà parlé. Aphrodite fait partie des Filles de la Nuit, désormais. Elle appartient également à notre cercle, grâce à son affinité avec la terre.

J'hésitai, me demandant si elle n'avait pas perdu son don en redevenant humaine, puis de nouveau novice.

— Vous l'avez acceptée parmi nous, et vous avez promis de cesser de l'insulter et de faire des remarques désobligeantes à son sujet.

— On a accepté ça, mais on ne s'est pas engagés à être ses amis, répondit Damien d'une voix atone qui ne lui ressemblait pas.

— Je n'ai jamais dit que je voulais être votre amie ! répliqua Aphrodite en faisant mine de se lever.

J'allais ordonner à Aphrodite de rester assise et aux Jumelles de se taire lorsqu'un bruit bizarre nous parvint du couloir.

— Qu'est-ce que… ? commençai-je.

À ce moment-là, une douzaine de chats déboulèrent dans la cafétéria en crachant.

À la Maison de la Nuit, les chats sont partout. Ils suivent les élèves, dorment avec eux et viennent se plaindre à eux. Le mien s'appelle Nala. En cours de sociologie des vampires, l'une des premières choses que nous avons apprises, c'est que les chats sont depuis toujours proches des vampires. Cependant je ne les avais jamais vus se comporter de cette façon.

Belzébuth, l'énorme matou gris des Jumelles, bondit sur le banc entre elles deux. Le poil hérissé, il avait doublé de volume et regardait la porte de la salle de ses yeux couleur ambre emplis de colère.

— Belzébuth, bébé, que se passe-t-il ? demanda Erin en essayant de le calmer.

Nala sauta sur mes genoux. Elle posa ses petites pattes au bout blanc sur mes épaules et gronda tout en regardant elle aussi la porte. Un bruit inhabituel provenait du couloir.

Soudain, je compris.

— Ce sont des aboiements, dis-je.

Alors, un animal qui ressemblait plus à un ours doré qu'à un chien déboula dans la cafétéria, suivi d'un garçon, lui-même talonné par des vampires adultes qui paraissaient extrêmement nerveux, dont Dragon Lankford, notre maître d'armes, Lenobia, notre professeur d'équitation, et plusieurs Fils d'Erebus.

— Je te tiens ! s'écria le garçon en attrapant la bête et en attachant une laisse à son collier en cuir rose orné de pics en argent.

Le chien cessa immédiatement d'aboyer, s'assit et le regarda en haletant.

— Oui, bien sûr. Maintenant, tu fais la bonne chienne ! lança l'adolescent.

Les chats, eux, ne s'étaient pas calmés : ils crachaient et sifflaient toujours.

— Tu vois, James, c'est ce que j'essayais de t'expliquer tout à l'heure, fit Dragon Lankford en observant le molosse, les sourcils froncés. Cet animal n'a pas sa place à la Maison de la Nuit.

— Stark, pas James, corrigea le garçon. Et moi, j'essayais de vous expliquer tout à l'heure que la chienne resterait avec moi. C'est comme ça. Si vous me voulez, il faudra l'accepter.

Je le trouvai étrange. Sans être ouvertement insolent, il ne s'adressait pas à Dragon avec le respect — pour ne pas dire la peur — dont faisaient habituellement preuve les novices à l'égard des vampires. Je regardai son vieux tee-shirt des Pink Floyd : il n'arborait pas d'insigne, si bien que je ne pouvais pas savoir dans quelle classe il était, ni depuis combien de temps il était marqué.

— Stark, intervint Lenobia, essayant de le raisonner. Ce n'est tout simplement pas possible d'introduire un chien sur ce campus. Tu vois bien à quel point il bouleverse les chats !

— Ils s'y habitueront, comme à la Maison de la Nuit de Chicago. En général, Duchesse ne les poursuit pas comme ça. Ce chat gris n'aurait pas dû la chercher.

— Oh, oh, murmura Damien.

— Ma parole, qu'est-ce que c'est que ce raffut ? lança Neferet en entrant dans la salle, superbe, sûre d'elle.

Le nouveau écarquilla les yeux, impressionné par sa beauté. C'était tellement agaçant ! Tout le monde restait toujours bouche bée devant Neferet, notre grande prêtresse... et mon ennemie jurée.

— Neferet, désolé pour le dérangement, dit Dragon en posant le poing sur la poitrine et en s'inclinant. Voici le nouveau novice. Il vient juste d'arriver.

— Cela n'explique pas ce que *ceci* fait là, dit-elle en désignant la chienne.

— Elle est avec moi, répondit le garçon.

Lorsque Neferet posa sur lui ses yeux verts envoûtants, il imita le salut de Dragon, puis il lui adressa un sourire de travers plutôt effronté.

— C'est ma version d'un chat, déclara-t-il.

— Vraiment ? expliqua Neferet en haussant un fin sourcil acajou. Pourtant, elle ressemble étrangement à un ours.

Ha ! Je n'étais pas la seule à le penser !

— Prêtresse, c'est un labrador, mais vous n'êtes pas la première à la comparer à un ours. Elle a des pattes aussi grosses que celles d'un ours. Regardez !

Sous mes yeux ébahis, il tourna le dos à Neferet.

— Tape-m'en cinq, Duch ! ordonna-t-il.

Obéissante, la chienne leva sa patte massive et tapa dans la main de Stark.

— Bon chien ! fit-il en lui caressant la tête.

Je devais bien admettre que c'était mignon.

Il pivota vers Neferet.

— Chienne ou ourse, elle est avec moi depuis que j'ai été marqué, il y a quatre ans, et pour moi elle est comme un chat.

— Un labrador ? demanda Neferet en examinant l'animal. Elle est affreusement grosse !

— Eh bien, oui. Duch a toujours été comme ça, prêtresse.

— Elle s'appelle Duch ?

Stark hocha la tête en souriant. Même s'il était en dernière année, j'étais étonnée par l'assurance avec laquelle il parlait à quelqu'un d'aussi puissant qu'une grande prêtresse.

— C'est le diminutif de Duchesse.

Le regard de Neferet passa du chien au novice. Elle plissa les yeux.

— Quel est ton nom, jeune homme ?

— Stark.

Je me demandai si j'étais la seule à avoir remarqué que sa mâchoire s'était contractée.

— James Stark ?

— J'ai abandonné mon prénom il y a quelques mois. C'est juste Stark, maintenant.

Neferet se tourna vers Dragon.

— C'est le transfert que nous attendions de la Maison de la Nuit de Chicago ?

— Oui, prêtresse.

Lorsqu'elle s'adressa de nouveau à Stark, elle avait un sourire calculateur aux lèvres.

— J'ai entendu parler de toi, Stark. Il faudra que nous ayons une longue discussion, tous les deux.

Sans cesser de l'observer, elle fit signe à Dragon.

— Assurez-vous que Stark ait accès à tous les équipements de tir à l'arc vingt-quatre heures sur vingt-quatre.

Stark tressaillit légèrement. Cela n'échappa pas à Neferet, dont le sourire s'élargit.

— Bien entendu, ta réputation t'a précédé, Stark. Tu ne dois pas arrêter de t'entraîner parce que tu as changé d'école !

Chose étonnante, Stark parut soudain mal à l'aise. À la mention du tir à l'arc, son expression taquine et un peu sarcastique avait cédé la place à un air froid, presque mauvais.

— Je leur ai dit que j'avais arrêté la compétition, quand ils m'ont transféré, déclara-t-il d'une voix neutre. Je ne reviendrai pas sur ma décision.

— Tu parles des banales compétitions entre différentes Maisons de la Nuit ? demanda Neferet en laissant échapper un rire qui me donna la chair de poule. Peu m'importe que tu y participes ou non. N'oublie pas, je suis la porte-parole de Nyx ici, et je t'assure qu'il est important que tu ne négliges pas le talent que t'a donné la déesse. On ne sait pas quand Nyx pourrait avoir besoin de toi... et alors, il ne s'agira pas d'un stupide concours.

Mon ventre se noua : je savais qu'elle parlait de la guerre contre les humains. Stark, qui ne pouvait l'avoir comprise, parut soulagé, et son visage reprit sa nonchalance teintée d'insolence.

— Dans ce cas, pas de problème. M'entraîner ne me dérange pas, prêtresse.

— Neferet, que souhaitez-vous que nous fassions au sujet du... euh... du chien ? demanda Dragon.

Neferet hésita un instant, puis elle s'accroupit gracieusement devant le labrador doré. Celui-ci dressa les oreilles et renifla sa main avec curiosité. Belzébuth cracha d'un air menaçant ; Nala grogna. À cet instant, Neferet leva les yeux et croisa mon regard.

J'essayai de paraître impassible, mais j'ignore si j'y parvins. Je n'avais pas vu Neferet depuis deux jours, lorsqu'elle m'avait suivie après avoir annoncé qu'elle voulait déclarer la guerre aux humains pour les punir du meurtre de Loren, qui avait été son amant. Et le mien, mais cela était sans importance. Il ne m'avait pas aimée. C'est Neferet qui avait tout orchestré entre lui et moi, et elle savait que j'étais au courant. Tout comme elle savait que Nyx désapprouvait ses actes. Évidemment, le ton était monté...

En tout cas, elle m'avait brisé le cœur, et je la détestais presque autant que je la craignais. J'espérais que rien de tout cela ne transparaissait sur mon visage lorsqu'elle se dirigea vers notre table. D'un petit geste de la main, elle invita Stark à la rejoindre, ce qu'il fit, entraînant sa chienne. Le chat des Jumelles cracha une dernière fois avant de déguerpir. Je caressai Nala, espérant qu'elle n'allait pas péter les plombs. Neferet s'arrêta devant nous et s'adressa à Damien :

— Je suis contente que tu sois là, Damien. Tu montreras à Stark sa chambre, et tu lui feras visiter le campus.

— J'en serai ravi, Neferet, lui assura Damien, les yeux pétillants, alors qu'elle lui faisait un de ses sourires éblouissants.

Ensuite, elle se tourna vers moi.

— Zoey, voici Stark. Stark, voici Zoey Redbird, la dirigeante de nos Filles et Fils de la Nuit.

Nous nous saluâmes à la manière des vampires, le poing sur le cœur.

— Zoey, comme tu es en formation pour devenir grande prêtresse, reprit Neferet, je te laisse régler le problème du chien. Je suis sûre que grâce à l'une des affinités que t'a accordées Nyx tu aideras Duchesse à s'habituer à notre école.

Son regard glacial, fixé sur moi, disait tout autre chose que sa voix mielleuse, et notamment : « Souviens-toi que c'est moi qui commande ici, et que tu n'es qu'une gamine à ma merci. »

— Ça sera un plaisir pour moi, Stark, fis-je, un peu tendue.

— Excellent ! roucoula Neferet. Oh, Zoey, Damien, Shaunee et Erin, dit-elle en ignorant complètement Jack et Aphrodite.

Mes trois amis lui rendirent son sourire comme des imbéciles heureux.

— J'ai décidé de faire une réunion spéciale ce soir à dix heures et demie. Il est presque dix heures, alors finissez vite de manger. Je veux que les préfets y assistent.

— Nous y serons ! promirent-ils d'une seule voix.

— Oh, Neferet, dis-je en l'imitant, suffisamment haut pour que toute la salle nous entende. Aphrodite se joindra à nous. Comme Nyx l'a dotée d'une affinité avec la terre, nous avons convenu qu'elle avait sa place dans le conseil des préfets.

Je retins mon souffle, espérant que mes amis n'allaient pas me contredire.

Heureusement, à part Nala, qui cracha vers Duchesse, personne ne réagit.

— Comment Aphrodite pourrait-elle être préfet ? Elle ne fait plus partie des Filles et Fils de la Nuit, objecta Neferet d'un ton glacial.

— Ne vous ai-je pas prévenue ? lançai-je avec une

fausse innocence. Je suis navrée, Neferet ! Toutes ces choses horribles qui se sont produites récemment me l'ont fait oublier. Aphrodite a rejoint les Filles de la Nuit. Elle m'a juré, ainsi qu'à Nyx, d'obéir à notre nouveau code de conduite, et je l'ai admise dans notre groupe. J'ai pensé que votre souhait serait qu'elle revienne dans nos rangs et serve la déesse.

— C'est vrai, confirma Aphrodite, j'ai accepté de me conformer aux nouvelles règles. Je veux réparer mes erreurs passées.

J'attendis la réaction de Neferet en jubilant intérieurement. Elle était face à un sacré dilemme ! Si elle rejetait publiquement Aphrodite après que celle-ci avait clairement déclaré son intention de changer, elle passerait pour quelqu'un de cruel et mesquin. Or, pour Neferet, les apparences comptaient plus que tout.

La grande prêtresse s'adressa à l'assistance sans nous regarder, Aphrodite et moi.

— Quelle générosité de la part de Zoey, d'accueillir de nouveau Aphrodite au sein des Filles et Fils de la Nuit ! Elle n'ignore pas qu'elle sera tenue pour responsable de la conduite de sa... protégée. Mais notre Zoey ne semble pas avoir peur des responsabilités.

Elle me fixa quelques secondes, et je lus une telle haine dans ses yeux que j'en eus le souffle coupé.

— Prends garde à ne pas céder à la pression que tu t'infliges, Zoey chérie.

Puis son visage retrouva sa douceur et elle fit un sourire radieux au nouvel élève.

— Bienvenue à la Maison de la Nuit, Stark.

CHAPITRE TROIS

— Tu as faim ? demandai-je à Stark lorsque Neferet et les autres vampires furent partis.
— Oui, pas mal !
— Alors, tu peux manger en vitesse avec nous ; ensuite, Damien te montrera ta chambre avant la réunion du conseil.
— Je trouve ta chienne très jolie, dit Jack en se penchant pour mieux regarder Duchesse.
— Stark, voilà Jack, le petit ami de Damien, dis-je, décidant de passer tout de suite aux présentations pour le tester.
— Salut, dit Jack avec un sourire adorable.
— Salut, répondit Stark.
Ce n'était pas un « salut » particulièrement chaleureux, mais il ne semblait pas émettre de vibrations homophobes.
— Et voici Erin et Shaunee. Elles répondent aussi au nom de Jumelles, tu comprendras très vite pourquoi.
— Eh, salut, toi ! dirent-elles en même temps d'un ton séducteur.
— Et voici Aphrodite.
— Alors, c'est toi, la déesse de l'amour, fit Stark avec un sourire sarcastique. J'ai beaucoup entendu parler de toi.

Aphrodite, qui le regardait avec une intensité étrange, pas particulièrement charmeuse, rejeta machinalement les cheveux en arrière.

— Salut ! J'apprécie qu'on me reconnaisse.

Stark rit doucement.

— Il n'y a pas beaucoup de filles qui portent un tel prénom !

Aphrodite prit un air de dédain, et Damien s'empressa d'intervenir pour faire diversion.

— Suis-moi, Stark, je vais te montrer où trouver les plateaux et tout ça.

Il se leva et resta planté devant Duchesse, perplexe.

— Pas de souci, dit son maître. Elle restera tranquille tant que les chats ne l'embêteront pas.

Il regarda Nala, le seul chat qui se trouvait à proximité. Perchée sur mes genoux, elle fixait le chien sans ciller ; je sentais la tension dans tout son corps.

— Nala va bien se tenir, promis-je, espérant ne pas me tromper.

En fait, je n'avais aucun contrôle sur mon chat. D'ailleurs, personne n'a jamais le contrôle sur un chat.

— Très bien, alors. Duchesse, reste là ! lança Stark en s'éloignant.

— Les chiens font plus de bruit que les chats, déclara Jack en examinant Duchesse comme s'il procédait à une expérience scientifique.

— C'est parce qu'ils halètent tout le temps, dit Erin.

Aphrodite se leva :

— Bon, ce n'est vraiment pas marrant ! Je m'en vais.

— Tu ne veux pas rester là pour faire les yeux doux au nouveau ? demanda Shaunee d'une voix mielleuse.

— Je vous le laisse. Zoey, passe dans ma chambre

quand tu auras terminé avec ta bande de ringards. Je dois te parler de quelque chose avant la réunion.

Sur ce, elle quitta la cafétéria avec un rictus méprisant.

— Elle n'est pas aussi méchante qu'elle en a l'air, assurai-je aux Jumelles, qui me jetèrent un regard incrédule. Elle fait semblant, c'est tout.

— Oh, je t'en prie, dit Erin. Elle est exécrable !

— Donnez-lui une chance, repris-je. Elle m'a laissé voir ce qui se cachait derrière les apparences. Croyez-moi, elle peut être gentille, parfois.

Les Jumelles se turent pendant quelques secondes, puis elles se regardèrent et secouèrent la tête en levant les yeux au ciel. Je soupirai.

Shaunee me regarda et sourit. Ça n'était pas son sourire amical habituel, mais, au moins, il n'y avait plus trace de cette méfiance qu'elle avait manifestée à mon égard ces derniers jours.

— Alors, que penses-tu de Stark ? Il est canon, pas vrai ?

J'avais envie d'éclater en sanglots de joie et de hurler : « Youpi ! Vous me parlez à nouveau ! » Je me retins et jaugeai le garçon.

Elles avaient raison ; Stark était très mignon. De taille moyenne, pas grand, comme mon ex-petit ami humain, Heath, ni incroyablement beau, comme Erik, mon ex-petit ami novice devenu vampire. Il était mince, mais on distinguait ses muscles sous son vieux tee-shirt. Ses cheveux, châtains, étaient décoiffés. Il avait un beau visage, avec un menton fort, un nez droit, de grands yeux marron et de jolies lèvres. Ainsi disséqué, il n'était pas mal du tout. Je me rendis compte que ce qui le faisait passer de « pas mal » à « canon » étaient l'intensité de son regard et son assurance. Il émanait de lui une détermination teintée de sarcasme. On aurait dit qu'il tenait à garder ses distances.

— Je le trouve craquant, répondis-je.

— Oh ! s'écria Jack. Je viens juste de réaliser qui il est !

— Qui ça ? demanda Shaunee.

— James Stark !

— Sans blague, fit Erin en roulant des yeux. Jacky, on le sait déjà.

— Non, non, non. Vous ne comprenez pas. C'est James Stark, le meilleur archer du pays ! Vous n'avez jamais rien lu sur lui sur Internet ? Il a remporté tous les prix lors des championnats l'année dernière. Il a affronté des vampires adultes, des Fils d'Erebus, et il les a tous battus. C'est une star..., soupira-t-il d'un air rêveur.

— Bon sang ! Jacky a raison, Jumelle ! s'écria Erin.

— Je savais bien qu'il était anormalement canon ! lui fit écho Shaunee.

— Jumelle, je sens que je vais beaucoup aimer son chien, poursuivit Erin.

— On va l'adorer, enchérit Shaunee.

Quand il revint à la table avec Damien, nous le dévisageâmes tous comme des abrutis.

— Quoi ? demanda-t-il, la bouche pleine, en regardant Duchesse. Elle a fait quelque chose pendant que j'étais parti ? J'espère qu'elle ne vous a pas léché les orteils.

— Euh, c'est que..., commença Erin.

Un coup de pied de Shaunee sous la table la fit taire.

— Non, Duchesse s'est comportée comme une vraie dame, affirma Shaunee en lui souriant.

— Tant mieux, dit Stark.

Il remua sur son siège, mal à l'aise sous le feu croisé de nos regards. Duchesse s'appuya contre sa jambe et le fixa avec adoration. Il sembla se détendre et lui caressa machinalement les oreilles.

— Je me rappelle avoir entendu que tu as battu tous les vampires au tir à l'arc ! lâcha Jack, avant de serrer les lèvres et de rougir.

Stark se contenta de hausser les épaules sans relever les yeux de son assiette.

— Oui, je suis bon.

— Alors, c'est toi, *ce* novice ? insista Damien, comprenant tout juste. Celui qui est incroyable au tir à l'arc ?

Stark finit par le regarder.

— Oh, c'est juste un talent que je possède depuis que j'ai été marqué.

Ses yeux se posèrent sur moi :

— En parlant de novices célèbres, je vois que les rumeurs sur tes Marques sont vraies.

— En effet, répondis-je, gênée.

J'avais horreur de ces premières rencontres ! Cela me dérangeait terriblement qu'on ne voie en moi qu'une novice extraordinaire, et non la vraie Zoey.

Alors, je compris : nous ressentions sans doute la même chose.

Je posai la première question qui me vint à l'esprit pour changer de sujet.

— Tu aimes les chevaux ?

— Les chevaux ? répéta-t-il, l'air surpris.

— Oui, apparemment, tu aimes les animaux, m'enfonçai-je en désignant sa chienne du menton.

— Oui, j'aime bien les chevaux. En fait, j'aime tous les animaux à part les chats.

— À part les chats ? souffla Jack.

Stark haussa les épaules :

— Ils sont trop mesquins à mon goût.

Les Jumelles soufflèrent avec mépris.

— Les chats sont des créatures indépendantes, dit Damien de sa voix de maître d'école, et je sus que j'avais réussi à faire diversion. Personne n'ignore qu'ils ont été vénérés dans de nombreuses cultures antiques, mais étais-tu au courant pour leur... ?

— Euh, désolée de vous interrompre, fis-je en me levant, Nala dans les bras, je dois passer chez Aphrodite avant le début de la réunion. On se voit là-bas, OK ?

Le « OK » qu'ils lancèrent en chœur n'était pas particulièrement chaleureux, mais, au moins, ils m'avaient répondu.

J'adressai un sourire amical à Stark.

— Ravie de t'avoir rencontré ! Si Duchesse a besoin de quoi que ce soit, fais-moi signe. Il y a un bon magasin pour animaux pas très loin.

— Merci, j'y penserai, promit-il.

Tandis que Damien reprenait sa conférence sur les qualités des chats, Stark me fit un clin d'œil en hochant la tête, preuve qu'il avait apprécié mon intervention, pourtant pas très subtile.

Je venais de sortir de la salle quand je me rendis compte que je souriais toujours comme une idiote, au lieu de m'inquiéter du fait que la dernière fois que j'avais mis les pieds dehors je m'étais fait attaquer.

Je me tenais devant la grande porte en chêne lorsqu'un groupe de Fils d'Erebus descendit l'escalier qui menait à la salle à manger des enseignants, au premier étage.

— Prêtresse, me saluèrent-ils avec respect, le poing serré contre la poitrine.

Prise d'une inspiration subite, je demandai :

— Quelqu'un pourrait-il me raccompagner au dortoir

et me donner la liste des combattants qui y sont assignés ? J'aimerais connaître leurs noms.

— Je serais ravi de vous les communiquer, ma dame, répondit l'un d'eux.

Je le remerciai avant de le suivre en jetant des coups d'œil vers le ciel nocturne.

Il n'y avait rien dans l'air, cependant je ne pouvais me débarrasser de l'impression désagréable que quelqu'un ou quelque chose m'observait.

CHAPITRE QUATRE

À peine avais-je touché la poignée de la porte de ma chambre qu'elle s'ouvrit. Aphrodite m'attrapa le poignet.

— Tu t'es enfin décidée à ramener tes fesses ! Bon sang, tu es aussi lente qu'un escargot, Zoey !

Elle m'entraîna dans la chambre et claqua la porte derrière nous. Je me dégageai vivement :

— Maintenant que je suis là, tu vas m'expliquer un tas de trucs. Comment es-tu entrée ici ? Où est Lucie ? Quand ta Marque est-elle revenue ? Que… ?

Ma tirade fut interrompue par des coups insistants frappés contre les carreaux.

— D'abord, tu es une imbécile, Zoey, cracha Aphrodite. Nous sommes à la Maison de la Nuit, pas dans un lycée public de Tulsa ! Personne ne ferme la porte à clé, je n'ai donc eu aucun mal à entrer dans ta chambre. Ensuite, Lucie est ici même.

Elle se précipita à la fenêtre. Je restai plantée là, à la regarder alors qu'elle tirait les rideaux et essayait d'ouvrir le battant. Elle me jeta un regard irrité.

— Hé, ho ! Un peu d'aide ne serait pas de trop !

Hébétée, je la rejoignis. Nous dûmes batailler dur pour faire céder la fenêtre.

La nuit de cette fin décembre était froide et maussade, et une petite pluie tombait. J'aperçus le mur est à travers les arbres plongés dans l'obscurité. Je frissonnai, mais pas à cause du froid. À cause de cette partie du mur est – un lieu de pouvoir et de chaos. Aphrodite soupira et se pencha.

— Arrête de faire la folle et entre ! s'écria-t-elle. Tu vas te faire remarquer et, plus grave, l'humidité va faire friser mes cheveux.

Lorsque la tête de Lucie apparut, je retins un cri de surprise.

— Salut, Zoey ! lança-t-elle joyeusement. Tu as vu comme je suis bonne en escalade ?

— Entre, dit Aphrodite en la tirant par la main.

Quand Lucie atterrit dans la chambre, elle referma rapidement la fenêtre et les rideaux.

Je restai là à dévisager mon amie, bouche bée, alors qu'elle époussetait son jean slim et y rentrait sa chemise à manches longues.

— Lucie, parvins-je finalement à articuler. Tu as escaladé le mur du dortoir ?

— Oui ! fit-elle avec un grand sourire en secouant ses boucles blondes. Cool, hein ? Je ne pèse plus rien ! Hop, et me voilà !

— Comme Dracula…

En voyant Lucie froncer les sourcils, je réalisai que j'avais parlé à voix haute.

— Qui est comme Dracula ? demanda-t-elle.

Je m'assis lourdement sur mon lit.

— Dans le livre de Bram Stoker, Jonathan Harker parle de Dracula qui court sur le mur de son château.

— Oh, oui, ça, je peux le faire ! J'ai cru que tu voulais dire que je ressemblais à Dracula – effrayante, pâle, avec des cheveux sales et de longs ongles noirs. Tu ne penses pas ça, hein ?

— Non, tu es superbe.

C'était la vérité. J'avais devant moi la Lucie d'autrefois, avant que son corps ne rejette la Transformation et qu'elle ne meure, puis ressuscite en zombi. Elle avait perdu presque toute son humanité, et elle n'était pas la seule à qui cela était arrivé ; un groupe de morts vivants terrifiants hantaient les souterrains de la gare désaffectée de Tulsa. Lucie avait failli devenir comme eux : cruelle et dangereuse. Heureusement, son affinité avec la terre, don de la déesse, lui avait permis de résister, mais cela n'avait pas suffi. Alors, avec l'aide d'Aphrodite (qui avait elle aussi reçu une affinité avec la terre), j'avais formé un cercle et demandé à Nyx de sauver ma meilleure amie. Et la déesse m'avait entendue.

Mais, pendant le processus de guérison, Aphrodite avait failli mourir pour préserver l'humanité de Lucie. Elle avait survécu, mais elle avait perdu sa Marque, tandis que celle de Lucie s'agrandissait et se colorait, preuve qu'elle s'était transformée en vampire. Sauf que, pour ajouter à la confusion, son tatouage n'avait pas la couleur bleu saphir des vampires. Il était écarlate – de la couleur du sang frais.

— Ho, ho ! La Terre à Zoey ! Il y a quelqu'un ? demanda Aphrodite, mettant un terme à mon monologue intérieur. Tu ferais mieux de t'occuper de ta super copine, elle est en train de craquer.

Je battis des paupières. Même si je n'avais cessé de dévisager Lucie, je ne l'avais pas vraiment *vue*. Elle se tenait au milieu de la chambre – autrefois *notre* chambre – et regardait autour d'elle, les yeux pleins de larmes.

— Oh, je suis désolée, dis-je en l'enlaçant. Ce doit être dur pour toi, de revenir ici.

Elle se raidit dans mes bras, et je reculai pour mieux la regarder.

L'expression de son visage me glaça le sang. La tristesse avait cédé la place à une colère qui me paraissait étrangement familière... Soudain, je compris : Lucie ressemblait à celle qu'elle était avant de retrouver son humanité.

— Lucie ? Que se passe-t-il ?

— Où sont mes affaires ? lâcha-t-elle, furieuse.

— Calme-toi, Lucie. Les vampires enlèvent les affaires des novices qui... euh... qui meurent.

Elle plissa les yeux.

— Je ne suis pas morte ! siffla-t-elle.

Aphrodite vint se placer à côté de moi.

— Hé ! Ne t'en prends pas à nous ! Les vampires te croient morte, ne l'oublie pas.

— Mais ne t'inquiète pas, enchaînai-je, je leur ai demandé de me rendre certaines de tes affaires. Et je sais où se trouve le reste. On pourra tout récupérer.

Aussitôt, sa colère disparut, et je retrouvai ma meilleure amie.

— Même ma lampe en forme de botte de cow-boy ?

Je souris :

— Même ça.

Moi aussi, j'aurais été énervée si on m'avait pris mes objets personnels.

— Je constate que ton mauvais goût est immortel ! commenta Aphrodite.

— Aphrodite, dit Lucie avec sérieux, tu devrais être plus gentille.

— C'est ça, espèce de Mary Poppins de la cambrousse !

— Je te signale que Mary Poppins était anglaise,

répondit Lucie d'un air hautain. Et elle n'était pas de la cambrousse.

Là, c'était vraiment ma Lucie d'autrefois ! Je poussai un cri de joie et la serrai contre moi.

— Je suis tellement contente de te voir ! Tu vas bien maintenant, n'est-ce pas ?

— Je me sens différente, mais je vais bien, répondit-elle en me rendant mon étreinte.

J'étais trop soulagée pour relever ce qu'elle avait dit sur sa différence. J'étais si heureuse qu'elle soit là, entière, redevenue elle-même ! Tout à coup, je me rappelai quelque chose.

— Attendez ! Comment vous avez fait pour entrer sur le campus sans vous faire repérer par les Fils d'Erebus ?

— Reviens sur terre, Zoey ! dit Aphrodite. L'alarme a été désactivée, ce qui se comprend. Tous les élèves partis en vacances ont reçu le même texto leur ordonnant de rentrer. Neferet péterait un plomb si l'alarme se déclenchait à chaque fois qu'un élève passe le portail !

— Parce que tu crois qu'elle pourrait être encore plus dingue qu'elle ne l'est ? ironisa Lucie.

— Oui, tu as raison, Neferet est cinglée, acquiesça Aphrodite, pour une fois d'accord avec ma meilleure amie. En tout cas, l'alarme ne fonctionne plus, même pour les humains.

— Hein ? fis-je. Comment tu sais ça ?

Elle soupira, l'air exaspéré, et, d'un geste étrangement lent, passa la main sur son front, effaçant une partie de son croissant de lune.

— Oh, c'est pas vrai ! Aphrodite, tu es…

Je bafouillais, incapable de prononcer le mot.

— Humaine, compléta-t-elle d'une voix froide.

— Tu en es sûre ?

— Oh oui, complètement.

— Euh… Aphrodite, intervint Lucie. Même si tu es humaine, tu n'es pas une humaine normale.

— Qu'est-ce que ça veut dire ? demandai-je.

— Aucune idée ! prétendit Aphrodite.

— Tu sais, soupira Lucie, tu as de la chance de t'être transformée en humaine, et pas en un jouet en bois ! Avec tous tes mensonges, ton nez ferait un kilomètre de long.

Aphrodite secoua la tête d'un air dégoûté.

— Ha, ha ! Trop drôle !

— Allez-vous m'expliquer ce qui se passe, à la fin ? m'écriai-je.

— Vas-y, dis-lui, fit Aphrodite. C'est toi, la grande gueule !

— Tu es tellement méchante ! lança Lucie. J'aurais dû te manger quand j'étais un zombi.

— Et elle ose prétendre que c'est moi, la méchante ! Pas étonnant que Zoey ait besoin d'une nouvelle meilleure amie.

— Zoey n'a pas besoin d'une nouvelle meilleure amie ! hurla Lucie en fonçant sur Aphrodite.

L'espace d'un instant, il me sembla apercevoir dans ses yeux bleus un éclair rouge, qui me rappela celui qu'elle avait quand elle était encore incontrôlable.

J'avais l'impression que ma tête allait exploser. Je m'interposai :

— Aphrodite, arrête de la chercher !

— Et toi, arrête de la défendre !

Aphrodite attrapa un Kleenex et se mit à essuyer ce qui restait de son croissant de lune. Je remarquai qu'en dépit de son ton nonchalant ses mains tremblaient.

Je me retournai vers Lucie, dont les yeux avaient retrouvé leur couleur habituelle.

— Désolée, Zoey, dit-elle en souriant comme une petite fille prise en faute. Ces deux jours passés avec Aphrodite m'ont mis les nerfs à vif.

Aphrodite fit un petit bruit méprisant.

— Ne recommence pas ! l'avertis-je.

— D'accord, d'accord.

Nos regards se croisèrent dans le miroir, et j'aurais juré qu'il y avait de la peur dans le sien. Déstabilisée, j'essayai de reprendre la conversation où nous l'avions laissée.

— Alors, Lucie, pourquoi tu prétends qu'Aphrodite n'est pas normale ?

— C'est simple ! Elle a toujours des visions, et les visions ne sont pas une chose normale pour les humains. Vas-y, raconte-lui, dit-elle à Aphrodite.

Celle-ci s'assit sur mon lit.

— Oui, j'ai toujours des visions. Youpi ! Le seul truc que je détestais dans mon statut de novice est celui qu'il me reste maintenant que je suis redevenue une imbécile d'humaine.

Je l'observai attentivement, essayant de voir au-delà de l'air désabusé qu'elle arborait. Elle était pâle ; ses yeux étaient cerclés de noir. On voyait bien qu'elle avait traversé de dures épreuves ces derniers temps, en particulier des visions, épuisantes et sinistres. Pas étonnant qu'elle se comporte comme une garce !

— Qu'est-ce que tu as vu, cette fois-ci ? demandai-je.

Elle croisa mon regard et abandonna le masque d'arrogance qu'elle portait toujours, comme un bouclier. Une ombre terrible traversa son beau visage, et sa main trembla lorsqu'elle remit une mèche derrière son oreille.

— J'ai vu les vampires et les humains se massacrer mutuellement. J'ai vu un monde plein de violence, de haine et de ténèbres. Et, dans ces ténèbres, j'ai vu des créatures terrifiantes. Je... je ne pouvais même pas les regarder. J'ai vu la fin de tout.

Sa voix se brisa.

— Dis-lui le reste, fit Lucie d'une voix dont la douceur me surprit. Dis-lui pourquoi tout cela s'est produit.

Lorsque Aphrodite reprit la parole, j'eus l'impression qu'on m'enfonçait des éclats de verre dans le cœur.

— Tout cela s'est produit parce que tu es morte, Zoey. C'est ta mort qui a causé tout ça.

CHAPITRE CINQ

— Oh non...

Mes genoux lâchèrent et je m'assis à côté d'Aphrodite. La tête me tournait, et j'avais du mal à respirer.

— Cela ne veut pas dire que c'est ce qui va arriver, essaya de me rassurer Lucie en me tapotant l'épaule. Aphrodite a déjà vu mourir ta grand-mère, Heath, et même moi. Enfin, mourir une seconde fois, dans mon cas. Et rien de tout cela n'a eu lieu. Alors on peut l'empêcher. Pas vrai ? demanda-t-elle à Aphrodite, qui se tortilla, mal à l'aise.

— Oh non ! répétai-je.

Puis je me forçai à continuer malgré la grosse boule qui obstruait ma gorge :

— Il y a quelque chose de différent dans cette vision, c'est ça ?

— Oui, mais c'est peut-être parce que je suis humaine, répondit Aphrodite lentement. C'est la seule vision que j'ai eue depuis que je me suis transformée, donc il paraîtrait normal qu'elle soit comme celles que j'avais quand j'étais novice.

— Mais... ?

Elle haussa les épaules et me regarda enfin dans les yeux.

— Mais c'était différent.

— Différent comment ?

— C'était plus perturbant – plus intense et plus embrouillé. Et je n'ai pas compris tout ce que j'ai vu. Je n'ai pas reconnu les choses horribles qui grouillaient dans l'obscurité.

— Qui grouillaient ? répétai-je en frissonnant. Ça ne m'inspire rien de bon !

— Je ne voyais que des ombres. Comme si des fantômes, redevenus vivants, s'incarnaient en des créatures tellement terrifiantes que je ne pouvais pas les regarder.

— Et ce n'étaient ni des humains ni des vampires ?

— Oui, exactement.

Je me frottai machinalement la main, et la peur m'envahit.

— Oh non...

— Quoi ? voulut savoir Lucie.

— Ce soir, quelque chose m'a attaquée alors que je rentrais de l'écurie. Une sorte d'ombre glaciale sortie des ténèbres.

— C'est mauvais, ça, commenta Lucie.

— Tu étais seule ? demanda Aphrodite avec dureté.

— Oui.

— OK, c'est ça, le problème.

— Pourquoi ? Qu'est-ce qu'il y avait d'autre dans ta vision ?

— Tu mourais de deux manières différentes, ce qui est tout à fait nouveau.

— De deux manières différentes ?

De mieux en mieux !

— On devrait peut-être attendre qu'Aphrodite ait une

autre vision, plus claire, avant de parler de ça, suggéra Lucie en s'asseyant à côté de moi.

Je ne quittai pas Aphrodite des yeux : je lus dans son regard ce que je savais déjà.

— Si j'ignore mes visions, elles se réalisent, lâcha-t-elle. Toujours.

— Je pense que ça a déjà commencé, dis-je.

Mes lèvres étaient froides et engourdies, et j'avais mal au ventre.

— Tu ne vas pas mourir ! s'écria Lucie, bouleversée.

Je glissai mon bras sous le sien.

— Vas-y, Aphrodite, raconte-moi, insistai-je.

— C'était très fort, avec des images puissantes. Et déconcertantes, peut-être parce que je ressentais tout comme si j'étais toi. Je t'ai vue mourir de deux manières. La première fois, tu t'es noyée dans une eau froide et sombre, qui sentait mauvais.

— Elle sentait mauvais ? Comme celle des étangs de la région ?

— Non, ce n'était pas en Oklahoma. Il y en avait trop, cela ne pouvait pas être un lac.

Elle fit une pause, plongée dans ses pensées, puis écarquilla les yeux.

— Je me rappelle autre chose. Il y avait une sorte de palais sur une île privée, un endroit raffiné et luxueux. C'était sûrement en Europe.

— Tu es snob jusque dans tes visions, Aphrodite, commenta Lucie.

— Merci.

Il était temps que j'intervienne, sinon ça allait encore dégénérer.

— Donc, tu m'as vue me noyer près d'un palais

construit sur une île, peut-être en Europe. As-tu noté un détail qui pourrait nous être utile ?

— Oui, le visage d'un garçon. Il était avec toi peu de temps avant ta mort. C'était quelqu'un que je ne connaissais pas jusqu'à aujourd'hui.

— Quoi ? Qui c'était ?

— Stark.

— C'est lui qui m'a tuée ? lâchai-je, prise de nausée.

— Qui est Stark ? demanda Lucie en me prenant la main.

— Un nouveau qui vient d'être transféré de la Maison de la Nuit de Chicago, expliquai-je. Alors, il m'a tuée ?

— Je ne pense pas. Au contraire, on aurait dit qu'avec lui tu te sentais en sécurité. J'ai comme impression que tu vas vite te remettre de tes histoires avec Erik, Heath et Loren...

— Je suis désolée de ce qui est arrivé, fit Lucie. Aphrodite m'a raconté.

Et encore, elles ne connaissaient pas toute l'étendue de mes problèmes avec ces trois garçons ! Elles avaient été absentes, et les médias avaient passé la mort de Loren Blake sous silence. J'inspirai profondément et lâchai :

— Loren est mort.

— Quoi ?

— Comment ?

Je regardai Aphrodite.

— Il y a deux jours. Il a été décapité et crucifié à l'entrée principale de l'école. On l'a trouvé avec un pieu planté dans le cœur, comme le professeur Nolan.

J'avais parlé à toute vitesse, pour chasser le goût amer de ces mots.

— Oh non ! souffla Aphrodite, blanche comme la mort.

— Zoey, c'est horrible, dit Lucie d'une voix tremblante en passant un bras autour de mes épaules. Vous étiez comme Roméo et Juliette.

— Non ! m'écriai-je. Non, répétai-je plus calmement. Il ne m'a jamais aimée. Il m'a utilisée ! Neferet, qui était sa maîtresse, l'avait poussé à me séduire.

Je grimaçai, me rappelant la scène atroce à laquelle j'avais assisté. Ils s'étaient moqués de moi ! J'avais donné à Loren mon cœur et mon corps, et même, à cause de notre Empreinte, une partie de mon âme, et il les avait piétinés.

— Attends ! Pourquoi Neferet aurait-elle fait ça, s'ils étaient amants ?

— Elle voulait m'isoler.

Mon sang se glaça.

— Quoi ? C'est absurde ! Comment cela aurait-il pu t'isoler ?

— Facile, répondit Aphrodite à ma place. À mon avis, Zoey n'a pas dit à son troupeau de ringards qu'elle faisait la vilaine fille avec Blake, vu qu'il était professeur et tout ça. Alors elle devait leur mentir pour le voir. Je pense aussi que Neferet n'y est pas pour rien si son petit ami officiel a découvert qu'elle faisait des cochonneries avec quelqu'un d'autre. Erik...

— Hé ! la coupai-je. Ne te gêne pas, continue à parler de moi comme si je n'étais pas là !

— Tu ne vas pas me dire que je raconte n'importe quoi !

— Tu as raison, admis-je à contrecœur. Neferet a fait en sorte qu'Erik nous surprenne.

— Bon sang ! fit Aphrodite. Pas étonnant qu'il se soit comporté comme ça !

— Quoi ? Quand ? demanda Lucie, l'air perdu.

— Erik m'a surprise avec Loren, soupirai-je. Il a pété les plombs. Ensuite, j'ai compris que Loren était avec Neferet et qu'il ne tenait pas à moi, même si nous avions imprimé.

— Imprimé ! répéta Aphrodite. Mince !

— Là, c'est moi qui ai pété les plombs, poursuivis-je en ignorant Aphrodite. C'était déjà assez difficile comme ça, je ne voulais pas entrer dans les détails. Je pleurais lorsque Aphrodite, les Jumelles, Damien, Jack et… Erik sont arrivés. Et Erik leur a tout raconté à propos de Loren et de moi.

— D'une façon que je qualifierais de cruelle, compléta Aphrodite.

— Bon sang ! s'exclama Lucie. Ce devait vraiment être violent pour qu'Aphrodite dise ça.

— Ça l'était, confirma celle-ci. Du coup, ses amis ont pris son histoire avec Loren comme une trahison. Et, juste après ça, une autre bombe : toi, et le fait que Zoey ait gardé secrète ta résurrection. Résultat : son troupeau de ringards énervés l'a condamnée sans pitié.

— Et donc je me suis retrouvée seule, exactement comme Neferet l'avait prévu, terminai-je.

— Ce qui nous amène à ma deuxième vision de ta mort. Là, tu es complètement seule. Aucun mec mignon, aucun troupeau de ringards. Ton isolement est ce qui domine, dans cette vision.

— Qui est-ce qui me tue ?

— C'est très confus. J'ai une image de Neferet, menaçante, mais tout se brouille quand tu te fais attaquer. Juste avant, je vois un truc noir bouger autour de toi.

— Comme un fantôme ou quelque chose du même genre ?

— Non, pas vraiment. Si Neferet était brune, je dirais

que ses cheveux flottaient au vent autour de toi, comme si elle se tenait juste derrière toi.

Elle se tut un instant avant de reprendre :

— Tu es seule, et tu as très, très peur. Tu appelles à l'aide, mais personne ne répond. Tu es tellement terrifiée que tu te figes et ne te défends même pas. Elle – ou cette chose – se sert d'un objet sombre et crochu, et te tranche la gorge. Tu es décapitée, dit-elle en frissonnant. Et il y a beaucoup de sang.

Lucie me serra contre elle.

— C'est dégoûtant ! protesta-t-elle. Tu es obligée d'entrer dans les détails ?

— Ça va, Lucie, fis-je. Aphrodite doit me dire tout ce dont elle se souvient, comme elle l'a fait quand elle vous a vus mourir, ma grand-mère, Heath et toi. C'est la seule façon de trouver un moyen d'empêcher ça. Alors, quoi d'autre ?

— Rien. Tu appelles à l'aide, et rien ne se passe. Tout le monde t'ignore.

— Aujourd'hui, quand j'ai été attaquée, j'ai eu tellement peur que, pendant une seconde, je me suis figée, ne sachant que faire.

— Tu crois que Neferet est derrière tout ça ? demanda Lucie.

— Je ne sais pas. Le parc était plongé dans une obscurité terrifiante.

— C'est ce que j'ai vu, moi aussi, intervint Aphrodite. Ça me fait mal de dire ça, mais tu dois faire en sorte que ton troupeau de ringards te pardonne. Ce n'est pas une bonne chose que tu n'aies pas d'amis.

— Plus facile à dire qu'à faire !

— Pourquoi ? s'étonna Lucie. Raconte-leur la vérité

sur Neferet et Loren, et dis-leur que tu ne pouvais pas leur parler de moi, sinon Neferet aurait…

Elle se tut en réalisant ce qu'elle disait.

— Oui, c'est brillant ! s'esclaffa Aphrodite. Zoey n'a qu'à leur révéler que Neferet est une sorcière maléfique qui a créé des morts vivants ! Comme ça, dès que l'un des ringards approchera d'elle à moins de trois mètres, ce sera une catastrophe : notre prêtresse saura que nous sommes au courant, et elle nous massacrera. Hum, finalement, ce scénario n'est pas si mal…, fit Aphrodite en se tapotant le menton.

— Hé, lança Lucie. Damien, les Jumelles et Jack savent déjà quelque chose qui risque de leur causer des ennuis avec Neferet. Ils savent que je suis vivante.

— Mince ! s'écria Aphrodite. J'avais complètement oublié ce petit détail. C'est curieux que Neferet n'ait pas encore appris ça en lisant dans leurs cerveaux atrophiés…

— Elle était trop occupée à préparer la guerre, déclarai-je.

Devant leur air perplexe, je me rappelai qu'il y avait d'autres nouvelles qui ne leur étaient pas parvenues.

— Lorsque Neferet a appris la mort de Loren, elle a proféré des menaces contre les humains. Elle ne va pas les affronter dans un combat régulier ; non, elle préfère une guérilla. Elle est tellement fausse ! Je me demande pourquoi personne ne s'en rend compte.

— Une guérilla contre les humains ? répéta Aphrodite. Hum, intéressant. Alors je suppose que les Fils d'Erebus vont rester plus longtemps que prévu. Miam. Comme quoi, à quelque chose malheur est bon.

— Comment peux-tu être aussi indifférente ? s'exclama Lucie en sautant sur ses pieds.

— Premièrement, je n'aime pas beaucoup les humains, répondit l'ex-novice en levant la main pour empêcher Lucie de l'interrompre. C'est bon, je n'ai pas oublié que je suis de nouveau humaine. Deuxièmement, Zoey est en vie et en bonne santé, alors cette petite guerre ne m'inquiète pas trop.

— De quoi est-ce que tu parles, Aphrodite ? demandai-je.

Elle prit un air exaspéré.

— Vous allez suivre, oui ou non ? Tout s'éclaire maintenant ! Ma vision évoquait une guerre entre humains et vampires, secondés par des espèces de créatures monstrueuses. D'ailleurs, ce sont sans doute elles qui t'ont attaquée, dirigées par Neferet. Quoi qu'il en soit, la guerre ne commençait qu'après ta mort. Une mort tragique et grotesque. Donc, si on réussit à te garder en vie, on empêchera cette guerre d'éclater.

Lucie poussa un long soupir.

— Tu as raison, Aphrodite. Zoey, tu ne vas pas mourir. Pas seulement parce qu'on t'aime, mais parce que tu dois sauver le monde.

— Oh, super ! Moi, sauver le monde ?

La seule pensée qui me vint fut : « Et dire qu'autrefois ma plus grande source de stress était la géométrie... »

CHAPITRE SIX

— Oui, tu dois sauver le monde, Zoey, mais on sera là, avec toi, promit Lucie en se rasseyant sur le lit à côté de moi.

— Mais non, imbécile, fit Aphrodite. *Moi*, je serai avec elle. Toi, tu dois t'en aller jusqu'à ce qu'on trouve comment parler au troupeau de ringards de toi et de tes amis à l'hygiène douteuse.

Lucie fronça les sourcils.

— Euh ? Des amis ? demandai-je.

— Ils ont subi des épreuves difficiles, Aphrodite. Et sache que prendre des bains et se pomponner, ce n'est pas très important quand on est mort. Ou mort vivant. En plus, tu sais très bien qu'ils vont mieux maintenant et qu'ils se servent de ce que tu leur as acheté.

— OK, les filles, intervins-je. Il va falloir revenir en arrière. De quels amis… ?

Je m'interrompis en comprenant de qui elles parlaient.

— Lucie, ne me dis pas que tu traînes encore avec ces horribles ados dans les tunnels !

— Tu ne comprends pas, Zoey.

— Traduction : « Oui, Zoey, je traîne encore avec ces rebuts dans les tunnels », dit Aphrodite en imitant l'accent de Lucie.

— Toi, arrête ! lui ordonnai-je, avant de me tourner vers Lucie. Je ne comprends pas. Alors explique-toi.

Ma meilleure amie inspira à fond et désigna ses tatouages écarlates.

— Je pense que ceci signifie que je dois rester à proximité des autres novices aux tatouages rouges pour les aider à accomplir leur Transformation.

— Parce qu'il y en a qui ont des tatouages rouges, comme toi ?

Elle haussa les épaules, mal à l'aise :

— En quelque sorte. Je suis la seule dont le tatouage est complet, ce qui veut dire que je me suis transformée. Eux, c'est juste le contour du croissant de lune sur leur front qui est devenu rouge. Ce sont toujours des novices, mais ils sont différents.

Waouh ! Je restai bouche bée, essayant d'imaginer les implications de cette révélation. C'était incroyable ! Il existait un autre type de novices, et donc un nouveau type de vampires ! Pendant un instant, cela m'emplit de joie. Et si plus aucun novice ne devait mourir – du moins pas pour l'éternité ? Ils se transformeraient simplement en novices rouges, quel que soit leur rôle.

Soudain, je me souvins que ces créatures étaient vraiment affreuses. Elles avaient tué des adolescents de façon horrible ; elles avaient essayé de massacrer Heath. Sans mon aide, et mon affinité avec les cinq éléments, il serait mort. Moi avec lui.

Je me rappelai également l'éclair rouge que j'avais vu dans les yeux de Lucie un peu plus tôt, et la cruauté que j'avais tout à coup lue sur son visage. Comme cela avait été passager, je n'avais eu aucun mal à me convaincre que je m'étais trompée – que j'avais tout imaginé ou exagéré.

— Mais, Lucie, ces novices-là étaient affreux !

— Ils le sont toujours, ricana Aphrodite. Et ils sont aussi terriblement grossiers.

— Ils ne sont plus incontrôlables, comme ils l'étaient avant, déclara Lucie, mais ils ne sont pas normaux pour autant.

— Ce sont des déchets repoussants, voilà tout, affirma Aphrodite.

— D'accord, certains ont des problèmes, et alors ?

— Et alors je suis persuadée qu'il serait plus facile de trouver un plan d'action si on ne devait se préoccuper que de toi.

— Il ne s'agit pas d'aller au plus facile. Je me fiche de ce que cela implique, mais je ne vais pas laisser Neferet se servir d'eux.

Soudain, je compris, et je frémis d'horreur.

— Oh non ! Voilà pourquoi Neferet les a ressuscités ! Elle veut se servir d'eux pour combattre les humains.

— Mais, Zoey, dit Lucie, cela fait longtemps que des novices morts ressuscitent ! Or l'assassinat du professeur Nolan et de Loren est récent, et Neferet vient juste de déclarer la guerre aux humains.

Je ne répondis pas. J'en étais incapable. Ce que j'avais à l'esprit était trop horrible pour être formulé à voix haute.

— Que se passe-t-il ? demanda Aphrodite, qui m'observait avec attention.

— Rien. Je pense simplement que Neferet devait attendre depuis un bon moment un prétexte pour s'attaquer aux humains. Je ne serais pas surprise qu'elle ait créé ces zombis pour en faire son armée privée. Je l'ai vue avec Elliott, peu de temps après sa mort. Elle avait tellement de pouvoir sur lui que c'en était répugnant.

Je frissonnai, me rappelant comment Elliott s'était incliné devant elle, léchant le sang qu'elle lui offrait d'une manière plus que suggestive. Une scène absolument dégoûtante.

— Voilà pourquoi je dois rester avec eux, déclara Lucie. Je dois leur montrer qu'ils peuvent eux aussi se transformer. Lorsque Neferet se rendra compte que leurs Marques ont changé, elle essaiera de les contrôler et d'encourager leur sauvagerie. Je suis sûre qu'ils peuvent aller mieux, comme moi je vais mieux.

— Et ceux qui n'ont jamais été bien ? intervint Aphrodite. Rappelle-toi Elliott, le mec dont parlait Zoey ! De son vivant, c'était un loser. Il le sera toujours, même s'il réussit sa Transformation en je ne sais quoi de rouge !

Lucie la foudroya du regard, et Aphrodite poussa un soupir excédé.

— Ce que je veux dire, c'est qu'ils n'étaient pas normaux à la base. Peut-être qu'il n'y a rien à sauver en eux.

— Ce n'est pas à toi de juger qui doit être sauvé ou non. Moi, j'étais plutôt normale avant de mourir et je ne suis plus tout à fait normale, maintenant. Néanmoins, je méritais d'être sauvée !

— Nyx ! dis-je, et elles se retournèrent toutes les deux vers moi, l'air interrogateur. Nyx est la seule à choisir qui mérite ou non d'être sauvé.

— Il faut croire que j'avais oublié Nyx…, lâcha Aphrodite d'un ton triste. De toute façon, la déesse se moque bien d'une simple humaine.

— Ce n'est pas vrai, protestai-je. Nyx est toujours avec toi, Aphrodite. La déesse ne t'a pas abandonnée, sinon elle t'aurait privée de tes visions en même temps que de ta Marque.

J'étais absolument certaine d'avoir raison. Aphrodite était insupportable, mais, pour une raison que j'ignorais, elle avait de l'importance pour notre déesse.

Aphrodite me regarda droit dans les yeux :

— C'est une simple supposition, ou une certitude ?

— Une certitude, affirmai-je en soutenant son regard.

— Promis ?

— Promis.

— C'est très bien, tout ça, Aphrodite, intervint Lucie, mais n'oublie pas que tu n'es pas tout à fait normale, toi non plus.

— Peut-être, mais je suis séduisante, propre, et je ne cours pas dans de vieux souterrains dégoûtants en crachant et en montrant les dents aux visiteurs.

— Ce qui nous amène à une autre question. Que faisais-tu dans les souterrains ? demandai-je à Aphrodite.

Elle leva les yeux au ciel :

— Mlle Country, ta meilleure amie, ici présente, s'est sentie obligée de me suivre hier !

— Tu as paniqué quand ta Marque a disparu et, contrairement à certaines personnes, je ne suis pas une sorcière. Et puis, c'est peut-être ma faute si tu as perdu ta Marque. Je devais m'assurer que tu allais bien.

— Tu m'as mordue, imbécile ! Bien sûr que c'est ta faute !

— Je me suis déjà excusée.

— Hé, les filles ! Ne changez pas de sujet !

— D'accord. Je suis descendue dans ces tunnels parce que ta stupide meilleure amie allait cramer à la lumière du soleil.

— Mais pourquoi tu as disparu pendant deux jours ?

Aphrodite parut mal à l'aise.

— C'est le temps qu'il m'a fallu pour me décider à

revenir. Sans compter que je devais aider Lucie à acheter des trucs pour les monstres qui vivent dans les souterrains. Même moi, je ne pouvais pas les laisser là-bas comme… comme ça, dit-elle en frissonnant.

Elle se tut un instant, avant de reprendre :

— Quand tu vas y retourner, tu ferais bien d'amener avec toi une équipe de nettoyage. Je te prêterais bien les domestiques de mes parents, mais tes potes risqueraient de les manger, et, comme dirait ma mère, c'est difficile de trouver de bons clandestins.

— Je ne vais pas les laisser manger des gens et je vais remettre de l'ordre dans les souterrains, dit Lucie, sur la défensive.

— Lucie, n'y a-t-il pas un autre endroit où toi et tes… euh… tes novices rouges pourriez séjourner ? demandai-je.

— Non ! s'écria-t-elle, avant de me sourire d'un air penaud. Tu comprends, je me sens bien là-bas, et eux aussi. Nous avons besoin d'être sous terre.

Elle jeta un regard furieux à Aphrodite, qui grimaçait, l'air écœuré.

— Oui, je sais, ce n'est pas normal, mais je t'ai dit que je n'étais pas normale !

— Il n'y a rien de mal à ne pas être dans la norme. Regarde-moi, dis-je en désignant mes tatouages. Je suis la reine de l'anormal ! Pourrais-tu m'expliquer en quoi tu n'es pas normale ?

— OK. Bon, il y a encore plein de choses que j'ignore sur moi-même : cela fait seulement quelques jours que je me suis transformée. Pourtant, je sais que j'ai des pouvoirs que les autres vampires n'ont pas.

Elle se mordit la lèvre.

— Comme… ? lui demandai-je.

— Comme le fait de courir sur les murs. Mais cela vient peut-être de mon affinité avec la terre.

Je hochai la tête :

— Possible… Moi, j'ai découvert que je pouvais appeler les éléments pour disparaître en devenant brouillard ou vent.

— Oh oui ! s'exclama Lucie. Je me souviens que tu étais presque invisible, l'autre fois !

— Oui, alors ta capacité n'a peut-être rien d'anormal. Peut-être que tous les vampires avec une affinité élémentaire peuvent faire de telles choses.

— Génial ! éclata Aphrodite. Vous vous retrouvez toutes les deux avec des pouvoirs super cool, et moi, je n'ai que mes visions pourries.

— C'est parce que tu es une garce pourrie gâtée, rétorqua Lucie.

— Quoi d'autre ? demandai-je avant qu'elles ne recommencent à se chamailler.

— Je brûle si je me mets au soleil.

— Même maintenant ? Tu en es sûre ?

— Elle en est sûre, répondit Aphrodite. C'est pour ça qu'on a dû descendre dans ces horribles souterrains. Le soleil se levait. Nous étions en centre-ville, et Lucie a paniqué.

— N'importe quoi ! J'étais juste inquiète. Je savais que quelque chose de grave se produirait si nous restions à découvert.

— Si, tu as complètement paniqué quand la lumière du soleil t'a touchée ! Regarde, Zoey, dit Aphrodite en désignant le bras de Lucie.

Avec mauvaise grâce, celle-ci remonta la manche de sa chemise. Une tache rouge s'étendait jusqu'à son coude, comme si elle avait attrapé un gros coup de soleil.

Je me penchai dessus :

— Ça n'a pas l'air si terrible. Un peu d'écran total, des lunettes, une casquette, et tu n'auras rien à craindre.

— Euh... non, reprit Aphrodite. Tu n'as pas vu son bras *avant* qu'elle le soigne en buvant du sang. Il n'était vraiment pas beau à regarder. C'était une brûlure au troisième degré, qui, grâce au sang, s'est transformée en simple coup de soleil. Qui sait ce qui se serait passé si tout son corps avait frit ?

— Lucie, j'espère que tu n'as pas mangé un SDF ou qui que ce soit pour te sortir d'affaire...

Elle secoua la tête si fort que ses boucles dansèrent dans tous les sens.

— Non. En rejoignant les souterrains, on a fait un petit détour et on a emprunté du sang à la Croix-Rouge.

— « Emprunter » signifie rendre quand on n'en a plus besoin, rectifia Aphrodite. Or, à moins que tu ne deviennes le premier vampire boulimique de l'histoire, je ne crois pas que tu leur rendras le sang. Donc, en fait, tu l'as volé. Ce qui nous amène à un autre nouveau pouvoir de ta meilleure amie, Zoey. Cette fois, j'étais là, je peux témoigner. Elle est extrêmement douée pour contrôler l'esprit des humains.

— C'est comme si je pouvais pénétrer dans leur cerveau et leur faire accomplir certaines choses, admit Lucie.

— Genre ?

— Leur faire oublier qu'ils m'ont vue, et je ne sais quoi d'autre encore. J'y parvenais déjà un peu avant ma Transformation, mais pas aussi bien que maintenant, et cela me met mal à l'aise ! Ça me paraît méchant.

Aphrodite eut un petit rire méprisant.

— OK, quoi d'autre ? Apparemment, tu n'as plus besoin d'y être invitée pour pouvoir entrer chez quelqu'un.

Non pas que je n'aurais pas voulu le faire, ajoutai-je rapidement.

— Aucune idée. Je me suis introduite sans problème à la Croix-Rouge.

— Oui, après avoir forcé cette petite laborantine à déverrouiller la porte, précisa Aphrodite.

Lucie rougit :

— Je ne lui ai pas fait de mal, et elle ne s'en souviendra pas. Et puis, c'est différent. La Croix-Rouge est un lieu public. Quant à cette chambre, c'est l'endroit où je vivais avant... avant de mourir.

Je souris :

— Je m'en souviens, figure-toi.

— Arrêtez votre numéro d'amies pour la vie, je vais vomir ! dit Aphrodite.

— Lucie, tu ne pourrais pas t'emparer de son esprit pour qu'elle nous fiche la paix une bonne fois pour toutes ? gémis-je.

— Non, j'ai déjà essayé. Quelque chose dans son cerveau m'empêche d'y pénétrer.

— Mon intelligence supérieure, sans doute.

— Ta mesquinerie supérieure, plutôt ! Continue, Lucie.

— Voyons... quoi d'autre ? Je suis beaucoup plus forte que je ne l'étais.

— Tous les vampires sont plus forts, lui fis-je remarquer. Tu dois toujours boire du sang ?

— Oui, mais si je n'en avais pas, je ne pense pas que je péterais les plombs comme avant et que je me transformerais en monstre sanguinaire.

— Elle n'en est pas sûre, souligna Aphrodite.

— Je déteste être d'accord avec elle, mais elle a raison, soupira Lucie. J'ignore tant de choses sur moi que c'en est effrayant !

— Ne t'inquiète pas, nous avons le temps de les découvrir.

Lucie haussa les épaules :

— Eh bien, vous allez vous y coller toutes seules, car je dois y aller, annonça-t-elle en se dirigeant vers la fenêtre.

— Attends ! On n'a pas fini ! Et puis, avec la fin précipitée des vacances de Noël, il va y avoir des novices et des vampires partout, sans parler des Fils d'Erebus et de la guerre contre les humains, alors je vais avoir du mal à quitter le campus. Je ne sais pas quand je pourrai te revoir.

— J'ai toujours le téléphone que tu m'as donné. Tu n'as qu'à m'appeler, et j'arriverai aussitôt.

— Enfin, à condition qu'il ne fasse pas jour, précisa Aphrodite en m'aidant à ouvrir la fenêtre.

— Oui, évidemment. Tu sais, Aphrodite, tu peux venir avec moi si tu ne veux pas rester ici, à faire semblant d'être comme avant.

Je regardai ma meilleure amie, surprise. Elle ne supportait pas Aphrodite, et voilà qu'elle lui faisait cette proposition, avec la gentillesse que je lui avais connue, et que j'aimais. Je me sentis coupable d'avoir imaginé un seul instant qu'elle puisse encore se comporter comme un mort vivant.

Aphrodite ne réagit pas, et Lucie ajouta quelque chose qui me parut étrange :

— Je sais ce que c'est de faire semblant. Tu n'y serais pas obligée dans les souterrains.

Je crus qu'Aphrodite allait faire une remarque désobligeante sur les novices rouges et leur manque d'hygiène, mais ce qu'elle répondit me surprit plus encore que la proposition de Lucie.

— Je dois rester ici et faire comme si j'étais toujours une novice. Zoey ne peut pas rester seule, et je ne fais pas confiance à Damien et aux Jumelles abruties en ce moment. Mais merci, Lucie.

— Tu vois, tu peux être gentille quand tu veux, observai-je en lui souriant.

— Je ne suis pas gentille. Je suis sensée, c'est tout. Un monde en guerre, ce n'est pas marrant. S'épuiser à courir, à se battre et à s'entretuer, c'est mauvais pour les cheveux et pour les ongles, sans parler de la peau.

— Aphrodite, soupirai-je, la gentillesse n'est pas un défaut.

— Selon la reine de l'anormal, persifla-t-elle.

— Ce qui signifie qu'elle est ta reine, Fille aux Visions, dit Lucie, avant de m'enlacer. Au revoir, Zoey. On se reverra bientôt, je te le promets.

Je la serrai dans mes bras.

— Je préférerais que tu restes.

— Tout ira bien. Crois-moi, les choses vont s'arranger.

Elle se faufila par la fenêtre et commença à descendre le long du mur comme un insecte. Son corps devint presque transparent. En fait, si je n'avais pas su qu'elle était là, je ne l'aurais pas distingué.

— On dirait un de ces lézards qui changent de couleur pour se fondre dans leur environnement, commenta Aphrodite.

— Leur nom, c'est les caméléons.

Quand nous eûmes refermé la fenêtre et les rideaux, je soupirai :

— Alors, qu'est-ce qu'on va faire ?

Aphrodite se mit à fouiller dans le petit sac à main très chic qu'elle portait toujours à l'épaule.

— Toi, je ne sais pas. Moi, je vais me dessiner une Marque avec ce crayon ridicule trouvé dans une vulgaire supérette. Même une handicapée de la mode n'utiliserait pas ça ! Ensuite, je vais me rendre à la réunion de Neferet.

— Je voulais dire : qu'est-ce qu'on va faire au sujet de ces questions de vie et de mort ?

— Je n'en sais rien ! Je veux juste redevenir comme j'étais avant que tu n'arrives et que tout dégénère. Je veux être populaire, puissante, et sortir avec le mec le plus canon de l'école. Et voilà qu'au lieu de ça je suis une humaine avec des visions terrifiantes, et je ne sais pas quoi faire.

Je ne dis rien pendant un instant. C'était ma faute si Aphrodite avait perdu sa popularité, son pouvoir, et son petit ami. Lorsque je repris la parole, je me surpris moi-même en lui disant exactement ce que j'avais en tête.

— Tu dois me détester.

Elle m'observa un long moment.

— Je t'ai détestée, dit-elle lentement. Mais maintenant c'est surtout moi que je déteste.

— Il ne faut pas.

— Et pourquoi ça ? Tout le monde me déteste !

Son ton était dur, mais elle avait les yeux pleins de larmes.

— Tu te rappelles les choses cruelles que tu m'as dites il y a peu de temps, quand tu croyais que j'étais parfaite ?

Elle eut un petit sourire.

— Il va falloir que tu me rafraîchisses la mémoire. Je t'ai dit un tas de choses cruelles.

— Cette fois-ci, tu as prétendu que le pouvoir changeait les gens et leur faisait faire n'importe quoi.

— Ah oui, ça me revient. Je parlais des gens autour de toi.

— Eh bien, tu avais raison, autant pour les autres que pour moi. Je le comprends maintenant. Et je comprends beaucoup des choses stupides que tu as faites. Pas toutes, dis-je en souriant, mais beaucoup. Parce que j'ai fait moi aussi plein de trucs idiots, et je pense que ce n'est qu'un début… aussi déprimant que ce soit.

— Déprimant, mais vrai. Tiens, à ce propos, tu ferais bien de garder cela en tête s'agissant de Lucie. Elle a changé.

— Tu vas devoir trouver mieux que ça, fis-je, soudain prise de nausée.

— Ne me dis pas que tu n'as rien remarqué de bizarre chez elle !

— Elle a traversé des épreuves difficiles.

— Exactement. Et ça l'a changée.

— Tu ne l'as jamais aimée, alors je ne m'attends pas à ce que tu t'entendes bien avec elle d'un seul coup, mais je ne vais pas te laisser raconter n'importe quoi à son sujet – surtout après qu'elle t'a proposé de partir avec elle pour que tu ne sois pas obligée de rester ici à jouer la comédie.

Je sentais ma colère grandir, sans savoir si c'était parce qu'Aphrodite avait tort ou parce qu'elle avait énoncé une vérité effrayante que je ne voulais pas affronter.

— Il ne t'est pas venu à l'esprit qu'elle voulait que je parte parce qu'elle n'a pas envie que je passe du temps avec toi ?

— N'importe quoi ! Qu'est-ce que ça pourrait bien lui faire ? C'est ma meilleure amie, pas mon petit ami.

— Réfléchis un peu ! Elle se doute que je l'ai percée à jour, et que je te le dirai. Ta copine n'est plus comme avant. Je ne sais pas précisément ce qu'elle est, et je crois qu'elle l'ignore elle aussi, mais elle n'est plus ta bonne petite Lucie.

— C'est normal ! Elle est morte, Aphrodite ! Dans mes bras. Tu te souviens ? Et je l'aime suffisamment pour ne pas lui tourner le dos juste parce que ces événements terribles l'ont changée.

Aphrodite me dévisagea longtemps en silence – si longtemps que j'en eus mal au ventre.

— Bien, lâcha-t-elle enfin. Crois ce que tu veux. J'espère que tu as raison.

— J'ai raison, et je ne veux plus en parler.

— Bien, répéta-t-elle. Je n'ai rien à ajouter.

— Tant mieux. Termine ta Marque et allons à la réunion.

— Ensemble ?

— Oui.

— Cela ne te dérange pas que les gens apprennent qu'on ne se déteste pas ?

— Voilà comment je vois les choses : les gens, mes amis en particulier, vont penser un tas de choses pas très sympas sur notre entente soudaine…

— Ce qui empêchera leurs petits cerveaux de s'occuper de Lucie.

— Mes amis n'ont pas des petits cerveaux !

— Si tu le dis…

— Mais, en effet, Damien et les Jumelles seront furieux contre toi, et Neferet ne lira que cela dans leur esprit.

— Voilà qui ressemble à un début de plan, dit Aphrodite.

— Malheureusement, c'est tout ce que j'ai.

— Au moins, tu persévères quand il s'agit de ne pas savoir quoi faire.

— Merci de voir les choses de façon positive.

— Ravie de pouvoir te faire plaisir !

Lorsqu'elle eut fini de dessiner sa fausse Marque, nous nous dirigeâmes vers la porte. Avant de l'ouvrir, je lui jetai un regard en biais.

— Oh, et je ne te déteste pas. À vrai dire, je commence même à t'apprécier.

Elle m'adressa son plus beau sourire méprisant.

— Qu'est-ce que je disais ? Tu persévères à ne pas savoir ce que tu fais.

Je riais quand j'ouvris la porte, et me retrouvai nez à nez avec Damien, Jack et les Jumelles.

CHAPITRE SEPT

— Nous voulons te parler, dit Damien.
— Et nous sommes contents de voir qu'elle s'en va, enchaîna Shaunee en foudroyant Aphrodite du regard.

Je lus du chagrin sur le visage d'Aphrodite.

— Bien. Je m'en vais, murmura-t-elle.
— Non, tu ne vas nulle part, dis-je.

J'attendis que les Jumelles se calment pour poursuivre.

— Nyx intervient fortement dans sa vie. Faites-vous confiance au jugement de Nyx ?
— Oui, bien sûr, répondit Damien.
— Alors, vous allez devoir accepter Aphrodite.

Il y eut un long silence, pendant lequel ils se consultèrent du regard.

— Le problème, c'est qu'aucun de nous ne lui fait confiance, à elle, finit par lâcher Damien.
— Moi, je lui fais confiance.

Bon, ce n'était pas vrai à cent pour cent, mais j'étais sûre que Nyx agissait à travers elle.

— Il se trouve que nous avons un problème de confiance avec toi, Zoey, déclara Shaunee.
— Non mais quelle bande de nuls ! éclata Aphrodite. Vous êtes complètement illogiques. Vous n'arrêtez pas

de répéter : « Oui, on a confiance en Nyx ! », et en même temps vous prétendez vous méfier de Zoey. Zoey est *la* novice. Personne – vampires et novices confondus – n'a reçu autant de dons de la déesse. Vous me suivez ?

— Elle n'a peut-être pas tort…, fit Damien, songeur.

— Sans blague ? railla Aphrodite. Une autre info pour vous : dans ma dernière vision, Zoey se fait tuer, et le monde sombre dans le chaos à cause de ça. Et devinez qui est responsable de la mort de votre prétendue amie ? Vous tous ! Zoey est assassinée parce que vous lui tournez le dos.

— Elle a eu une vision de ta mort ? me demanda Damien, blanc comme un linge.

— Oui, deux, même. Mais elles étaient assez embrouillées. En tout cas, je dois rester à l'écart de l'eau et…

Je m'interrompis. J'avais failli dire « et de Neferet ». Heureusement, Aphrodite prit le relais.

— Et elle ne doit pas être isolée. Ce qui signifie que vous avez intérêt à vous réconcilier et à vous embrasser. Seulement, ne le faites pas sous mes yeux, ça risque de me rendre malade.

— Tu nous as blessés, Zoey, dit Shaunee, aussi pâle que Damien.

— Mais on ne veut pas que tu meures, termina Erin, l'air bouleversé.

— Je mourrais si tu mourais, déclara Jack en reniflant.

— Alors, vous allez vous reprendre et redevenir copains comme cochons ! conclut Aphrodite.

— Depuis quand tu te soucies de Zoey ? s'étonna Damien.

— Depuis que je travaille pour Nyx, et non plus pour moi. Nyx se soucie de Zoey, donc je me soucie de Zoey. Une chance pour elle ! Vous êtes censés être ses meilleurs amis, et il a suffi d'un secret de rien du tout et de quelques malentendus pour que vous la laissiez tomber ! Purée, Zoey, avec des amis comme ça, tu n'as plus besoin de moi comme ennemie !

Damien se détourna d'Aphrodite en secouant la tête, plus triste qu'en colère.

— Ce qui me perturbe le plus dans toute cette histoire, c'est que, de toute évidence, tu lui racontes à elle ce que tu refuses de nous confier.

— Oh, je t'en prie ! Tu ne vas pas nous faire une crise parce que je prends votre place auprès de Zoey ! Si elle se confie à moi, c'est pour une raison simple : les vampires ne peuvent pas lire dans mes pensées.

Damien battit des paupières, surpris. Puis il écarquilla les yeux et me regarda.

— Toi non plus, ils ne peuvent pas déchiffrer tes pensées ?

— Non, répondis-je.

— Ça alors ! s'écria Shaunee. Tu penses que si tu nous racontais tout, ils seraient au courant ?

— Je ne crois pas qu'ils puissent lire aussi facilement dans nos esprits, Zoey, fit Erin. Sinon, un tas de novices seraient constamment dans le pétrin.

— Attends ! intervint Damien. Ils ne font pas attention quand il s'agit de trucs typiques d'ados, comme faire le mur ou boire de l'alcool. Ça, les vampires s'en moquent ! En revanche, s'ils se doutaient qu'il se passe quelque chose de plus grave qu'une entorse au règlement, s'ils apprenaient que certains novices fourrent leur nez dans ce qui ne les concerne pas, là, ils feraient drôlement attention ! Du coup, il y a des trucs que tu ne pouvais pas nous dire !

— Bon sang ! souffla Shaunee.

— Ça craint, fit en écho Erin.

— Ça vous a pris du temps pour percuter ! railla Aphrodite.

Damien ignora sa remarque.

— Ça a un rapport avec Lucie, n'est-ce pas ?

Je hochai la tête.

— Hé, en parlant de ça... commença Shaunee.

— Que lui est-il arrivé ? finit Erin.

— Rien, prétendit Aphrodite. Elle m'a trouvée, je me suis calmée quand ma Marque est revenue, et puis je suis rentrée ici.

— Et où est-elle allée ? voulut savoir Damien.

— Est-ce que j'ai l'air d'une baby-sitter ? Votre plouc de copine a juste annoncé qu'elle devait partir parce qu'elle avait des problèmes. Tu parles d'un scoop !

— Toi tu vas avoir des problèmes avec mon poing si tu dis du mal de Lucie, la prévint Shaunee.

— Je peux la tenir pendant que tu la frappes, proposa Erin.

— Vous partagez le même cerveau ou quoi ? ricana Aphrodite.

— Stop ! Ça suffit ! hurlai-je. Je risque de mourir. Deux fois. Une espèce de fantôme m'a attaquée aujourd'hui, et je crève de peur. Je ne sais pas ce qui se passe avec Lucie, et Neferet nous attend pour nous parler de sa foutue guerre – une guerre qui ne doit pas avoir lieu. Et vous, vous passez votre temps à vous chamailler ! Vous me tapez sérieusement sur les nerfs !

— Vous feriez mieux de l'écouter, leur conseilla Aphrodite, elle est sur le point de péter un plomb !

Ils me regardèrent tous, inquiets.

— OK. On va essayer de s'entendre, promit Damien.

— Pour Zoey, dit Jack avec un sourire adorable.

— Pour Zoey, répétèrent les Jumelles en chœur.

Mon cœur se gonfla de joie : ils étaient mes amis ; quoi qu'il arrive, ils resteraient à mes côtés.

— Merci, murmurai-je, émue. Vous êtes de vrais potes.

S'ensuivit un silence gêné.

— Oh, Damien, on doit y aller, déclara enfin Jack, pour s'assurer que Stark est bien installé avant que la réunion commence.

— On a un truc à faire, nous aussi, fit Shaunee. À tout à l'heure, Zoey.

Ils partirent aussitôt, me laissant seule avec Aphrodite.

— Alors, mes amis ne sont pas si terribles, hein ?

Elle posa sur moi ses yeux bleus et froids.

— Ce sont tous des abrutis.

Je lui fis un clin d'œil et lui donnai un petit coup d'épaule.

— Ça fait de toi une abrutie, alors !

— C'est bien ce qui m'inquiète... Bon, viens dans ma chambre. Tu dois m'aider à résoudre un problème.

— D'accord, dis-je en haussant les épaules.

J'étais très contente. Mes copains me parlaient de nouveau, et il y avait une chance que tous finissent par s'entendre.

— Hé, dis-je en marchant dans le couloir, tu as remarqué que les Jumelles sont moins agressives envers toi ?

— Les Jumelles sont symbiotiques. La science devrait se pencher sur leur cas. Mais ce n'est pas ce qui me préoccupe en ce moment, Zoey. J'ai besoin de ton aide.

Une fois dans sa chambre, aménagée et décorée à la *Gossip Girl*, elle ouvrit l'armoire peinte à la main – une antiquité qui devait coûter une fortune – qui se trouvait à côté de son lit à baldaquin sculpté – une antiquité, également, valant également une fortune.

— Oh, au fait, dit-elle tout en fouillant dedans, tu dois faire en sorte que le conseil nous permette, ainsi malheureusement qu'à ton troupeau de ringards, de quitter le campus.

— Hein ?

Elle soupira et se tourna vers moi.

— Tu me suis, oui ou non ? Nous devons pouvoir aller et venir librement, pour découvrir ce que manigancent les amis répugnants de Lucie. Il se peut que tu aies raison, et que Neferet veuille les utiliser contre les humains. Non que j'aime particulièrement mes congénères, mais je déteste la guerre. Alors, je pense que tu devrais essayer d'en savoir plus.

— Pourquoi moi ? Et pourquoi est-ce à moi de trouver un moyen de circuler hors du campus ?

— Parce que c'est toi, le super héros ! Moi, je ne suis que ton acolyte sexy. Et tes ringards sont des imbéciles. Tu trouveras une solution, comme toujours.

Je la regardai, surprise.

— Ta foi en moi est étonnante.

Je ne plaisantais pas. Elle semblait vraiment croire que j'allais les sortir de cette situation.

— Pourquoi ? demanda-t-elle en se remettant à fouiller dans son armoire. Je sais mieux que quiconque à quel point Nyx t'a gâtée. Que tu es puissante, et bla-bla-bla. Alors, tu sauras te débrouiller… Ah, enfin ! On devrait avoir une bonne ici ! Impossible de mettre la main sur mes affaires quand je suis obligée de les ranger moi-même !

Elle brandit une bougie verte, placée dans un joli vase de cristal vert, et un briquet fantaisie.

— Tu… tu avais besoin de moi pour allumer une bougie ? soufflai-je.

— Non, petit génie. Parfois, je me demande vraiment ce que Nyx a en tête ! soupira-t-elle en me tendant le petit briquet doré. Je veux que tu m'aides à découvrir si j'ai perdu mon affinité avec la terre.

CHAPITRE HUIT

Mon regard allait de la bougie à Aphrodite. Elle était très pâle, et ses lèvres blêmes étaient serrées en une fine ligne.

— Tu n'as pas essayé d'invoquer la terre depuis que tu as perdu ta Marque ? lui demandai-je doucement.

Elle secoua la tête en grimaçant : on aurait dit qu'elle avait mal au ventre.

— OK. Je veux bien t'aider à y voir plus clair.

— C'est ce que je pensais, lâcha-t-elle avant d'inspirer profondément. Finissons-en.

Elle se dirigea vers le mur en face de son lit et se tint là, sa bougie à la main.

— Voici le nord.

— Très bien.

D'un pas décidé, j'allai me placer devant elle. Je me tournai vers l'est, fermai les yeux et me concentrai.

— Il remplit nos poumons et nous donne la vie. J'appelle l'air dans mon cercle.

Même sans la bougie jaune représentant l'élément – et sans Damien et son affinité –, je sentis immédiatement une douce brise contre mon corps.

J'ouvris les yeux et me tournai vers le sud.

— Il nous réchauffe et nous protège. J'appelle le feu dans mon cercle.

Je souris lorsque l'air autour de moi se réchauffa. Je fis un quart de tour à droite.

— Elle nous lave et nous désaltère. J'appelle l'eau dans mon cercle.

Des vagues invisibles me léchèrent les jambes. Satisfaite, je pivotai et me retrouvai face à Aphrodite.

— Prête ?

Elle hocha la tête, ferma les yeux et leva la bougie verte qui représentait son élément.

— Elle nous soutient et nous entoure. J'appelle la terre dans mon cercle.

J'allumai le briquet et l'approchai de la bougie.

— Oh merde ! s'écria Aphrodite en laissant tomber la bougie comme si elle l'avait brûlée.

Ses yeux étaient pleins de larmes.

— Je l'ai perdue, dit-elle dans un murmure. Nyx m'a enlevé mon affinité ! Je le savais. Je savais que je n'étais pas assez bonne pour garder un don si extraordinaire.

— Non, je suis sûre que c'est faux, déclarai-je.

— Tu as bien vu ! sanglota-t-elle. Nyx ne veut plus que je représente la terre !

— Oui, j'ai bien vu. Et, non, je ne pense pas que Nyx ait enlevé ton affinité parce que tu ne la méritais pas. Laisse-moi te montrer.

Je reculai d'un pas et, sans allumer la bougie cette fois, je répétai :

— Elle nous soutient et nous entoure. J'appelle la terre dans mon cercle.

Je fus aussitôt enveloppée par les parfums et les bruits d'une prairie au printemps. Essayant d'ignorer les pleurs redoublés d'Aphrodite, je me plaçai au centre de mon cercle invisible et appelai le dernier des cinq éléments.

— C'est ce que nous sommes avant notre naissance, et ce que nous redeviendrons à notre mort. J'appelle l'esprit dans mon cercle.

Mon âme se mit à chanter tandis que le dernier élément se répandait en moi.

Me concentrant sur le pouvoir qui m'emplissait toujours lorsque j'évoquais les éléments, je levai les bras au ciel et renversai la tête en arrière en imaginant le velours noir du ciel nocturne. Et je m'adressai à la déesse comme je me serais adressée à ma grand-mère ou à ma meilleure amie.

J'aime à croire que Nyx apprécie mon honnêteté.

— Nyx, grâce à ce pouvoir que vous m'avez donné, je vous demande d'entendre ma prière. Aphrodite a beaucoup perdu, mais je ne pense pas que vous ne vous souciez plus d'elle. Je pense qu'il s'agit de quelque chose d'autre, et j'aimerais que vous lui montriez que vous êtes toujours avec elle – quoi qu'il arrive.

Il ne se passa rien. J'inspirai profondément et me concentrai de nouveau. Nyx m'avait déjà répondu. Parfois, elle me parlait ; parfois, elle m'envoyait des prémonitions. « Les deux me conviendraient tout à fait », pensai-je en silence. Les yeux fermés, je tendis l'oreille en retenant mon souffle. J'étais tellement concentrée que je faillis ne pas entendre le petit cri d'Aphrodite.

J'ouvris les paupières et restai bouche bée.

Entre Aphrodite et moi flottait l'image argentée d'une femme superbe. Plus tard, lorsque nous essayerions de la décrire, nous nous rendrions compte que nous ne nous souvenions d'aucun détail, sauf qu'on aurait dit une incarnation de l'esprit.

— Nyx ! m'écriai-je.

La déesse me sourit, et je crus que mon cœur allait exploser de bonheur.

— Bonjour, ma *u-we-tsi a-ge-ya,* dit-elle, utilisant le mot « fille » en cherokee, comme le faisait souvent ma grand-mère. Tu as bien fait de m'appeler. Tu devrais suivre ton instinct plus souvent, Zoey. Il ne te trompera jamais.

Elle se tourna ensuite vers Aphrodite, qui, dans un sanglot, tomba à genoux.

— Ne pleure pas, ma chère enfant.

Nyx tendit sa main légère et lui caressa la joue.

— Pardonnez-moi, Nyx ! s'écria Aphrodite. J'ai fait tant de choses stupides, commis tant d'erreurs ! J'en suis désolée, vraiment. Je comprends que vous m'ayez enlevé ma Marque et mon affinité avec la terre. Je ne les mérite pas.

— Fille, tu ne m'as pas comprise. Je ne t'ai pas enlevé ta Marque. C'est la force de ton humanité qui l'a consumée, tout comme elle a sauvé Lucie. Que cela te plaise ou non, tu seras toujours plus humaine qu'autre chose, et c'est pourquoi je t'aime si profondément. Mais tu es plus que ça ; cependant, tu devras découvrir toi-même – et choisir – ce que tu es exactement.

Sur ce, la déesse prit la main d'Aphrodite et l'aida à se relever.

— L'affinité avec la terre ne t'a jamais appartenu, Aphrodite ; tu la gardais simplement pour Lucie en attendant qu'elle redevienne humaine. C'est à toi que j'ai accordé ma confiance pour garder à l'abri ce don précieux, de même que tu as été le canal par lequel elle a retrouvé son humanité.

— Alors, vous n'êtes pas en train de me punir ? demanda Aphrodite.

— Non, ma fille. Tu te punis suffisamment toi-même, répondit Nyx avec douceur.

— Et vous ne me détestez pas ?

— Je t'aime, Aphrodite. Je t'aimerai toujours.

Cette fois, les larmes qui coulaient sur les joues d'Aphrodite étaient des larmes de joie.

— Vous avez toutes deux une longue route devant vous, sur laquelle vous allez devoir cheminer ensemble. Comptez l'une sur l'autre. Écoutez votre instinct ; faites confiance à la petite voix qui est en vous.

La déesse se tourna vers moi.

— *U-we-tsi a-ge-ya*, un grand danger t'attend.

— Je sais. Vous ne voulez pas de cette guerre.

— Non, ma fille, mais ce n'est pas de ce danger que je parle.

— Pourquoi n'empêchez-vous pas cette guerre ? Neferet doit vous écouter ! Elle doit faire ce que vous ordonnez ! m'écriai-je.

Nyx me regarda sereinement avant de me demander :

— Sais-tu quel est le plus grand don que j'ai jamais fait à mes enfants ?

Je réfléchis, en vain : mon esprit était un véritable fouillis d'énigmes et de fragments de vérité.

La voix d'Aphrodite s'éleva alors, forte et claire :

— Le libre arbitre.

— Oui, ma fille. Et, lorsque j'ai fait un cadeau, je ne le reprends jamais. Le don devient la personne, et si je devais intervenir et exiger l'obéissance, ou enlever une affinité, je détruirais cette personne.

— Mais peut-être que Neferet vous écouterait si vous lui parliez comme vous nous parlez maintenant, insistai-je. Elle est votre grande prêtresse. Elle est censée vous servir.

— Cela me fait de la peine, mais Neferet a choisi de m'ignorer. Voilà le danger dont je veux vous prévenir. Elle écoute une autre voix, une voix qui lui chuchote à l'oreille depuis très longtemps. J'espérais que son amour pour moi l'emporterait, mais cela n'a pas été le cas. Zoey, Aphrodite comprend beaucoup de choses. Quand elle dit que le pouvoir change les gens, elle a raison. Le pouvoir transforme celui qui le possède et ceux qui l'entourent, même s'il serait simpliste de dire qu'il corrompt toujours.

Tandis qu'elle parlait, je remarquai que des vagues luisantes agitaient son corps, comme un brouillard baigné de lune montant dans un champ, rendant son image de plus en plus floue.

— Attendez ! m'exclamai-je. Ne partez pas déjà. J'ai tellement de questions à vous poser !

— La vie te révélera les choix que tu dois faire pour y répondre.

— Vous avez dit que Neferet écoutait la voix de quelqu'un d'autre. Cela signifie-t-il qu'elle n'est plus votre grande prêtresse ?

— Neferet a quitté mon chemin et a choisi le chaos. Mais, rappelle-toi, je ne reprends jamais ce que j'ai donné. Alors ne sous-estime pas ses pouvoirs. La haine qu'elle essaie de réveiller est une force dangereuse.

— Cela m'effraie, Nyx. Je... je fais toujours n'importe quoi, bafouillai-je. Surtout ces derniers temps.

La déesse sourit de nouveau.

— Ton imperfection fait partie de ton pouvoir. Cherche de la force dans la terre, et des réponses dans les légendes du peuple de ta grand-mère.

— Ce serait plus sûr si vous me disiez ce que vous attendez de moi.

— Non, tu dois trouver toi-même ton chemin, et, grâce à cette découverte, tu feras le choix qui appartient à chacun de mes enfants, entre l'amour et le chaos.

— Parfois, l'amour et le chaos se ressemblent, intervint Aphrodite avec véhémence.

Bizarrement, cela ne parut pas déranger Nyx, qui hocha la tête.

— En effet. Cependant, en regardant au fond des choses, tu verras que, si le chaos et l'amour sont tous deux puissants et séduisants, ils sont aussi différents que le clair de lune et la lumière du soleil. Rappelez-vous... Je ne suis jamais loin de votre cœur, mes chères filles...

La lumière argentée frémit une dernière fois, et la déesse disparut.

CHAPITRE NEUF

— Eh bien ! L'amour et le chaos sont identiques mais ne le sont pas. Neferet n'écoute plus Nyx, mais elle a toujours des pouvoirs. Oh, et elle essaie de « réveiller » quelque chose de dangereux. Qu'est-ce que ça veut dire ? S'agit-il de quelque chose d'abstrait, comme l'animosité contre les humains, ou essaie-t-elle véritablement de réveiller une créature horrible et terrifiante qui pourrait tous nous dévorer ? Comme ce truc effroyable qui m'a griffée tout à l'heure ? C'est à n'y rien comprendre ! m'écriai-je alors qu'Aphrodite et moi quittions précipitamment le dortoir des filles.

Malheureusement, nous allions être en retard à la réunion du conseil.

— Ne me le demande pas. J'ai assez de mystères à résoudre comme ça. Je suis humaine, mais pas seulement. Qu'est-ce que ça signifie ? Et comment mon humanité peut-elle être si grande ? Je n'aime même pas les humains ! soupira Aphrodite en se tripotant les cheveux. Oh, la vache ! Je suis dans un sale état ! Ça se voit que j'ai pleuré ?

— Pour la millionième fois, non. Tu es bien.
— Je le savais. Je suis horrible.
— Aphrodite, je viens de te dire que tu étais bien.

— « Bien », c'est bon pour les autres. Pour moi, ça signifie « horrible ».

— Aphrodite ! Notre déesse, l'immortelle Nyx, vient de se manifester et de nous parler, et tout ce qui te préoccupe, c'est ton apparence ?

Je secouai la tête. C'était incroyablement superficiel, même de la part d'Aphrodite.

— Oui, c'était extraordinaire. Nyx est extraordinaire. Je n'ai jamais dit le contraire. Quel est le problème ?

— Le problème, c'est qu'après avoir reçu la visite de la déesse tu devrais te soucier de choses plus importantes que tes cheveux, déjà parfaits, lançai-je, exaspérée.

C'était avec cette fille que j'étais censée combattre le mal ? Décidément, les voies de Nyx étaient très mystérieuses...

— Tu trouves vraiment mes cheveux parfaits ?

— Aussi parfaits que ton attitude est superficielle et insupportable.

— Super ! Je me sens déjà mieux.

Je me tus jusqu'à notre arrivée dans la salle du conseil, au milieu de laquelle trônait une magnifique table ronde. Un jour, j'avais demandé à Damien s'il pouvait s'agir de la table ronde du roi Arthur et de Camelot. Il n'en savait rien.

La salle était remplie de vampires et de Fils d'Erebus, ainsi que des novices appartenant au conseil des préfets. Nous réussîmes à nous glisser à l'intérieur au moment où Darius fermait la porte avant de se poster devant. Aphrodite lui fit un grand sourire aguicheur, et je réprimai un soupir lorsque les yeux du combattant se mirent à pétiller. Elle essaya de traînasser pour lui parler, mais je l'attrapai par le bras et l'entraînai jusqu'aux deux chaises vides à côté de Damien.

— Merci de nous avoir gardé des places, murmurai-je.
— Je t'en prie, répondit-il en me souriant.

Son attitude familière me réconforta et m'aida à me calmer.

Je parcourus la table du regard. À droite d'Aphrodite se trouvait Lenobia, professeur d'études équestres. Elle discutait avec Dragon et Anastasia Lankford. Les Jumelles étaient à la gauche de Damien. Elles hochèrent la tête avec une nonchalance feinte en me voyant, mais je sentais bien qu'elles étaient aussi nerveuses que moi. Le conseil était constitué des membres les plus puissants du corps enseignant ; cependant, en plus des professeurs, que j'avais déjà tous aperçus même si je ne connaissais pas le nom de certains, il y avait un grand nombre de Fils d'Erebus, dont un type massif installé près de la porte. Humains et vampires confondus, c'était la personne la plus imposante que j'avais jamais vue. J'essayais de ne pas le dévisager et m'apprêtais à demander à Damien s'il était normal que des combattants assistent à une réunion du conseil lorsque Aphrodite se pencha vers moi.

— C'est Ate, chuchota-t-elle, le chef des Fils d'Erebus. Darius m'avait dit qu'il arriverait aujourd'hui. Un sacré morceau, hein ?

Avant que je puisse répondre, la porte au fond de la salle s'ouvrit et Neferet apparut sur le seuil.

Je sus que quelque chose clochait avant même d'avoir remarqué la femme qui la suivait. Le visage que Neferet montrait en public était habituellement d'une perfection implacable – elle personnifiait le calme, l'assurance, la maîtrise de soi. Or, là, elle semblait bouleversée. Ses traits superbes étaient tendus, comme si elle s'efforçait de se contrôler. Elle s'avança dans la pièce, puis fit un pas de côté pour que nous puissions voir qui l'accompagnait.

Une onde de choc parcourut l'assemblée. Les Fils d'Erebus furent les premiers à se lever, aussitôt suivis des membres du conseil. Damien, les Jumelles, Aphrodite et moi nous mîmes debout machinalement, imitant le geste de respect des vampires, qui avaient incliné la tête et saluaient l'inconnue, le poing serré sur la poitrine.

Je l'observai à la dérobée. C'était une femme grande et mince à la peau couleur acajou, lisse et sans défaut, marquée seulement par un tatouage saphir, qui, à mon grand étonnement, avait la forme de la déesse brodée sur la poitrine de tous les professeurs. Des silhouettes féminines s'étiraient sur ses hautes pommettes. Dans leurs mains dressées, elles brandissaient un croissant de lune au milieu de son front. Ses cheveux incroyablement longs descendaient plus bas que sa taille, tel un pan de soie noire et luisante. Elle avait de grands yeux sombres en amande, un nez long et droit et des lèvres pleines. Elle se tenait comme une reine, le menton haut. Elle balaya la pièce du regard. Lorsque ses yeux se posèrent brièvement sur moi, j'en ressentis la force et je me rendis compte qu'elle était différente de tous les vampires que j'avais rencontrés : elle était âgée. Elle devait avoir une quarantaine d'années. Ce qui trahissait son âge, c'était cette dignité et cette expérience qu'elle portait comme un bijou précieux.

— Bienvenue, dit-elle avec un accent indéfinissable.

Sa voix, aussi riche que la couleur de sa peau, remplit la pièce.

— Bienvenue, répondîmes-nous en chœur.

Alors elle sourit, et la soudaine ressemblance avec Nyx fit trembler mes genoux. Heureusement, elle nous fit signe de nous rasseoir.

— Elle me fait penser à Nyx, murmura Aphrodite.

Je hochai la tête, soulagée de constater que je n'étais pas seule dans ce cas.

À ce moment-là, Neferet retrouva sa contenance.

— J'ai été, tout comme vous, surprise et honorée par la visite aussi rare qu'imprévue de Shekinah, déclara-t-elle.

Damien sursauta et je lui lançai un regard interrogateur. Comme toujours, M. Studieux avait du papier et un crayon bien taillé à portée de main pour prendre des notes. Il griffonna quelques mots et releva discrètement la feuille pour que je puisse lire :

SHEKINAH = GRANDE PRÊTRESSE DE TOUS LES VAMPIRES

Waouh ! Pas étonnant que Neferet eût l'air aussi nerveuse.

Avec un sourire serein, Shekinah remercia Neferet. Celle-ci inclina la tête dans un geste qu'elle voulait respectueux mais qui me parut forcé, et s'assit avec raideur. Shekinah, elle, resta debout et prit la parole.

— Ma visite est exceptionnelle, tout comme cette réunion du conseil, à laquelle participent également les Fils d'Erebus. Leur présence est nécessaire en cette période de tourments et de danger. Ce qui est plus inhabituel, c'est la présence des novices.

— Ils sont ici parce que...

Shekinah leva la main, coupant court à l'explication de Neferet.

Je ne savais pas ce qui me troublait le plus : l'allure puissante, presque divine de Shekinah, ou le fait qu'elle avait fait taire Neferet si facilement.

Les yeux sombres de la très grande prêtresse passèrent sur les Jumelles, Damien, Aphrodite, puis se posèrent sur moi.

— Tu es Zoey Redbird, dit-elle.

Je m'éclaircis la voix et me forçai à ne pas me tortiller sur ma chaise.

— Oui, madame.

— Les quatre personnes qui t'accompagnent doivent donc être les novices qui ont reçu une affinité avec l'air, le feu, l'eau et la terre.

— En effet, madame.

Elle hocha la tête :

— Je comprends maintenant pourquoi on vous a acceptés ici.

Elle regarda Neferet, la tête penchée :

— Vous voulez utiliser leurs pouvoirs.

Je me raidis en même temps que Neferet, mais pour une raison très différente. Shekinah savait-elle ce que je commençais à soupçonner : que Neferet abusait de son pouvoir et fomentait une guerre entre humains et vampires ?

— Je compte utiliser tous les avantages que la déesse nous a donnés pour assurer la sécurité de notre peuple, répondit Neferet sèchement, sans plus feindre la cordialité.

Les autres vampires remuèrent sur leur siège, embarrassés par ce manque évident de respect.

— C'est exactement pour cette raison que je suis là, déclara Shekinah.

Complètement indifférente à l'attitude de Neferet, elle s'adressa à l'assemblée.

— Par le plus grand des hasards, je faisais une visite privée à la Maison de la Nuit de Chicago lorsque j'ai appris la tragédie qui vous avait frappés. Si j'avais été chez moi, à Venise, cette nouvelle me serait parvenue trop tard pour que je puisse agir, et des morts n'auraient pas pu être évitées.

— Évitées, prêtresse ? demanda Lenobia.

Je la regardai et me rendis compte que mon professeur d'équitation paraissait beaucoup plus détendue que Neferet. Elle parlait d'une voix chaleureuse, mais indéniablement pleine de respect.

— Lenobia, ma chère. C'est un plaisir de vous revoir, fit Shekinah.

— C'est toujours une grande joie de vous accueillir, prêtresse, dit Lenobia en inclinant la tête, ce qui fit passer ses étonnants cheveux blond argenté devant son visage, comme un voile. Mais je pense m'exprimer au nom de tout le conseil en vous disant notre incompréhension. Patricia Nolan et Loren Blake ont été assassinés. Si vous vouliez éviter leur mort, vous arrivez trop tard.

— En effet, dit Shekinah, et cela m'alourdit le cœur, mais il n'est pas trop tard pour en empêcher d'autres. Il n'y aura pas de guerre entre vampires et humains, déclara-t-elle lentement et distinctement.

Neferet se leva d'un bond, manquant renverser sa chaise.

— Pas de guerre ? Alors nous devons laisser des meurtriers impunis malgré leurs crimes haineux à notre encontre ?

Je sentis plus que je ne vis la tension des Fils d'Erebus, aussi choqués que Neferet.

— Avez-vous appelé la police, Neferet ? demanda Shekinah d'une voix douce, sur le ton de la conversation, mais avec une puissance qui remua quelque chose en moi.

— Appeler la police *humaine* pour leur demander d'arrêter des meurtriers *humains* et de les faire juger par un tribunal *humain* ? Non, je ne l'ai pas fait.

— Et vous êtes sûre de ne pas trouver la justice auprès de ceux à qui vous voulez déclarer la guerre ?

Les yeux plissés, Neferet la foudroya du regard, mais ne dit rien. Dans le terrible silence qui suivit, je pensai à l'inspecteur Marx, le policier qui m'avait aidée quand Heath avait été enlevé par les morts vivants. Il avait été incroyable ! Tout en sachant que j'avais inventé l'histoire du sans-abri qui aurait kidnappé Heath et tué deux autres adolescents, il m'avait fait suffisamment confiance pour me croire quand je lui avais assuré qu'il n'y avait plus de danger, et il avait couvert mes arrières. Il m'avait expliqué que sa sœur jumelle s'était transformée et qu'ils étaient restés proches, si bien qu'il ne détestait pas les vampires. Il travaillait à la brigade des homicides. Je savais qu'il ferait tout son possible pour trouver ceux qui tuaient des vampires. Et il y avait forcément d'autres personnes à Tulsa aussi droites et honnêtes que lui.

— Zoey Redbird, que peux-tu m'en dire ?

La question de Shekinah me prit au dépourvu. Comme si elle avait tiré sur un fil mystérieux pour me faire parler, je me lançai :

— Je connais un policier honnête.

Elle sourit de nouveau comme Nyx, et je me détendis un peu.

— Nous en connaissons tous et nous devons laisser aux humains une chance de régler cette affaire, au lieu de leur déclarer la guerre.

— Ne voyez-vous pas que c'est impossible ? s'écria Neferet, ses yeux couleur de mousse lançant des éclairs. Les laisser régler leurs affaires ? Et puis quoi encore ?

— Ils l'ont déjà fait à de nombreuses reprises, vous le savez, Neferet.

Le calme de Shekinah contrastait fortement avec la colère de Neferet.

— Ils ont tué Mme Nolan, puis ils ont tué Loren, siffla Neferet.

Shekinah lui posa la main sur le bras.

— Vous êtes trop bouleversée par ces meurtres. Vous ne raisonnez plus.

Neferet se dégagea.

— Les humains sont restés impunis pour leurs crimes pendant trop longtemps !

— Neferet, très peu de temps s'est écoulé depuis ces meurtres, et vous avez empêché les humains de punir leurs semblables, pour les accuser à présent de malhonnêteté. Tous les humains ne sont pas malhonnêtes, malgré ce que suggère votre histoire personnelle.

À ces mots, je me souvins de ce que Neferet m'avait confié : sa Marque avait été son salut, lui permettant d'échapper à un père qui abusait d'elle depuis des années. Elle avait été marquée presque cent ans auparavant. La mort de Mme Nolan datait de trois jours ; celle de Loren, de deux. Il ne faisait aucun doute que leur assassinat n'était pas le seul crime auquel se référait Neferet. De toute évidence, Shekinah avait tiré les mêmes conclusions.

— Grande prêtresse Neferet, j'ai la conviction que votre jugement concernant ces drames n'est pas objectif. Il a été faussé par votre amour pour nos frère et sœur tués et votre désir de châtier les coupables. Sachez que votre déclaration de guerre contre les humains a été rejetée par le conseil de Nyx.

— Et c'est tout !? siffla Neferet avec rage.

J'étais soulagée que sa fureur soit dirigée contre Shekinah, car elle était vraiment terrifiante.

— Si vous réfléchissiez avec calme, vous vous rendriez compte que le conseil de Nyx n'a pas pris cette décision de façon hâtive. Nous avons examiné la situation avec attention, même si vous ne nous en avez pas avisés directement, comme vous l'auriez dû.

— Il n'y avait pas de temps à perdre, répliqua sèchement Neferet.

— Il y a toujours du temps pour la sagesse ! riposta Shekinah, les yeux flamboyants.

Je me recroquevillai sur mon siège. Je trouvais Neferet effrayante ? À côté de Shekinah, c'était une gamine capricieuse. La très grande prêtresse ferma brièvement les yeux et inspira à fond pour se calmer, avant de reprendre la parole d'un ton apaisant.

— Ni le conseil de Nyx ni moi-même ne contestons le fait que le meurtre de deux des nôtres est répréhensible. Cependant une guerre est impensable. Nous avons vécu en paix avec les humains pendant plus de deux siècles. Nous ne briserons pas ce pacte à cause des actes barbares de quelques fanatiques.

— Si nous ne réagissons pas à ce qui se passe à Tulsa, ce sera de nouveau le Temps des bûchers, objecta Neferet. Rappelez-vous que les atrocités de Salem ont également été déclenchées par quelqu'un que vous appelleriez un fanatique.

— Je m'en souviens très bien : je suis née à peine un siècle après cette sombre période. Cependant, nous sommes plus puissants maintenant que nous ne l'étions au XVIIe siècle. Et le monde a changé, Neferet. Les superstitions ont été balayées par la science. Les humains sont plus raisonnables, désormais.

— Que faudrait-il pour que le tout-puissant conseil de Nyx admette que nous n'avons pas d'autre choix que la violence ?

— Ce qu'il faudrait ? Un bouleversement de notre

façon de penser actuelle, et je prie Nyx pour que cela n'arrive jamais, répondit solennellement Shekinah.

Neferet parcourut la pièce du regard. Ses yeux s'arrêtèrent sur le chef des Fils d'Erebus.

— Vous et vos combattants, allez-vous rester passifs pendant que les humains nous tuent les uns après les autres ? lança-t-elle d'un ton de défi.

— Mon rôle est de protéger mon peuple, et aucun Fils d'Erebus ne tolérerait qu'un vampire soit agressé. Nous continuerons à veiller sur vous et cette école. Mais nous ne nous opposerons pas au jugement du conseil, répondit Ate d'une voix puissante.

— Prêtresse, laisser entendre qu'Ate devrait accomplir vos désirs plutôt que ceux du conseil est indigne de vous, déclara Shekinah d'une voix d'où toute trace de compréhension avait disparu.

Elle dévisageait Neferet, les yeux plissés.

Celle-ci ne dit rien pendant un long moment ; puis un tremblement s'empara de tout son corps. Ses épaules s'affaissèrent et elle sembla vieillir sous nos yeux.

— Pardonnez-moi, Shekinah, dit-elle doucement. Vous avez raison, je suis trop impliquée dans cette affaire. J'aimais Patricia et Loren. Je ne pense plus clairement. Je dois... j'ai besoin de... Je vous prie de m'excuser.

Sur ce, bouleversée, elle quitta la salle du conseil.

CHAPITRE DIX

Toute l'assemblée resta interdite. C'était étrange de voir Neferet perdre le contrôle d'elle-même. J'avais beau savoir qu'elle avait tourné le dos à Nyx, qu'elle était impliquée dans des choses très graves, cela m'avait secouée de la voir s'écrouler ainsi.

Était-elle folle ? L'obscurité dont m'avait parlé Nyx pouvait-elle être celle de l'esprit dément de Neferet ?

— Votre grande prêtresse a traversé des épreuves terribles ces derniers jours, dit Shekinah. Je n'excuse pas son erreur de jugement, mais je la comprends. Le temps guérira ses blessures. Ate, je veux que vous aidiez la police locale dans son enquête. Je crois savoir que la majorité des indices ont été détruits, mais j'espère que les méthodes scientifiques modernes permettront de découvrir quelque chose malgré tout. Zoey, quel est le nom de cet inspecteur honnête ?

— Kevin Marx, répondis-je.

— Il sera contacté, dit Ate.

Shekinah eut un sourire approbateur.

— En attendant, reprit-elle, je vais rester ici, du moins jusqu'à ce que Neferet soit redevenue elle-même.

Je jetai un coup d'œil aux professeurs pour voir leur réaction à cette annonce. Leurs expressions allaient du choc à la surprise en passant par le plaisir. Quant à moi, je pense que mon visage trahissait mon soulagement. Neferet serait bien obligée de se comporter correctement en présence de Shekinah.

— Il me paraît important, et le conseil de Nyx m'approuve, de faire en sorte que la vie dans cette école se poursuive de façon aussi normale que possible. Ce qui signifie que les cours reprendront demain.

De nombreux professeurs parurent mal à l'aise, mais ce fut encore Lenobia qui prit la parole.

— Prêtresse, nous souhaitons tous que les cours reprennent, mais il nous manque deux professeurs importants.

— En effet, et c'est aussi pour cela que je prévois de rester ici. Je remplacerai Loren Blake.

Je n'avais pas besoin de regarder les Jumelles, qui détestaient la poésie, pour savoir qu'elles réprimaient une grimace. Je m'efforçai de retenir un sourire. Mais ce que dit ensuite Shekinah me frappa en plein cœur.

— J'ai eu la chance de rencontrer Erik Night à l'aéroport. C'est lui qui enseignera à la place de notre cher professeur Nolan.

« Oh non ! Erik est de retour, et je vais être une de ses élèves », pensai-je, affolée.

— Quant à la barrière de protection que Neferet a érigée autour de l'école, elle ne sera pas maintenue, poursuivit Shekinah. Une telle mesure d'urgence n'est plus nécessaire. Boucler l'école reviendrait à déclarer l'état de siège, ce que nous désirons empêcher à tout prix. Et puis nous sommes sous la protection des Fils d'Erebus.

Elle désigna Ate, qui hocha la tête.

— En résumé, conclut-elle, je voudrais que vous repreniez vos activités. Ceux qui jouissent de liens avec la communauté humaine doivent les renforcer. N'oubliez pas la leçon que nos ancêtres ont apprise au prix de leur sang : la peur et le fanatisme naissent de l'isolement et de l'ignorance.

Je ne sais pas ce qui me prit à ce moment-là, mais ma main se leva d'elle-même.

— Zoey, tu as quelque chose à ajouter ?

— Prêtresse, me lançai-je, je me demandais si ce ne serait pas le bon moment pour mettre à exécution une idée que j'ai eue pour que les Filles de la Nuit s'impliquent dans une association caritative humaine.

— Continue, jeune fille, je suis intriguée.

— Eh bien, je me disais que nous pourrions entrer en contact avec l'association Chats de gouttière, qui accueille des chats abandonnés et leur retrouve un foyer. Je pense que ce serait un bon moyen de se mêler à la communauté humaine.

Shekinah eut un sourire lumineux.

— Une association qui s'occupe des chats, c'est parfait ! Excellente idée, Zoey. Demain soir, tu seras dispensée des premiers cours pour aller rendre visite aux dirigeants de cette association.

— Prêtresse, intervint Ate, je me permets d'insister : les novices ne doivent pas évoluer seuls au sein de la communauté humaine avant que les responsables des crimes perpétrés envers notre peuple ne soient découverts.

— Les humains ne sauront pas que nous sommes des novices, dit Aphrodite.

Tous les yeux se posèrent sur elle. Elle se redressa et releva le menton.

— Et tu es… ? fit Shekinah.

— Je m'appelle Aphrodite, prêtresse.

J'observai attentivement la très grande prêtresse, à la recherche du moindre signe indiquant qu'elle était au courant des rumeurs propagées par Neferet sur le compte d'Aphrodite – à savoir que Nyx lui avait tourné le dos et enlevé ses pouvoirs, etc. Mais son expression bienveillante ne changea pas.

— Quelle est ton affinité, Aphrodite ?

Je me figeai. Zut ! Elle n'avait plus d'affinité !

— Nyx m'a attribué l'élément terre. Mais le don le plus grand qu'elle m'ait fait est la capacité de prévoir des dangers à venir.

Je poussai un soupir de soulagement : Aphrodite avait répondu sans vraiment mentir !

Shekinah hocha la tête.

— En effet, j'ai entendu parler de tes visions, Aphrodite. Continue. Qu'as-tu à dire ?

— Juste que les humains ne nous reconnaissent pas car nous couvrons toujours nos Marques avant de quitter l'école. Seuls ceux de Chats de gouttière sauront qui nous sommes. Franchement, ça m'étonnerait qu'ils soient impliqués dans les meurtres ! fit Aphrodite en haussant les épaules. Nous ne risquons rien.

— Elle n'a pas tort, Ate, commenta Shekinah.

— Je pense néanmoins que les novices devraient être accompagnés d'un combattant, s'entêta le chef des Fils d'Erebus.

— Cela attirerait l'attention sur nous, rétorqua Aphrodite.

— Pas si le combattant couvre lui aussi sa Marque, intervint Darius, qui se tenait toujours, séduisant en diable, près de la porte.

Tous les regards se tournèrent vers lui.

— Et quel est ton nom, combattant ?

— Darius, prêtresse, répondit-il en posant le poing sur la poitrine et en s'inclinant.

Shekinah fronça les sourcils :

— Alors, Darius, vous seriez prêt à couvrir votre Marque ?

J'étais aussi surprise qu'elle. Le règlement de la Maison de la Nuit exigeait que les novices cachent leur Marque en quittant l'école et cela se comprenait. Honnêtement, les adolescents ne sont pas toujours très malins (surtout les garçons), et les vampires voulaient éviter que des novices (des garçons, surtout) deviennent la cible de jeunes de la ville, ou pire, de la police ou de parents surprotecteurs. En revanche, lorsqu'un novice a réussi sa Transformation et que sa Marque s'est remplie et étendue, on ne la dissimule plus. C'est une question de maturité, de fierté et de solidarité. Et voilà que Darius, marqué depuis peu, se proposait de faire quelque chose que la plupart des vampires, en particulier masculins, refuseraient catégoriquement !

— Oui, prêtresse, je couvrirai ma Marque pour protéger les novices, répondit Darius, le poing sur le cœur. Je suis un Fils d'Erebus. La survie de mon peuple m'importe plus que tout.

— Dans ce cas, c'est réglé, déclara Shekinah. Zoey, tu iras te présenter à ces gens dès demain, accompagnée d'un autre novice, dont tu me communiqueras le nom. Darius, vous les escorterez, votre Marque cachée.

Nous nous inclinâmes tous.

— Cette réunion du conseil est close. Dans les jours qui viennent, je ferai un rituel de purification. J'ai ressenti de la souffrance et de la peur quand je suis arrivée ici ce soir, et seule la bénédiction de Nyx pourra dissiper cette tristesse. En attendant, soyez tous bénis.

— Soyez bénie.

Shekinah fit signe à Lenobia et à Ate de la suivre, et ils quittèrent tous trois la pièce.

— Waouh ! fit Damien, ébloui, alors que nous sortions à notre tour. Shekinah en personne ! Elle est encore plus resplendissante que je l'avais imaginé. J'aurais voulu dire quelque chose, mais elle m'a coupé le sifflet.

— Allez, pour une fois, on ne va pas te casser les pieds avec ton obsession du vocabulaire, dit Shaunee, magnanime.

— Bon, je vous laisse, les interrompit Aphrodite en levant les yeux au ciel. Je vais voir si je peux couper le sifflet à Darius.

— Hein ? fis-je.

— Ce n'est pas l'usage correct de cette expression, remarqua Damien.

— Peu importe ! Oh, et ne soyez pas jaloux quand Zoey vous annoncera que c'est moi qui vais l'accompagner demain, ajouta-t-elle en me lançant un regard qui voulait dire qu'il y avait une raison pour que ça soit elle.

Puis elle rejeta ses cheveux en arrière et partit.

— Je la déteste ! dirent en chœur Erin et Shaunee.

Je soupirai, découragée. Ma grand-mère aurait dit que j'avais fait un pas en avant et deux en arrière. Mes amis n'appréciaient toujours pas Aphrodite. Ils me donnaient tous la migraine.

— Elle est vraiment insupportable, pourtant quelque chose me dit qu'elle a raison, lâcha Damien.

— En effet, confirmai-je.

Je ne voulais pas me mettre de nouveau mes amis à dos, mais j'étais contente qu'Aphrodite veuille venir avec moi. Elle avait peut-être un plan pour semer Darius et retrouver Lucie.

— Tu aurais dû nous expliquer plus tôt que tu ne pouvais pas te confier à nous de peur qu'on lise dans nos pensées, dit Damien alors que nous partions en direction des dortoirs.

— Oui, tu as raison, mais je pensais que moins j'en parlerais, moins vous y penseriez.

— On comprend maintenant, déclara Shaunee.

— Oui, on comprend, répéta Erin.

— Mais tu aurais dû nous parler de Loren, reprit Erin.

— D'ailleurs, quand tu auras surmonté ta peine, nous aimerions connaître les détails, enchérit Erin.

— Ne comptez pas là-dessus, dis-je en haussant les sourcils.

Elles firent la grimace.

— Laissez-la tranquille, intervint Damien. Cette histoire a été très traumatisante pour elle, sans parler de l'Empreinte, de la perte de sa virginité et d'Erik !

Il avait lâché le prénom d'Erik dans un petit couinement, ses yeux écarquillés fixant quelque chose au-dessus de mon épaule gauche. Le ventre noué, je me retournai, imitée par Jack et les Jumelles. Erik sortait du bâtiment où se trouvait la classe de théâtre.

— Salut, Damien ! Salut, Jack, dit-il en souriant chaleureusement à son ancien camarade de chambre.

Cela me rappela l'une des nombreuses raisons pour lesquelles j'aimais tant Erik. Non seulement il était beau à se damner, mais c'était aussi un gentil garçon.

— Shaunee, Erin, continua-t-il.

Les Jumelles répondirent en chœur, l'air ravi de le revoir. Finalement, il me regarda.

— Bonjour, Zoey, dit-il d'un ton réservé mais poli.

« Il n'est plus aussi furieux contre moi », pensai-je

avec soulagement, avant de me rappeler qu'il était très bon acteur.

— Salut.

Je ne trouvai rien d'autre à répondre. Je ne suis pas douée pour jouer la comédie, et je craignais que ma voix ne tremble autant que mes mains.

— On vient d'apprendre que tu allais enseigner le théâtre, dit Damien.

— Oui, cela me gêne un peu, mais Shekinah me l'a proposé, et on ne peut rien lui refuser.

— Je pense que le professeur Nolan en serait heureuse, lâchai-je sans y penser.

Il me regarda, ses yeux bleus complètement dénués d'expression. Ces mêmes yeux m'avaient montré tant de bonheur, de passion, de chaleur, et même d'amour ; puis tant de peine et de colère. Et maintenant, plus rien ? Comment était-ce possible ?

— Tiens, tu as une nouvelle affinité ? fit-il d'une voix glaciale. Tu peux parler avec les morts maintenant ?

Je me sentis rougir.

— Non, bredouillai-je. C'est juste que... euh... je pense qu'elle aurait aimé que tu la remplaces.

Il serra les mâchoires et passa la main dans ses cheveux, un geste qu'il faisait toujours quand il était perturbé.

— J'espère qu'elle est contente que je sois là, dit-il finalement sans me regarder. Elle a toujours été mon professeur préféré.

— Tu partages toujours ma chambre ? demanda Jack, rompant le silence gênant qui s'ensuivit.

— Non, désolé, répondit Erik gentiment. Ils m'ont installé dans le bâtiment des professeurs.

— Oui, bien sûr ! Je n'arrête pas d'oublier que tu t'es transformé, dit Jack avec un petit rire nerveux.

— Moi aussi, je l'oublie parfois. Bon, je dois y aller. J'ai des cartons à défaire et des cours à préparer. On se voit plus tard, dit-il avant de se tourner vers moi. Au revoir, Zoey.

« Au revoir. » Mes lèvres remuèrent, mais aucun son ne s'en échappa.

— Au revoir, Erik ! s'écrièrent mes amis alors qu'il s'éloignait rapidement.

CHAPITRE ONZE

Nous rentrâmes au dortoir en bavardant de tout et de rien. Mes copains s'efforcèrent de ne pas commenter la scène qui venait d'avoir lieu, tellement horrible pour moi.

J'étais dans une situation insupportable. C'était ma faute si Erik avait rompu ; pourtant, il me manquait. Beaucoup. Et il me plaisait toujours. Beaucoup. D'accord, il se conduisait comme un idiot, mais il m'avait surprise avec un autre homme – enfin, un autre vampire, ce qui ne changeait pas grand-chose. Bref, j'étais terriblement frustrée de ne rien pouvoir réparer, car je tenais toujours à Erik.

— Que penses-tu de lui, Zoey ? demanda Damien.

J'allais lui répondre que je le trouvais génial et très agaçant quand je me rendis compte que Damien ne parlait pas d'Erik.

— Le nouveau, soupira-t-il. Stark. Que penses-tu de lui ?

Je haussai les épaules.

— Il a l'air sympa.

— Sympa et sexy, compléta Shaunee.

— Pile comme on les aime, conclut Erin.

— Et toi, Damien, voulus-je savoir, comment tu le trouves ?

— Cool, mais distant. En plus, il ne peut pas avoir de camarade de chambre à cause de Duchesse ! Ce chien est énorme !

— Stark vient d'arriver. On sait tous ce que ça fait. Peut-être que se montrer distant est sa façon de gérer ça.

— C'est étrange qu'un novice avec un tel talent ne veuille pas s'en servir, fit remarquer Damien.

— Il y a peut-être des choses que nous ignorons, dis-je, repensant à l'assurance et à la nonchalance de Stark en présence des vampires, et à son changement d'attitude quand Neferet lui avait laissé entendre qu'elle voulait qu'il reprenne la compétition.

— Parfois, avoir des pouvoirs peut être effrayant, poursuivis-je, plus pour moi-même que pour répondre à Damien.

Il me sourit et me donna un petit coup d'épaule :

— Tu sais ce que c'est de ne pas être comme tout le monde, toi !

— Oh oui ! fis-je, essayant d'oublier le malaise qu'avait provoqué ma rencontre avec Erik.

Le téléphone portable de Shaunee signala qu'elle avait reçu un message.

— Ooooh, Jumelle ! C'est Cole Clifton. Lui et T. J. demandent si on a envie d'aller voir la saga Jason Bourne au dortoir des garçons.

— Quelle question ! gloussa Erin en entamant une petite danse.

Nous levâmes tous les yeux au ciel.

— Oh, et vous êtes invités, vous aussi, dit Shaunee.

— Chouette ! fit Jack. Je n'ai pas vu le dernier. Comment s'appelle-t-il déjà ?

— *La Vengeance dans la peau*, répondit Damien.

— C'est ça ! Tu es tellement calé en cinéma ! Tu connais tous les films.

— Pas tous. J'aime surtout les classiques. À l'époque, il y avait de vraies stars, comme Gary Cooper, James Stewart, James Dean. De nos jours, trop d'acteurs sont...

Il se tut brusquement.

— Que se passe-t-il ? s'étonna Jack.

— James Stark...

— Quoi ? demandai-je.

— James Stark est le nom du personnage interprété par James Dean dans *La Fureur de vivre* ! Je savais bien que ce nom m'était familier.

— J'ai vu ce film !

J'étais curieuse de savoir si le nouveau s'appelait comme ça avant d'être marqué ou si, comme de nombreux novices, il avait choisi ce nom pour sa vie de vampire. Si c'était le cas, cela révélait des choses assez intéressantes sur sa personnalité.

— Alors, Zoey, tu viens ? lança Damien, me sortant de ma rêverie.

Tous mes amis me regardaient d'un air interrogateur.

— Où ça ?

— Hou-hou ! La Terre à Zoey ! On va au dortoir des garçons pour voir le film, me rappela Erin.

— Oh, ça. Non, répondis-je machinalement.

J'étais contente que mes amis ne soient plus fâchés contre moi, mais je n'étais pas d'humeur à traîner avec eux. Je me sentais meurtrie ; j'avais l'impression de ne plus être vraiment moi-même. Trop de choses s'étaient passées en quelques jours seulement ; j'avais imprimé et perdu ma virginité avec un vampire qui ne m'avait pas aimée, et qui avait été brutalement assassiné ; j'avais brisé le cœur de mes deux petits amis ; une guerre terrible avait failli éclater... Ma meilleure amie n'était plus une morte vivante, mais elle n'était pas non plus redevenue normale et elle séjournait toujours avec des novices rouges dans ces souterrains sordides. Je ne pouvais pas en parler à mes amis, pour que Neferet n'apprenne pas en sondant leur esprit que nous étions au courant de ce qu'elle manigançait. Et voilà qu'Erik, l'un de mes deux ex au cœur brisé, allait être mon professeur de théâtre – comme si son retour à la Maison de la Nuit n'était pas un coup de théâtre en soi.

— Non, répétai-je plus fermement. Je vais retourner voir Perséphone.

— Dommage, fit Damien, ce serait chouette de l'avoir avec nous.

Mes amis sourirent et hochèrent la tête, balayant les restes de la peur qui s'était installée en moi depuis qu'ils m'avaient rejetée.

— Merci, mais je ne suis pas vraiment d'humeur, ce soir.

Je pensais que Damien allait me serrer dans ses bras, comme il le faisait toujours pour dire au revoir ; au lieu de ça, il dit à Jack :

— Allez-y, je vous rejoins. Je vais accompagner Zoey à l'écurie.

— Tu n'es pas obligé, fis-je. Ce n'est pas très loin.

— Tu n'as pas dit que tu avais été attaquée et blessée en rentrant de l'écurie ?

Je haussai un sourcil.

— Je pensais que tu ne me croyais pas.

— Eh bien, les visions d'Aphrodite m'ont fait changer d'avis. Quand tu auras fini de communier avec ta jument, appelle-moi sur mon portable. Jack et moi nous ferons passer pour plus costauds que nous ne le sommes et nous viendrons t'escorter.

Nous éclatâmes de rire. J'allais essayer de le convaincre que je n'avais pas besoin d'escorte lorsqu'une corneille se mit à croasser. Je me figeai :

— Tu entends ça ?
— Le corbeau ? Oui.
— Un corbeau ? Je croyais que c'était une corneille.
— Non, le croassement du corbeau ressemble aux coassements des crapauds.

Le cri sinistre reprit, beaucoup plus près. Je frissonnai.

— Ça ne me plaît pas ! Pourquoi il s'égosille comme ça ? Nous sommes en hiver, ce n'est pas la saison des amours, si ? En plus, il fait nuit. Il devrait dormir !

Je sondai l'obscurité, sans apercevoir aucun oiseau. Pourtant ce corbeau-là semblait remplir le ciel, et son cri agressif me glaçait le sang.

— Je ne connais pas vraiment leurs habitudes, répondit Damien en m'observant avec attention. Pourquoi cela te préoccupe-t-il tant ?

— Avant de me faire attaquer, j'ai entendu un battement d'ailes. Et puis, j'ai un mauvais pressentiment. Pas toi ?

— Non.

Je soupirai, m'attendant à ce qu'il me conseille de maîtriser mon stress et mon imagination. Une fois de plus, il me surprit.

— Cela dit, tu es plus intuitive que moi. Alors, si tu as un mauvais pressentiment, je te crois.

— C'est vrai ?

Nous étions arrivés devant l'écurie. Je m'arrêtai pour le regarder. Il me sourit chaleureusement.

— Bien sûr. Je crois en toi, Zoey.

— Toujours ?

— Toujours, dit-il fermement. Et j'assure tes arrières.

Alors, le corbeau se tut et mes frissons cessèrent.

— Merci, Damien.

À cet instant, j'entendis le miaulement grincheux de Nala. Ma chatte sortit de l'obscurité et vint se frotter contre les jambes de Damien.

Il se pencha pour lui gratter le menton.

— Bonjour, petite ! Je vois que tu viens prendre le relais.

Il me mit la main sur l'épaule :

— Si tu as besoin de moi au moment de rentrer, appelle-moi. Ça ne me dérange pas du tout.

— Merci, répétai-je.

— À vot' service, m'dame !

Je souriais encore en m'engageant dans le couloir qui séparait le complexe sportif de l'écurie. Tout allait bien ! Mes amis ne m'en voulaient plus ; je commençais à me détendre.

Alors que je m'apprêtais à pousser la porte de l'écurie, je perçus un claquement, suivi d'un bruit sourd, provenant du complexe sportif. Me laissant guider par ma curiosité, j'y entrai.

C'était une sorte de terrain de football, avec une piste de course autour. Les novices pouvaient y jouer au foot et faire de l'athlétisme. La salle était couverte pour que les élèves ne soient pas gênés par le soleil, et éclairée par des lampes à gaz qui ne blessaient pas les yeux. Ce soir-là, la plupart étaient éteintes, si bien que j'eus du mal à distinguer ce qui se passait de l'autre côté.

Je finis par apercevoir Stark, qui me tournait le dos, un arc à la main, face à une cible ronde. Dans le centre rouge de la cible était fichée une flèche qui me parut très grosse.

Nala poussa un petit grognement, et je remarquai Duchesse, endormie aux pieds de son maître.

— Tu parles d'un chien de garde ! murmurai-je à Nala.

Stark se passa la main sur le front, comme pour en essuyer la sueur, et roula des épaules pour les détendre. Même à cette distance, il semblait sûr de lui et fort. Il était tellement différent des autres garçons à la Maison de la Nuit ! En réalité, il était très différent des garçons en général, et cela m'intriguait beaucoup. Alors que je restais plantée là à l'observer, il prit une autre flèche dans le carquois posé par terre, banda son arc, et dans un mouvement d'une vitesse incroyable, relâcha le trait, qui alla se planter en plein milieu de la cible.

Regardant mieux, je réalisai avec surprise que la flèche qui m'avait paru si grosse, c'était en fait toute une grappe de flèches. Toutes s'étaient logées au centre de la cible ! Incrédule, je fixai Stark, de nouveau en position de tir. Il avait le charme des mauvais garçons.

Oh, oh. Je n'avais vraiment pas besoin d'être attirée par un mauvais garçon ! J'avais renoncé à toute relation avec le sexe opposé. Je reculai pour sortir discrètement quand je l'entendis lancer sans se retourner :

— Je sais que tu es là, Zoey.

Comme si c'était un signal, Duchesse se leva, bâilla et trottina joyeusement dans ma direction en remuant la queue. Elle me salua d'un petit aboiement. Nala arqua le dos, mais ne cracha pas. Elle laissa même le labrador la renifler un peu avant de lui éternuer à la gueule.

— Salut, dis-je en caressant les oreilles du chien.

Stark m'adressa un petit sourire insolent. Je commençais à penser que c'était son expression normale. Il était un peu plus pâle qu'au dîner. C'était dur d'arriver dans une nouvelle école, même pour un mauvais garçon canon.

— J'allais à l'écurie quand j'ai entendu un bruit. Je ne voulais pas te déranger.

Il haussa les épaules et voulut dire quelque chose, mais il dut se racler la gorge, comme s'il n'avait pas parlé depuis longtemps.

— Pas de problème. Je suis content que tu sois là. Ça m'évitera de te chercher.

— Oh, tu as besoin de quelque chose pour Duchesse ?

— Non, j'ai ce qu'il faut. J'ai apporté toutes ses affaires avec moi. En fait, je voulais te voir.

« Non, ma vieille, tu n'es pas terriblement curieuse, ni flattée qu'il veuille te parler. »

— Qu'est-ce que tu veux ? demandai-je avec nonchalance.

Au lieu de répondre, il me posa une question :

— Tes Marques signifient-elles vraiment que tu as une affinité avec les cinq éléments ?

— Oui, fis-je en m'efforçant de ne pas grincer des dents.

Je détestais que des nouveaux m'interrogent sur mes dons. Par la suite, soit ils me vénéraient comme une héroïne, soit ils me traitaient comme une bombe qui risquait d'exploser à tout instant. Dans les deux cas, c'était très gênant.

— Dans mon ancienne école, à Chicago, une prêtresse avait une affinité avec le feu. Elle pouvait faire brûler des choses. Tu peux utiliser les éléments comme ça ?

— Si tu veux savoir si je peux faire brûler de l'eau, la réponse est non.

Il fronça les sourcils et secoua la tête, passant de nouveau la main sur son front. Je me forçai à ne pas remarquer qu'il était craquant.

— Je ne te demande pas si tu peux détourner les éléments, mais si tu es suffisamment puissante pour les contrôler.

— Cela ne te regarde pas !

— Ce qui signifie que tu dois être très puissante.

Je plissai les yeux.

— Encore une fois, ce ne sont pas tes affaires. Si tu as besoin de moi pour quelque chose qui te concerne, par exemple des affaires pour Duchesse, dis-le. Sinon, je m'en vais.

Il s'avança vers moi.

— Attends, Zoey ! Excuse-moi d'insister ; j'ai de bonnes raisons de te poser cette question.

Son sourire sarcastique avait disparu, et il me regardait sans curiosité malsaine.

— Bien. Oui, je suis puissante.

— Et, si quelque chose de grave se passait, tu pourrais demander aux éléments de te protéger, toi et ceux qui comptent pour toi ?

— Ça suffit maintenant ! Tu es en train de nous menacer, mes amis et moi, ou quoi ?

— Oh non ! s'écria-t-il en levant la main, comme s'il se rendait.

Puis il se pencha lentement pour poser son arc par terre.

— Je ne menace personne. Je m'explique mal, c'est tout. Je veux simplement que tu connaisses mon don à moi.

Il avait prononcé ce mot avec une telle gêne que je haussai un sourcil.

— Ton don ?

— C'est comme ça qu'ils l'appellent. C'est lui qui fait que je suis si doué pour le tir à l'arc.

Je ne dis rien, attendant impatiemment qu'il continue.

— Mon don, c'est que je ne peux pas manquer ma cible.

— Tu ne peux pas la manquer ? Et alors ? Quel rapport avec moi et mon affinité avec les éléments ?

Il secoua la tête.

— Tu ne comprends pas. J'atteins toujours la cible, sauf que ce n'est pas forcément celle que j'ai visée.

— En effet, je n'y comprends rien, Stark.

— C'est que je suis nul en explications, soupira-t-il en s'ébouriffant les cheveux. Le meilleur moyen, c'est de te donner un exemple. Tu as déjà entendu parler du vampire William Chidsey ?

— Non, mais ce n'est pas étonnant. Je ne suis marquée que depuis quelques mois.

— Eh bien, Will faisait du tir à l'arc. Pendant presque deux cents ans, il a été le champion incontesté des vampires.

— Wouah ! Sacré exploit, vu que les vampires sont les meilleurs archers qui soient !

— Oui. Will a botté le cul à tout le monde pendant presque deux siècles. Du moins, jusqu'à il y a six mois.

— Six mois... C'était l'été dernier. C'était l'époque des Jeux olympiques des vampires, non ?

— Oui, ils appellent ça les Jeux d'été.

— Tu le connais bien, ce Will ?

— Je le connaissais bien, oui. C'était mon mentor, et mon meilleur ami. Il est mort.

— Oh, je suis désolée, lâchai-je, confuse.

— Moi aussi. C'est moi qui l'ai tué.

CHAPITRE DOUZE

— Tu l'as tué ? soufflai-je, persuadée d'avoir mal entendu.
— Oui. Je l'ai tué à cause de mon don.

Il s'exprimait avec décontraction, comme s'il n'y avait pas de quoi en faire un drame, mais ses yeux disaient tout autre chose. La souffrance qui s'y lisait me fit détourner le regard. Comme si elle l'avait ressentie elle aussi, Duchesse trottina jusqu'à son maître et s'assit à ses pieds, s'appuyant contre lui, et le regarda avec un air adorateur. Elle gémit doucement. Stark lui caressa la tête d'un geste machinal.

— C'est arrivé pendant les Jeux d'été, juste avant la finale. Will et moi étions loin devant tous les autres, si bien qu'il ne faisait aucun doute que nous remporterions l'or et l'argent.

Il ne me regardait pas en parlant. Il avait les yeux fixés sur son arc, et caressait toujours Duchesse. À mon grand étonnement, Nala s'approcha de lui et commença à se frotter contre sa jambe en ronronnant comme une tondeuse à gazon.

— Nous nous échauffions dans les couloirs d'entraînement. Ce sont de longs couloirs séparés par des pans de lin blanc. Will se trouvait à ma droite. Je me rappelle avoir bandé mon arc, plus concentré que jamais. Je voulais gagner à tout prix.

Il se tut et secoua la tête avec un sourire amer.

— C'était ce qui comptait le plus pour moi. La médaille d'or. Alors j'ai bandé mon arc et j'ai pensé : « Quoi qu'il arrive, je veux mettre dans le mille et battre Will. » J'ai tiré. Mes yeux voyaient la cible, mais dans mon esprit j'imaginais battre Will.

Il baissa la tête et poussa un long soupir.

— La flèche a frappé la cible de mon esprit. Elle a frappé Will en plein cœur, et il est mort sur le coup.

— Mais comment est-ce possible ? Il se trouvait près de la cible ?

— Pas du tout. Il se tenait à dix pas de moi, à ma droite. Nous n'étions séparés que par une toile en lin. Pourtant, la flèche s'est plantée dans sa poitrine, murmura-t-il en grimaçant à ce souvenir. Tout s'est passé si vite ! J'ai vu du sang éclabousser le lin blanc, et puis il est mort.

— Mais, Stark, ce n'était peut-être pas toi ! Peut-être était-ce une terrible coïncidence.

— C'est ce que j'ai pensé au début, ou plutôt ce que j'ai espéré. Alors j'ai testé mon don.

Mon ventre se noua.

— Tu as tué quelqu'un d'autre ?

— Non ! J'ai essayé avec des objets. Par exemple, il y avait un train de marchandises qui passait près de l'école tous les jours à la même heure. C'était un modèle ancien, avec une grosse locomotive noire et un fourgon de queue rouge. Il y en a encore beaucoup qui passent à Chicago. J'ai imprimé une photo du fourgon et l'ai placée sur une cible à l'école. Puis j'ai pensé au fourgon, et j'ai tiré.

— Et… ?

— La flèche a disparu. Je l'ai retrouvée le lendemain, alors que j'attendais près de la voie ferrée. Elle était plantée sur le côté du fourgon.
— Punaise !
Il s'approcha de moi.
— Maintenant tu comprends, soupira-t-il, son regard cherchant le mien avec cette intensité qui lui était propre. C'est pour ça que je voulais te parler, et savoir si tu étais suffisamment puissante pour te protéger, toi, et les personnes qui comptent pour toi.
Je fus prise de nausée.
— Qu'est-ce que tu veux faire ?
— Rien ! hurla-t-il.
Duchesse gémit ; Nala cessa de se frotter contre les jambes de Stark et le dévisagea, étonnée. Il se racla la gorge et fit un effort évident pour se reprendre.
— Je ne veux rien faire. Mais je ne voulais pas tuer Will non plus, et pourtant je l'ai fait.
— À l'époque, tu ne connaissais pas l'étendue de ton pouvoir. Maintenant, si.
— Je m'en doutais, dit-il doucement.
— Oh…
Je ne trouvai rien d'autre à dire.
— Oui, poursuivit-il en serrant les lèvres, je savais que mon don avait quelque chose d'étrange. J'aurais dû écouter mon instinct. J'aurais dû me montrer plus prudent. Mais je ne l'ai pas fait, et maintenant Will est mort. Je tenais à ce que tu sois au courant, au cas où je sévirais à nouveau.
— Attends ! Si je comprends bien, toi seul peux connaître ta véritable cible, car tout se passe dans ta tête.
Il eut un petit rire sarcastique.
— Hélas, ça ne se passe pas comme ça. Une fois, j'ai

voulu m'entraîner sans risque. Je suis allé au parc juste à côté de notre Maison de la Nuit. J'ai fait en sorte qu'il n'y ait personne pour me distraire. Puis j'ai accroché une cible au centre d'un vieux chêne.

Il me regardait comme s'il attendait une réaction de ma part, alors je hochai la tête.

— Tu veux dire le milieu du tronc.

— Exactement ! C'était ce que je pensais viser : le centre de l'arbre. Mais sais-tu comment on appelle parfois le centre d'un arbre ?

— Non, je n'y connais pas grand-chose.

— Moi non plus. J'ai fait des recherches ensuite. Les vampires de l'Antiquité, ceux qui avaient une affinité avec la terre, l'appelaient le cœur de l'arbre. Ils pensaient que des animaux, ou même des personnes, pouvaient représenter le cœur d'un arbre en particulier. Alors, j'ai tiré, en pensant au centre – au cœur de l'arbre.

Il se tut et regarda son arc.

— Qui as-tu tué ? demandai-je doucement.

Sans y penser, je posai la main sur son épaule. Je ne sais pas pourquoi je le touchai. Peut-être parce qu'il donnait l'impression d'en avoir besoin. Et peut-être parce que, malgré ses aveux et le danger qu'il représentait, il m'attirait toujours.

Il couvrit ma main de la sienne.

— Une chouette, lâcha-t-il. La flèche lui a transpercé la poitrine. Elle était perchée sur l'une des plus hautes branches du chêne. Elle a chuinté pendant toute sa chute.

— La chouette représentait le cœur de l'arbre… murmurai-je en luttant contre l'envie de le prendre dans mes bras pour le réconforter.

— Oui, et je l'ai tuée.

Il me regarda dans les yeux. Je n'avais jamais vu un

regard à ce point hanté par le regret et, alors que les deux animaux à ses pieds semblaient le consoler, agissant plus intuitivement que d'ordinaire, je pensai que Stark avait peut-être plus de pouvoirs qu'il ne le pensait. Mais je ne dis rien : je ne voulais pas l'inquiéter davantage.

— Tu vois ? reprit-il. Je suis dangereux même quand je n'ai pas l'intention de faire du mal.

— Je vois, oui, enfin je crois, fis-je en pesant mes mots.

Je lui caressai l'épaule :

— Tu devrais peut-être ranger ton arc et tes flèches, du moins jusqu'à ce que tu maîtrises vraiment ce don.

— Je sais. Mais, si je ne m'entraîne pas, si j'arrête de tirer et que j'essaie de ne plus y penser, j'ai l'impression qu'on m'arrache une partie de moi-même. C'est comme si quelque chose mourait en moi.

Il laissa tomber sa main et recula pour que nous ne nous touchions plus.

— Tu dois connaître ce sentiment, toi aussi. Je ne suis qu'un lâche, je ne supporte pas cette souffrance.

— Vouloir éviter de souffrir ne fait pas de toi un lâche, déclarai-je, écoutant la petite voix qui résonnait dans ma tête. Cela te rend simplement humain.

— Les novices ne sont pas censés être humains.

— À vrai dire, je n'en suis pas si sûre. Je pense que la meilleure partie de chaque individu, qu'il soit novice ou vampire, est humaine.

— Es-tu toujours aussi optimiste ?

— Oh non ! m'esclaffai-je.

Le sourire par lequel il me répondit était moins sarcastique, plus sincère.

— Tu ne m'as pas l'air très pessimiste. Mais c'est vrai que je ne te connais pas depuis longtemps…

— Je ne suis pas si pessimiste que ça, du moins je ne l'étais pas. Disons que, ces derniers temps, je ne suis pas aussi enjouée que d'ordinaire.

— Que s'est-il passé ?

— Trop de trucs, dis-je en secouant la tête.

Il croisa mon regard, et je fus surprise par la compréhension qui s'y lisait. Puis il me surprit plus encore en s'approchant de moi et en repoussant une mèche de cheveux qui me cachait le visage.

— Je sais écouter, si tu as besoin de parler. Parfois, l'avis d'un étranger peut être instructif.

— Tu ne préférerais pas ne pas être un étranger ? demandai-je, troublée par la proximité de son corps et la facilité avec laquelle il parvenait à m'émouvoir.

Il haussa les épaules, et son sourire redevint sarcastique.

— Non, c'est plus facile comme ça. C'est entre autres pour cela que ça ne me dérangeait pas qu'on me change d'école.

Je réfléchis quelques instants, cherchant la façon d'en apprendre plus sans éveiller sa curiosité au sujet de Neferet.

— Ça ne t'ennuie pas si je t'interroge sur la raison de ta venue ici ?

— Tu peux tout me demander, Zoey.

Je fixai ses yeux marron, qui en disaient tellement plus que des paroles.

— OK. Ils t'ont transféré à cause de ce qui est arrivé à Will ?

— Je pense, oui. Mais je n'en suis pas sûr. Les vampires de mon ancienne école m'ont dit que c'était votre grande prêtresse qui avait demandé mon transfert. Cela arrive parfois, quand des novices possèdent des pouvoirs particuliers dont d'autres écoles manquent, dit-il avec un rire triste. Par exemple, je sais de source sûre que notre Maison de la Nuit a essayé de vous voler ce grand acteur que vous avez ici. Comment s'appelle-t-il déjà ? Erik Night ?

— Oui. Il n'est plus novice. Il s'est transformé.

Je n'avais pas envie de penser à Erik alors que je me sentais tellement attirée par Stark.

— Ah. Bref, votre Maison ne voulait pas le laisser partir, et il ne voulait pas partir non plus. Moi, on n'a pas essayé de me retenir. Et je n'avais aucune raison de rester. Alors, quand j'ai appris que Tulsa me réclamait, j'ai juste annoncé que je ne ferais plus jamais de compétitions, quoi qu'il arrive. Cela n'a rien changé. Ils ont insisté pour m'avoir, et me voilà.

Son expression sarcastique disparut, et pendant un instant il me parut très doux, et peu sûr de lui.

— Je commence à être content que Tulsa ait autant tenu à ce que je vienne.

— Oui, fis-je, complètement perturbée par ce que je ressentais pour lui. Moi aussi.

À ce moment-là, je réalisai ce qu'il venait de me dire, et une terrible prémonition m'envahit. Je dus m'éclaircir la voix avant de poser la question suivante.

— Nos vampires savent-ils comment est mort Will ?

Je m'en voulus en voyant la souffrance dans ses yeux, mais il fallait que j'en aie le cœur net.

— Probablement. Tous ceux de mon école étaient au courant, et tu sais comment ils sont. Impossible de leur cacher quoi que ce soit.

— Je sais, oui, dis-je doucement.

— Hé, je me trompe ou il y a quelque chose de bizarre entre Neferet et toi ?

— Comment ça ? lâchai-je, surprise.
— J'ai eu l'impression qu'il y avait de la tension dans l'air. Devrais-je savoir quelque chose à son sujet ?
— Elle est... puissante, répondis-je prudemment.
— Oui, ça, je m'en doute. Toutes les grandes prêtresses sont puissantes.
— Eh bien, disons qu'elle n'est pas exactement ce qu'elle semble être, et que tu dois rester sur tes gardes. Oh, et elle est très intuitive.
— Merci de me prévenir. Je ferai attention.

Je décidai de battre en retraite devant ce nouveau qui, d'une part, semblait si sûr de lui et qui, de l'autre, était de toute évidence vulnérable. Il me fascinait, me faisant oublier que j'avais renoncé à toute relation avec les garçons, de quelque nature qu'elle soit.

— Je ferais mieux d'y aller. J'ai un cheval qui m'attend.
— Il ne faut pas faire attendre un animal, ils peuvent se montrer très exigeants, dit-il en souriant à Duchesse et en lui caressant les oreilles.

Alors que je me détournais, il m'attrapa le poignet et glissa ses doigts entre les miens.

— C'est super que tu n'aies pas paniqué quand je t'ai parlé.
— Figure-toi que, après la semaine que je viens de vivre, ton don étrange me paraît presque banal.

Il porta alors ma main à ses lèvres et l'embrassa, tout naturellement, comme si c'était la chose la plus normale du monde. Je ne savais pas quoi dire. Comment doit-on réagir dans une telle situation ? J'avais envie de l'embrasser moi aussi, et je pensais à ça, mon regard plongé dans ses yeux marron, lorsqu'il demanda :

— Tu vas répéter aux autres ce que je t'ai confié ?

— Tu veux que je le fasse ?
— Non, sauf si c'est nécessaire.
— Alors je ne dirai rien, sauf si j'y suis obligée.
— Merci, Zoey.

Il pressa ma main, sourit, puis la relâcha.

Je restai là, un peu hébétée, alors qu'il ramassait son arc et traversait le terrain de foot. Sans me jeter un regard de plus, il prit une flèche, visa, et l'envoya en plein milieu de la cible. Il était vraiment sexy, et si mystérieux ! Il fallait que je parte d'ici, vite. J'allais passer la porte lorsque je l'entendis tousser. Je me figeai.

Il toussa de nouveau. Cette fois, je distinguai l'horrible gargouillement au fond de sa gorge. Puis l'odeur me parvint – l'odeur terrible et délicieuse du sang. Je serrai les dents pour réprimer mon désir répugnant.

Je voulais m'enfuir à toutes jambes, appeler à l'aide et ne jamais, jamais revenir. Je refusais d'assister à la suite.

— Zoey ! cria-t-il d'une voix terrifiée.

Je me forçai à me retourner.

Il était tombé à genoux. Plié en deux, il vomissait du sang sur le sable doré. Duchesse poussait des gémissements déchirants, et, malgré ses haut-le-cœur, il tendit la main pour la caresser. Je l'entendais lui murmurer entre deux quintes de toux que tout irait bien.

Sans plus hésiter, je courus jusqu'à lui.

J'eus tout juste le temps de le rattraper avant qu'il ne s'affale par terre et de l'attirer sur mes genoux. J'arrachai son pull et m'en servis pour essuyer le sang qui coulait de ses yeux, de son nez et de sa bouche.

« Non ! me répétais-je. Ça ne peut pas arriver maintenant ! Je viens de te trouver ! »

— Je suis là. Tu n'es pas seul, lui chuchotai-je.

J'essayais de paraître calme et apaisante, mais j'étais

brisée. « Déesse, je vous en prie, ne le prenez pas ! Je vous en prie, sauvez-le ! » priai-je avec ferveur.

— Tant mieux, haleta-t-il, avant de tousser encore.

De nouveaux ruisseaux de sang coulèrent de son nez et de sa bouche.

— Si cela doit arriver, je suis content que ce soit avec toi.

— Chut ! Je vais faire venir quelqu'un.

Je fermai les yeux et fis la première chose qui me vint à l'esprit : j'appelai Damien. Je pensai très fort à l'air, à la brise d'été, et soudain je sentis un vent tiède sur mon visage. « Va chercher Damien et demande-lui d'amener de l'aide ! » ordonnai-je. Le vent s'enroula autour de moi comme une tornade, puis disparut.

— Zoey ! cria Stark avant de se remettre à tousser.

— Ne parle pas, Stark. Économise tes forces, dis-je en repoussant les cheveux trempés collés à son visage.

— Ne pleure pas, Zoey.

— Je... je ne peux pas m'en empêcher.

— J'aurais dû t'embrasser... Je pensais que j'aurais le temps, haleta-t-il. C'est trop tard maintenant.

Je le regardai dans les yeux, et j'oubliai le reste du monde. Tout ce que je savais, c'était que je tenais Stark dans mes bras et que j'allais le perdre.

— Ce n'est pas trop tard, affirmai-je en me penchant et en posant mes lèvres sur les siennes.

Il me serra contre lui ; mes larmes se mêlèrent à son sang. Notre baiser, merveilleux et déchirant, se termina trop vite.

Il retira ses lèvres des miennes, tourna la tête et cracha du sang.

— Doucement, chuchotai-je, les joues inondées de larmes. Je suis là.

Duchesse gémissait, allongée près de son maître, le dévisageant avec terreur.

— Zoey, écoute-moi avant que je parte.

— Ne t'inquiète pas, je t'écoute.

— Promets-moi deux choses, demanda-t-il faiblement.

Il fut pris d'une nouvelle quinte de toux et s'écarta de moi. Je le soutins par les épaules ; lorsqu'il retomba dans mes bras, il tremblait et il était si blanc qu'il semblait presque transparent.

— Oui, tout ce que tu veux, Stark.

Il toucha ma joue de sa main maculée de sang.

— Promets-moi que tu ne m'oublieras pas.

— Je te le promets.

Il essuya mes larmes avec son pouce tremblant, ce qui me fit pleurer encore plus fort.

— Et promets-moi de t'occuper de Duchesse.

— Un chien ? Mais je…

— Promets-le-moi ! s'écria-t-il avec force. Ne les laisse pas la confier à des inconnus. Elle te connaît, et elle sait que je tiens à toi.

— D'accord ! Je te le promets. Ne t'inquiète pas.

Il se replia sur lui-même.

— Merci. J'aurais juste voulu que nous…

Il se tut et ferma les yeux. Il posa la tête sur mes genoux, passa un bras autour de ma taille et s'immobilisa. Des larmes rouges roulaient sur ses joues ; sa poitrine se soulevait par à-coups pendant qu'il tentait de respirer malgré le sang qui remplissait ses poumons.

Alors je me souvins, et l'espoir m'envahit. Même si je me trompais, il devait savoir.

— Stark, écoute-moi !

Comme il semblait évanoui, je le secouai doucement par les épaules.

— Stark !

Il entrouvrit les yeux.

— Tu m'entends ?

Il hocha la tête de façon à peine perceptible.

— Embrasse-moi encore, Zoey, murmura-t-il.

— Tu dois m'écouter, lui dis-je à l'oreille. Ce n'est peut-être pas fini pour toi ! Dans cette Maison de la Nuit, des novices meurent et renaissent pour subir une autre Transformation.

— Je... je ne vais peut-être pas mourir ?

— Pas pour de bon. Certains novices ont ressuscité. C'est arrivé à ma meilleure amie.

— Occupe-toi de Duchesse pour moi. Si je peux, je reviendrai pour elle, et pour toi...

Ses mots furent étouffés par un flot écarlate.

Je ne pus que le serrer dans mes bras tandis que sa vie s'échappait.

Il venait de rendre son dernier souffle quand Damien fit irruption dans la salle, suivi de Dragon Lankford, d'Aphrodite et des Jumelles.

CHAPITRE TREIZE

C'est Aphrodite qui me rejoignit la première. Elle m'aida à me relever alors que le corps de Stark glissait de mes genoux.

— Tu as du sang sur la bouche, murmura-t-elle en me tendant un mouchoir.

Je m'essuyai les lèvres, puis les yeux.

Damien arriva à son tour. Il me prit fermement par le coude :

— Viens avec nous ! On va te ramener au dortoir pour que tu puisses te changer.

Aphrodite se plaça de l'autre côté pour me soutenir. Les Jumelles se tenaient par la taille et s'efforçaient de ne pas pleurer.

Des Fils d'Erebus s'affairaient déjà autour du cadavre. Aphrodite et Damien essayèrent de me faire sortir de la salle, mais je résistai. En pleurs, je regardai les combattants soulever délicatement le corps ensanglanté de Stark pour l'allonger sur une civière. Puis ils posèrent dessus une couverture, qu'ils tirèrent sur son visage.

À ce moment-là, Duchesse leva le museau vers le ciel et se mit à hurler.

C'était déchirant. La nuit se remplit de tristesse, de solitude et de deuil. Les Jumelles fondirent en larmes.

— Oh, déesse, c'est horrible, murmura Aphrodite.

— Pauvre petite... lâcha Damien avant de se mettre lui aussi à pleurer doucement.

Nala s'assit près de la chienne et la regarda avec de grands yeux, comme si elle se demandait comment l'aider.

J'allais m'approcher de Duchesse lorsque Jack arriva en courant. Il s'arrêta brusquement, la bouche grande ouverte, sous le choc. Il porta la main à ses lèvres, essayant en vain d'étouffer un cri horrifié. Son regard passa du corps étendu sur la civière au sable imbibé de sang, puis au chien. Ensuite, ignorant le reste du monde, il se précipita vers Duchesse et tomba à genoux devant elle.

— Oh, chérie ! J'ai le cœur brisé pour toi !

La chienne le regarda longuement. Je vous assure que des larmes coulaient sur son museau, y laissant des traces sombres.

Jack pleurait lui aussi, mais sa voix était douce et posée quand il dit :

— Viens avec moi ! Tu ne seras pas seule.

Le gros labrador blond s'avança lentement, comme s'il avait vieilli de plusieurs années, et il posa sa truffe sur l'épaule du garçon.

Dragon Lankford toucha le dos de Jack.

— Emmène-la dans ta chambre. Je vais appeler le vétérinaire pour qu'il lui donne un somnifère. Elle souffre comme un chat qui a perdu son vampire. C'est un animal loyal ; le deuil sera très difficile pour elle.

— Je... je vais rester avec elle, dit Jack en caressant la chienne.

Quand les combattants se dirigèrent vers la sortie avec la civière, il la prit dans ses bras.

Neferet arriva à ce moment-là, rouge et essoufflée.

— Oh non ! Qui est-ce ?

— Le nouveau, James Stark, répondit Dragon.

Neferet s'approcha de la civière et souleva la couverture. Comme tout le monde regardait Stark, je fus la seule à voir l'éclair de triomphe qui traversa son visage. Puis elle inspira profondément et se donna l'air d'une grande prêtresse attristée par la perte d'un novice.

Je crus que j'allais vomir.

— Emmenez-le à la morgue, ordonna-t-elle. Je m'assurerai qu'on s'occupe bien de lui. Zoey, charge-toi du chien.

Puis elle fit signe aux combattants de se remettre en route et elle les suivit.

Pendant quelques secondes, je fus incapable de parler. Sa cruauté m'avait secouée. Je me rendis compte qu'une petite part de moi espérait toujours qu'elle était la femme que j'avais cru rencontrer quand j'étais arrivée à la Maison de la Nuit – la mère qui m'aurait aimée pour ce que j'étais.

Je m'essuyai les yeux du dos de la main : il était temps d'accepter le fait que Neferet avait mal tourné et d'y faire face.

— Reste avec Jack ce soir, dis-je à Damien. Il a plus besoin de ton aide que moi.

— Ça va aller ? me demanda-t-il.

— Je vais m'occuper d'elle, dit Aphrodite.

— Nous aussi, promirent les Jumelles.

Damien hocha la tête, me serra dans ses bras et partit rejoindre Jack. Il s'accroupit près du chien et, après un moment d'hésitation, il le caressa.

— Tu es pleine de sang, Zoey, dit Aphrodite, détournant mon attention de cette scène déchirante.

Je baissai les yeux. Je n'avais plus senti le sang après

avoir embrassé Stark. J'avais chassé cette odeur de mon esprit pour ne pas devenir folle, et je fus surprise de voir que mes vêtements étaient sombres et collants.

— Il faut que je prenne une douche et que je me change, fis-je d'une voix tremblante.

— Viens. Je vais te faire visiter le spa, poursuivit Aphrodite.

— Le spa ? demandai-je, ahurie.

Stark venait de mourir dans mes bras, et elle voulait que j'aille dans un spa ?

— Vous ne saviez pas que j'avais fait refaire ma salle de bains ?

— Zoey veut peut-être se doucher chez elle, intervint Shaunee.

— Oui, et peut-être qu'elle ne veut pas se rappeler que la dernière fois qu'elle a pris une douche alors qu'elle était pleine de sang, dans sa chambre, c'était le jour où sa meilleure amie est morte dans ses bras. Par ailleurs, elle n'a pas une douche Vichy en marbre, vu que la mienne est la seule du campus.

— Une douche Vichy ? demandai-je.

J'avais l'impression d'être en plein cauchemar.

— C'est un petit coin de paradis ! soupira Shaunee.

— Tu en as une dans ta chambre ? demanda Erin en la regardant d'un air approbateur.

— C'est l'un des avantages d'être désespérément riche et très, très gâtée, répondit Aphrodite.

— Euh, Zoey, dit Erin, tu devrais peut-être aller dans son spa... Une douche Vichy, c'est excellent pour chasser le stress.

Shaunee s'essuya les yeux et renifla une dernière fois.

— Et tu as du stress à évacuer, ce soir.

— D'accord, j'irai me laver chez Aphrodite.

Je sentis le baiser de Stark sur mes lèvres pendant tout le trajet jusqu'au dortoir, alors que le croassement surréaliste des corbeaux emplissait la nuit.

La douche Vichy consistait en quatre gros jets, deux au plafond et deux sur les côtés de la cabine en marbre, qui déversèrent des tonnes d'eau chaude sur mon corps. Debout, immobile, je laissai l'eau couler sur ma peau et emporter le sang de Stark. Elle passa de rouge à rose, puis devint claire et, lorsque tout le sang eut disparu, je me remis à pleurer.

Même si je venais seulement de rencontrer Stark, son absence me faisait comme un trou dans le cœur. Comment pouvait-il tant me manquer alors que je l'avais à peine connu ? Peut-être était-ce ce qui arrivait entre deux personnes dont la relation existait au-delà du temps. Peut-être que ce qui s'était passé dans le complexe sportif avait suffi à ce que nos âmes se reconnaissent.

Des âmes sœurs ? Était-ce possible ?

Lorsque mes larmes eurent cessé de couler, je sortis de la douche. Aphrodite avait accroché un grand peignoir blanc à la porte de la salle de bains, et je l'enfilai avant de retourner dans sa chambre digne d'un palace. Sans grande surprise, je constatai que les Jumelles étaient parties.

— Tiens, bois ça, dit-elle en me tendant un verre de vin rouge.

— Non merci, je n'aime pas vraiment l'alcool.

— Bois. Ce n'est pas que du vin.

— Oh…

Je pris une gorgée avec précaution, comme si je craignais qu'elle n'explose dans ma bouche. Et c'est ce qui se produisit – dans tout mon corps.

— Il y a du sang dedans, dis-je d'un ton neutre.
— Cela t'aidera à te sentir mieux. Et ça aussi, fit-elle en désignant sa table basse, où se trouvaient un gros cheeseburger, une grande portion de frites et une bouteille de soda.

J'engloutis la dernière goutte de sang et me jetai sur le sandwich.

— Comment savais-tu que j'aimais ces cheeseburgers ?
— Tout le monde les aime. Ils sont terriblement mauvais pour la santé. J'ai pensé que tu en aurais besoin.
— Merci, dis-je, la bouche pleine.

Elle me laissa manger un moment puis, d'une voix inhabituellement hésitante, elle me demanda :

— Alors, tu l'as embrassé avant qu'il meure ?

J'étais incapable de la regarder ; mon cheeseburger avait soudain un goût de carton.

— Oui, je l'ai embrassé.
— Est-ce que ça va ?
— Non. Il s'est passé quelque chose entre nous, et…

Je ne trouvais pas mes mots.

— Qu'est-ce que tu vas faire, alors ?

Je la fixai dans les yeux :

— Il est mort. Il n'y a rien à…

Je me tus. Stark était mort, mais cela ne signifiait pas forcément que tout était fini, pas dans cette Maison de la Nuit, pas ces derniers temps ! Alors je me souvins.

— Je le lui ai dit.
— Quoi ?
— Que ce n'était peut-être pas la fin. Avant qu'il s'en aille, je lui ai parlé des novices morts ici, qui étaient revenus à la vie et subissaient une autre Transformation.
— Si cela doit arriver, l'une de ses premières pensées

sera pour toi, et ce que tu lui as révélé. Espérons que Neferet ne sera pas là pour l'entendre…

Mon cœur se serra. J'étais partagée entre la peur et l'espoir.

— Qu'est-ce que tu aurais fait, toi ? Tu l'aurais laissé mourir dans tes bras en lui cachant cela ?

— Je ne sais pas, soupira Aphrodite. Probablement pas. Tu tiens à lui, n'est-ce pas ?

— Oui, et ne me demande pas pourquoi. Évidemment, il est… euh… il était canon. Mais il m'a dit des choses, et un lien fort s'est tissé entre nous.

J'essayai de me rappeler l'ensemble des paroles de Stark, mais mes souvenirs étaient confus : le sang, le baiser, la mort… Je frissonnai et bus une longue gorgée de soda.

— Alors, qu'est-ce que tu vas faire ? insista-t-elle.

— Aphrodite, je n'en ai aucune idée ! Tu voudrais peut-être que je déboule à la morgue et que je demande aux Fils d'Erebus de me laisser seule avec lui pour que je puisse vérifier s'il revient ou non à la vie ?

En prononçant ces paroles, je me rendis compte que c'était exactement ce que je devais faire.

— En effet, ce n'est pas une bonne idée.

— Nous ne savons pas comment ça se passe, ni à quelle vitesse, ni même si cela va se produire. Attends, fis-je après un moment de réflexion, tu as bien dit que tu avais vu Stark dans une de tes visions ?

— Oui.

— Qu'y avait-il sur son visage ? Un croissant de lune bleu, rouge ou des tatouages entièrement rouges ?

— Aucune idée, dit-elle avec hésitation.

— Comment peux-tu ne pas le savoir ? Tu l'as pourtant reconnu !

— Oui, je me souviens de ses yeux, de sa bouche honteusement sexy et de…

— Ne parle pas de lui comme ça, la coupai-je.

— Désolée, je ne voulais pas te choquer. Il t'a vraiment fait de l'effet, hein ?

— Oui, il m'a fait de l'effet. Essaie plutôt de te rappeler à quoi il ressemblait dans ta vision.

Elle se mordilla la lèvre.

— Impossible ! Je l'ai juste aperçu.

Mon cœur battait à tout rompre, et l'espoir me faisait tourner la tête.

— Cela signifie qu'il n'est pas vraiment mort. Tu l'as vu dans une vision du futur, non ? Alors, il va revenir !

— Pas nécessairement, dit-elle avec douceur. Zoey, le futur se transforme en permanence. Toi, je t'ai vue mourir deux fois. Une fois seule, isolée de tes amis. Et regarde, ton troupeau de ringards est de retour ! Oh, désolée, je sais que ta soirée a été dure. Je ne voulais pas être méchante. Donc, comme tu n'es plus isolée, ma vision ne vaut probablement plus rien. Tu vois, le futur a changé. C'est sans doute pareil pour la vision avec Stark.

— Mais pas forcément ?

— Pas forcément. Mais ne te fais pas d'illusions. Je suis juste la fille aux visions, pas une experte en novices ressuscités.

— Dans ce cas, il nous faut un vrai expert, déclarai-je.

— Cela me coûte de l'admettre, mais tu as raison. Tu dois parler à Lucie.

— Je vais retourner dans ma chambre pour l'appeler et lui demander de nous retrouver aux Chats de gouttière demain. Tu penses que tu pourras occuper Darius pendant qu'on discute ?

— Oh, je t'en prie... Je l'occuperai *entièrement*, ron-ronna-t-elle.

Soudain, elle redevint sérieuse.

— Zoey, je ne veux pas que tu vives une déception. Si Stark revient, il ne sera plus le même. D'après Lucie, les novices rouges ont changé, et c'est vrai. Mais ils ne sont pas normaux pour autant, et elle non plus.

— Je sais tout ça, Aphrodite, mais Lucie va bien.

— Il va falloir qu'on accepte notre désaccord sur la question. Je te demande juste de faire attention. Stark n'est pas...

— Arrête ! l'interrompis-je. Laisse-moi un peu d'espoir. Je veux croire qu'il a encore une chance.

— C'est exactement ce qui m'inquiète.

— Je suis trop fatiguée pour parler de ça.

— OK, je comprends. Mais réfléchis à ce que je t'ai dit. Si tu restais ici ce soir ? Tu ne serais pas seule.

— Non merci. Et merci de m'avoir aidée. Je me sens beaucoup mieux.

Elle chassa mes remerciements d'un geste de la main, l'air gêné. Puis elle retrouva son expression habituelle.

— Oh, je t'en prie ! Quand tu seras reine, tu me seras redevable.

Une fois dans ma chambre, j'appelai Lucie. Je tombai sur son répondeur ; je ne laissai pas de message. Qu'aurais-je pu dire ? « Salut, Lucie. C'est Zoey. Hé, un novice vient de se vider de son sang dans mes bras, et je veux savoir ce qui va se passer. Est-ce qu'il va ressusciter en monstre sanguinaire, ou va-t-il juste être un peu bizarre, comme tes copains ? Ou peut-être va-t-il rester mort ? J'aimerais le savoir, car je tiens beaucoup à lui, même si je le connais à peine. Alors rappelle-moi ! »

Non, ce n'était pas possible.

Je m'assis lourdement sur mon lit, regrettant que Nala ne soit pas là. À cet instant, la chatière s'ouvrit, et ma chatte grincheuse traversa la pièce en miaulant, sauta sur mon lit et frotta son museau contre mon cou en ronronnant.

Je lui caressai les oreilles et embrassai la tache blanche sur son nez.

— Je suis vraiment, vraiment contente de te voir ! Comment va Duchesse ?

Elle me regarda, éternua, puis se remit à ronronner. J'en déduisis que Damien et Jack s'occupaient bien de la chienne.

Je me replongeai dans mes pensées. J'effleurai mes lèvres, où je sentais toujours le baiser de Stark. Qu'est-ce qui se passait ? Pourquoi ce garçon me touchait-il autant ? D'accord, il était mort dans mes bras, et cela avait été horrible. Mais il y avait plus que ça. Je fermai les yeux et soupirai : voilà que je ne pouvais pas le chasser de mon esprit, alors que je ne m'étais toujours pas remise de mon histoire avec Erik, ni de celle avec Heath.

En vérité, je n'étais même pas remise de mon histoire avec Loren. Je n'étais pas amoureuse de lui, mais je n'avais pas dépassé la peine qu'il m'avait causée. Mon cœur souffrait toujours, et il n'était pas prêt à accueillir quelqu'un d'autre.

Pourtant, je me souvins avec émotion de Stark me prenant la main, entrelaçant ses doigts aux miens, et du contact de sa bouche sur ma peau.

— Il faut croire que personne n'a prévenu mon cœur qu'il n'était pas prêt... murmurai-je.

Et si Stark ne revenait pas ?

J'en avais assez de voir mourir des gens. Une larme

coula de mes paupières fermées. Je me recroquevillai sur mon lit, le visage enfoui dans la fourrure de Nala, essayant de me raisonner. J'étais fatiguée, rien de plus. La journée avait été très dure. Je me sentirais mieux demain. Je parlerais à Lucie, et elle m'aiderait à trouver une solution au problème de Stark.

Je n'arrivais pas à dormir. Mes pensées ne cessaient de tourner en rond, s'attardant sur les erreurs que j'avais commises et les personnes que j'avais fait souffrir. La mort de Stark était-elle une sorte de punition pour ce que j'avais fait subir à Erik et à Heath ?

« Non ! protesta ma raison. C'est ridicule ! Nyx ne fonctionne pas comme ça. » Mais ma mauvaise conscience me soufflait des idées noires. « On ne peut pas blesser des gens aussi gravement sans en payer le prix. »

« Arrête ! m'ordonnai-je. Erik n'avait pas l'air si anéanti que ça aujourd'hui. À vrai dire, il était surtout désagréable, et ne semblait pas avoir le cœur brisé. »

Non, ce n'était pas vrai non plus. Erik et moi étions en train de tomber amoureux lorsque j'avais tout gâché. À quoi m'étais-je attendue ? À ce qu'il pleure et me supplie de revenir ? Sûrement pas. Je l'avais blessé, et il n'était pas vraiment désagréable. Il essayait juste de se protéger.

Quant à Heath, je n'avais pas besoin de le voir pour savoir que je lui avais brisé le cœur. Je le connaissais trop bien. Il faisait partie de ma vie depuis que nous avions eu le coup de foudre à l'école primaire. Il avait toujours été là : il avait été mon premier amoureux à l'école, mon petit copain au collège, puis au lycée, jusqu'à ce que nous imprimions et que je devienne accro à son sang. Imprimer avec un humain et boire son sang stimule des récepteurs sexuels dans le cerveau du novice comme dans celui du vampire, si bien que j'avais eu envie de plus que son sang délicieux. Oui, je sais que ça paraît vulgaire, mais au moins je suis honnête avec moi-même.

Heath et moi avions donc imprimé, mais ensuite j'avais fait l'amour avec Loren, et nous avions imprimé (j'avais toujours du mal à concevoir que je n'étais plus vierge, c'était perturbant et effrayant), ce qui avait effacé mon Empreinte avec Heath. D'après Loren, cela avait été très douloureux pour lui. Depuis, il ne m'avait donné aucune nouvelle.

Et dire que Stark se considérait comme un lâche parce qu'il refusait de souffrir ! Je me demandai si le lien qui s'était créé entre nous deux aurait duré s'il avait appris la vérité à mon sujet. Il s'était confié à moi, et je ne lui avais rien révélé me concernant.

Et il y avait un tas de choses à raconter, dont pas mal de détails que je n'avais pas réglés.

J'avais évité Heath parce que je savais que je lui avais fait du mal. Et parce que j'avais peur de sa réaction.

Heath était loyal, et complètement fou de moi. Il avait toujours été là quand j'en avais eu besoin.

Soudain, je réalisai à quel point il me manquait. Je me sentais meurtrie et perdue, et j'avais besoin de m'assurer que je ne les avais pas tous perdus... que l'un d'eux m'aimait encore, même si je ne le méritais pas.

J'attrapai mon téléphone portable et tapai aussitôt un message, craignant de me défiler.

Comment ça va ?

Lorsqu'il répondrait – s'il répondait –, j'irais un peu plus loin.

Je me recroquevillai de nouveau près de Nala, et j'essayai de dormir ; en vain.

Je regardai l'heure : il était huit heures et demie ; donc

Heath dormait. Il était toujours en vacances et, quand il n'était pas obligé de se lever pour aller au lycée, il ne se réveillait jamais avant midi. « Il dort », me répétai-je avec obstination, alors qu'une petite voix me disait : « Autrefois, cela n'aurait pas eu d'importance. Il m'aurait répondu en moins d'une seconde et m'aurait suppliée de venir le retrouver quelque part. Heath se réveillait toujours quand un de mes messages arrivait. »

Peut-être aurais-je dû l'appeler.

Pour l'entendre me dire qu'il ne voulait plus jamais me voir ? Je me mordillai la lèvre, nauséeuse. Non. Non, je ne pouvais pas faire ça. Pas après ce qui s'était passé aujourd'hui. Je ne pourrais pas supporter d'entendre des choses méchantes. Les lire serait déjà assez difficile.

S'il répondait…

Je m'efforçai de me concentrer sur les ronronnements de Nala pour oublier le silence de mon téléphone.

« Demain, décidai-je en sombrant dans un sommeil agité. Si je n'ai pas de nouvelles de lui demain, je l'appellerai. »

Juste avant de m'endormir, j'entendis le croassement sinistre d'un corbeau à ma fenêtre.

CHAPITRE QUATORZE

Quand mon réveil retentit, ce soir-là à dix-sept heures, j'étais déjà réveillée et je caressais Nala en essayant de ne penser ni à Stark, ni à Heath, ni à Erik. Pour moi, c'était la matinée. Rappelez-vous, jour et nuit sont inversés chez les novices ; les cours commencent à vingt heures et se terminent à trois heures du matin.

Je me levai en titubant et je passai un jean et un pull noir. Je me regardai dans le miroir. Berk ! Il allait vraiment falloir que je dorme le lendemain : les poches sous mes yeux avaient elles-mêmes des poches.

Soudain, Nala fit le gros dos et cracha en regardant la porte. Puis quelqu'un frappa.

— Zoey ! Tu vas te grouiller, oui ou non ?

J'ouvris le battant et me retrouvai nez à nez avec Aphrodite, vêtue d'une jupe en laine noire très courte, d'un pull violet foncé et de bottes à se damner. Elle trépignait d'impatience.

— Quoi ? demandai-je.

— Qu'est-ce que tu es lente !

— Épargne-moi ta mauvaise humeur ! Regarde, je suis prête.

— Non, ta Marque n'est même pas couverte.

— Ah, zut. J'avais oublié…

— L'un des rares avantages à faire semblant d'être une novice, reprit-elle, c'est que je n'ai pas besoin de couvrir ma Marque quand je quitte le campus, lança-t-elle d'un ton désinvolte, mais le regard sombre.

— Hé, rappelle-toi ce qu'a dit Nyx. Tu es toujours spéciale à ses yeux.

Elle haussa les épaules.

— C'est ça ! Allez-, dépêche-toi ! Darius nous attend, et tu dois encore aller dire à Shekinah que je viens avec toi.

— Je veux un bol de céréales, dis-je en m'appliquant une épaisse couche de fond de teint sur le front.

— Pas le temps ! décréta Aphrodite alors que nous descendions l'escalier. Il faut qu'on arrive aux Chats de gouttière avant que ces stupides humains ferment boutique et retournent dans leurs ridicules maisons destinées à la classe moyenne.

— *Tu* es une stupide humaine, chuchotai-je.

— Je suis une humaine *spéciale*, rectifia-t-elle. À quelle heure doit-on retrouver Lucie ? Tu l'as prévenue qu'on serait un peu en retard ?

— Je ne l'ai pas eue hier.

— Pas étonnant. Le réseau est pourri dans les souterrains. Rappelle-la. Espérons que tu pourras lui parler, cette fois.

— Hé, Zoey ! s'écria Shaunee lorsque nous passâmes devant la cuisine.

— Comment tu te sens, ce matin ? demanda Erin. Mieux ?

— Oui, merci, les filles, répondis-je en leur souriant.

— Arrêtez, vous me donnez la nausée ! grimaça

Aphrodite. Zoey, je vais chercher Darius. On se retrouve au parking. Grouille-toi !

— Je la déteste ! dirent Shaunee et Erin d'une seule voix.

— Je sais, soupirai-je. Mais elle a été super gentille avec moi hier.

— Elle ne devait pas être dans son état normal, commenta Erin.

— Tiens, Zoey, mange tes céréales, dit Shaunee.

— Je n'ai pas le temps. Je dois aller aux Chats de gouttière pour parler de notre programme caritatif.

— Propose-leur d'organiser une vente de charité, me suggéra Erin.

— On doit faire de la place dans notre placard avant le changement de saison, enchaîna Shaunee. Autant vendre nos vieux vêtements.

— Ce n'est pas une mauvaise idée, à condition que la vente ait lieu à l'intérieur pour que le soleil ne nous dérange pas.

— Viens, Jumelle, on va trier nos chaussures ! lança Shaunee.

— Oui, Jumelle. Il paraît que le métal sera à la mode la saison prochaine.

Je quittai le dortoir, poursuivie par leurs bavardages.

Le Fils d'Erebus en poste à l'entrée me salua avec respect. Je lui rendis son salut, puis me précipitai vers le bâtiment principal. Sur le chemin, j'ouvris mon téléphone et tapai le numéro de Lucie. Heureusement, elle décrocha à la première sonnerie.

— Oh, super ! J'ai essayé de t'appeler hier, mais tu n'as pas répondu.

— Désolée, Zoey, les portables passent très mal dans les souterrains.

Il allait falloir trouver une solution à ce problème, mais, pour l'instant, je n'avais pas le temps d'y réfléchir.

— Tu peux me retrouver aux Chats de gouttière dans un quart d'heure ? C'est important.

— Les Chats de gouttière ? C'est où ?

— Au croisement de la Soixantième Rue et de Sheridan, dans un joli petit bâtiment en brique.

— Je vais devoir prendre le bus, alors ça va me prendre un moment. Tu ne peux pas venir me chercher ? Je...

Elle fut interrompue par un cri et des rires terrifiants.

— Euh... Il faut que j'y aille, lâcha-t-elle.

— Lucie ! Que se passe-t-il ?

— Rien, répondit-elle trop rapidement.

— Lucie..., commençai-je.

Elle me coupa :

— Ils ne mangent personne. Vraiment. Mais je dois m'assurer que le livreur de pizza ne se souviendra pas de cette course. On se voit tout à l'heure. Ciao !

Je fermai mon téléphone, inquiète, et passai l'imposante porte en bois du bâtiment principal.

J'empruntai l'escalier circulaire qui menait à la bibliothèque et à la salle du conseil. Je m'apprêtais à frapper lorsque j'entendis la voix claire de Shekinah.

— Tu peux entrer, Zoey.

Les vampires étaient vraiment effrayants à tout savoir comme ça. Je me redressai et j'entrai.

Shekinah portait une robe noire en velours, avec l'insigne argenté de Nyx brodé sur la poitrine – une femme aux bras levés tenant entre ses mains une lune. Elle me sourit, et je fus de nouveau frappée par sa beauté exotique et l'impression de maturité et de sagesse qui émanait d'elle.

— Bienvenue, Zoey.

— Bonjour.

— Comment vas-tu, aujourd'hui ? J'ai appris que l'un de nos jeunes novices était décédé hier et que tu avais assisté à sa mort.

— Oui, j'étais avec Stark quand il est... quand il est parti. Mais je vais aussi bien que possible.

— Te sens-tu le courage de te rendre aux Chats de gouttière ? Cette première rencontre pourrait s'avérer difficile.

— Je sais, mais je veux y aller. Je préfère être occupée.

— Très bien. C'est à toi de voir.

— J'aimerais qu'Aphrodite vienne avec moi, si cela vous convient.

— C'est la novice qui possède une affinité avec la terre, n'est-ce pas ?

Je hochai nerveusement la tête.

— Nyx lui a en effet donné une affinité avec la terre.

Après tout, ce n'était pas un mensonge.

— La terre a une influence apaisante. En général, ceux qui sont dotés de cette affinité sont fiables ; on peut compter sur eux. Tu as fait un excellent choix, jeune prêtresse.

Aphrodite, une fille fiable, sur qui on pouvait compter ? Si les Jumelles avaient entendu ça !

— Elle et Darius m'attendent, alors...

— Un instant, dit-elle en me tendant une feuille de papier. Avec mon accord, Neferet t'a changée de cours de sociologie. Tu seras désormais avec les élèves de dernière année.

Elle regarda ma Marque hors du commun, déjà remplie alors que je n'étais pas encore transformée. Aucun autre novice n'avait non plus des tatouages comme les miens.

Shekinah ne pouvait pas les voir, mais à son regard entendu je compris qu'elle savait qu'ils étaient là.

— Tu es trop avancée pour rester dans un cours de base, reprit-elle. Je crois – et ta grande prêtresse m'approuve – que tu dois connaître les détails de la vie d'un vampire adulte.

— Oui, madame.

— Ce changement a légèrement modifié ton emploi du temps. Je t'ai dispensée de cours ce soir. Fais en sorte d'être revenue à la fin de la pause déjeuner.

— Très bien. Oh, pourriez-vous dispenser Aphrodite également ?

— Je l'ai déjà fait.

J'avalai ma salive.

— Eh bien, merci.

L'intuition des vampires me rendait extrêmement nerveuse.

— J'ai l'intention de proposer aux Chats de gouttière une vente de charité organisée par les Filles de la Nuit. L'argent leur reviendrait. Pensez-vous que ce serait possible ?

— C'est une excellente idée. Je suis sûre que nos élèves ont des objets intéressants à vendre.

Je songeai à la collection de chaussures de marque des Jumelles, aux figurines *Star Wars* d'Erik (peut-être s'en était-il lassé, maintenant qu'il était un vampire adulte) et aux colliers en chanvre tressé de Damien.

— Oui, « intéressants » est le mot juste.

— Alors occupe-toi d'organiser cette vente. Je suis d'accord avec toi, il est important d'entretenir des rapports avec la population locale. La ségrégation entraîne l'ignorance, et de l'ignorance naît la peur. J'ai déjà commencé à collaborer avec la police au sujet des meurtres.

Nous pensons tous qu'il s'agit de l'œuvre d'un petit groupe de déséquilibrés. Toi et Aphrodite ne courez aucun risque. Vous serez bien protégées par Darius.

— Bon, eh bien, je vous tiendrai au courant.

— Viens me faire ton rapport demain. À ce propos, j'ai décidé de procéder à un rituel de nouvel an exceptionnel, pendant lequel nous nous concentrerons sur les énergies négatives de cette école. Après la mort de deux professeurs et de ce pauvre novice, ces lieux ont besoin d'une purification puissante. J'ai entendu dire que tu avais été familiarisée à de tels rituels, grâce à ton héritage cherokee.

— Oui ! m'exclamai-je sans parvenir à dissimuler ma surprise. Ma grand-mère se conforme toujours aux traditions de son peuple.

— Dans ce cas, je compte sur toi et sur tes pairs talentueux pour former le cercle. Demain, ce sera le réveillon du nouvel an, alors faisons-le débuter à minuit. Nous accueillerons la nouvelle année par une cérémonie près du mur est.

— Le mur est ? Mais c'est là que...

Je me tus, prise de nausée.

— Oui, c'est là qu'a été abandonné le corps du professeur Nolan. Mais c'est aussi un lieu de grand pouvoir ; il sera donc le point central de notre purification.

— Neferet a déjà organisé un rituel à cet endroit, poursuivis-je.

Notre grande prêtresse avait dirigé une sorte de service funéraire à l'endroit où le corps de Mme Nolan avait été retrouvé. Elle avait également jeté un sort autour de l'école, lui permettant d'être prévenue à chaque fois que quelqu'un entrait à la Maison de la Nuit ou en sortait.

— La purification et la protection sont deux choses

très différentes, Zoey. Neferet s'est concentrée sur la protection, ce qui était une réponse appropriée à cette tragédie. Désormais, nos esprits ont retrouvé le calme, et il est temps de regarder vers l'avenir. Pour cela, une purification est nécessaire. Est-ce que tu comprends ?

— Je crois, oui.
— J'ai hâte de te voir former ton cercle.
— Moi aussi, mentis-je.
— Sois vigilante et sage aujourd'hui, Zoey.
— Je ferai de mon mieux.

Je la saluai respectueusement et m'inclinai légèrement avant de quitter la pièce, anéantie. Comment allais-je faire pour diriger un rituel devant toute l'école sans l'élément terre ? J'étais la seule à savoir qu'Aphrodite ne possédait plus son affinité. Par ailleurs, tout le monde croyait qu'elle était toujours une novice. Oh, bon sang ! Une fois de plus, j'avais de sérieux ennuis.

CHAPITRE QUINZE

M'efforçant de ne pas paniquer à cause de ce maudit rituel, je consultai mon nouvel emploi du temps en me dirigeant vers le parking. Shekinah n'avait pas menti : me changer de classe en sociologie avait perturbé mon planning. Mes quatre premiers cours de la nuit étaient inversés, et mon cours de théâtre, normalement en deuxième heure, passait en cinquième, juste avant le seul qui n'avait pas bougé, études équestres.

— Génial ! marmonnai-je. Pour couronner le tout, je vais avoir cours avec Erik.

J'essayais de maîtriser une violente nausée quand j'aperçus Aphrodite et Darius, à côté d'une Lexus noire. Enfin, plus précisément, j'aperçus Darius. Aphrodite se tenait dans son ombre et lui faisait les yeux doux.

— Désolée d'être en retard, dis-je avant de m'installer sur la banquette arrière.

— Pas de problème, répondit Aphrodite en s'installant gracieusement sur le siège passager. Ne t'en fais pas pour ça.

Je roulai des yeux. Tout à coup, ça ne la dérangeait plus que je sois en retard ! Elle était tellement transparente...

— Aphrodite, chuchotai-je alors que Darius démarrait la voiture. Demain, à minuit.

— Quoi ?

Elle me jeta un regard qui disait qu'elle aurait voulu que je disparaisse, la laissant seule avec Darius.

— Demain, minuit, toi, moi, Damien, les Jumelles, grand rituel de purification devant toute l'école, débitai-je d'une traite.

Ses grands yeux bleus s'arrondirent sous le choc.

— Ça va être..., commença-t-elle d'une voix hystérique.

— Marrant ! complétai-je avant qu'elle ne sorte un truc du genre « un désastre complet ».

— J'ai hâte de voir ça, déclara Darius en souriant chaleureusement à Aphrodite. Le pouvoir de votre cercle est unique !

Aphrodite se reprit et, lorsqu'elle lui rendit son sourire, elle avait retrouvé son attitude séductrice.

— Oui, « unique » est le mot approprié.

— Je n'ai jamais rencontré de novices aussi doués, poursuivit notre garde du corps.

— Tu n'as aucune idée de l'étendue de mes talents, souffla-t-elle en se penchant vers lui avec un rire de gorge.

« C'est ça, pensai-je, inquiète, tandis qu'elle flirtait outrageusement avec Darius. Lui et tous les autres – à part Aphrodite et Lucie – n'ont aucune idée de ce qui se passe ici. » Nous non plus ne savions pas ce qui se passait exactement, et encore moins comment nous allions former un cercle avec un élément en moins. Je me rappelai ce qui s'était produit quand Aphrodite avait essayé d'invoquer la terre dans sa chambre. Tout le monde comprendrait aussitôt qu'elle avait perdu son affinité. Comment allions-nous l'expliquer ?

Damien et les Jumelles se mettraient sans doute en colère contre moi, une fois de plus, et me reprocheraient de leur avoir caché la vérité. Génial.

Ce qu'il me fallait, c'était quelque chose qui ferait diversion au moment de la formation du cercle. Non. Ce qu'il me fallait vraiment, c'était des vacances. Ou un antimigraineux extrafort.

Je fouillai dans mon sac à main à la recherche dudit cachet, en vain. De toute façon, les médicaments n'avaient pas beaucoup d'effets sur les novices…

Le nouveau siège des Chats de gouttière était un joli immeuble carré en brique, avec de grandes vitrines pleines d'articles pour chats. Je me promis de penser à rapporter une bricole à Nala la grincheuse.

Darius nous tint la porte et nous entrâmes dans la boutique, très éclairée. Nous portions tous les trois des lunettes de soleil, mais nous avions quand même mal aux yeux. Enfin, pas Aphrodite, puisqu'elle était redevenue humaine.

— Bienvenue aux Chats de gouttière ! entendis-je. Est-ce votre première visite ?

Mon regard passa d'Aphrodite à la personne qui avait parlé.

Je clignai des yeux, étonnée. Une nonne me souriait, assise derrière le comptoir. Elle avait des yeux marron qui pétillaient dans un visage pâle, âgé mais étonnamment lisse, encadré par l'espèce de chapeau blanc des bonnes sœurs.

— Jeune fille ? fit-elle.

— Oh, euh, ouais. Je veux dire, oui, c'est la première fois qu'on vient.

Mon esprit s'affolait. Que faisait une religieuse ici ?

Du coin de l'œil, j'aperçus une deuxième silhouette en robe noire, et je me rendis compte qu'il y en avait d'autres. N'allaient-elles pas paniquer quand elles apprendraient que des vampires novices voulaient travailler bénévolement pour Chats de gouttière ?

— Excellent. Les nouveaux visiteurs sont toujours les bienvenus. Que pouvons-nous faire pour vous ?

— Je ne savais pas que les sœurs bénédictines étaient impliquées dans cette association, dit Aphrodite à ma grande surprise.

— Eh bien, si. Cela fait deux ans que nous la dirigeons. Les chats sont des créatures très spirituelles, vous ne croyez pas ?

— Spirituelles ? persifla Aphrodite. Ils ont été tués pour être les acolytes des sorcières, et se sont ligués avec le démon. Si un chat noir traverse leur route, les gens pensent que c'est signe de malchance. Est-ce là ce que vous entendez par « spirituel » ?

J'aurais voulu la frapper pour avoir été aussi irrespectueuse, mais la nonne ne parut pas du tout froissée.

— Ne pensez-vous pas que tout cela tient au fait que les chats ont toujours été associés aux femmes, surtout celles qui sont considérées comme des sages par l'opinion publique ? Naturellement, dans une société dominée par les hommes, certains y ont vu des animaux sinistres.

Aphrodite eut un petit sursaut.

— Si, c'est exactement ce que je pense ! Je n'aurais pas cru que ça puisse être également votre point de vue, avoua-t-elle en toute honnêteté.

Je remarquai que Darius avait cessé de faire semblant de regarder les articles pour chats et écoutait cet échange avec intérêt.

— Jeune fille, ce n'est pas parce que je porte une

guimpe sur la tête que je ne suis pas capable de réfléchir par moi-même. Et je vous garantis que j'ai été confrontée plus que vous à la domination masculine.

Son sourire adoucit la dureté de ses mots.

— Une guimpe ! Voilà comment ça s'appelle ! lâchai-je bêtement.

— Oui, c'est le nom exact.

— Désolée. Je... je n'avais jamais rencontré de nonne auparavant, dis-je en rougissant.

— Ce n'est pas étonnant. Nous ne sommes pas très nombreuses. Je suis sœur Marie Angela, prieure de notre petite abbaye et manager de Chats de gouttière. Avez-vous reconnu notre ordre parce que vous êtes catholique, mon enfant ? demanda-t-elle à Aphrodite.

Aphrodite se mit à rire.

— Je ne suis absolument pas catholique. Mais je suis la fille de Charles LaFont.

La sœur hocha la tête.

— Ah, notre maire. Dans ce cas, vous connaissez les activités caritatives de notre ordre.

Soudain, elle haussa les sourcils en comprenant ce qu'impliquait le fait qu'Aphrodite soit la fille du maire.

— Ainsi, vous êtes une novice vampire.

J'inspirai à fond et lui tendis la main.

— Oui, c'est vrai. Et moi, je suis Zoey Redbird, également novice, et dirigeante des Filles de la Nuit.

J'attendis une explosion qui ne vint pas.

Sœur Marie Angela se tut quelques instants, puis elle me prit la main et la serra fermement.

— Enchantée, Zoey Redbird.

Elle nous fixa avec attention, moi et Aphrodite, avant de se tourner vers Darius.

— Vous me paraissez un peu âgé pour un novice, dit-elle en haussant un sourcil.

Il inclina la tête en signe de respect.

— Vous êtes observatrice, prêtresse. Je suis un vampire adulte, un Fils d'Erebus.

Oh, super ! Il l'avait appelée « prêtresse ». J'attendis une nouvelle fois des cris, qui ne vinrent pas non plus.

— Ah, je vois. Vous êtes l'escorte des novices. Je suppose que vous devez être de jeunes femmes importantes, pour avoir droit à une telle protection.

— Eh bien, comme je l'ai dit, je dirige les Filles de la Nuit et…

— Nous sommes importantes, me coupa Aphrodite. Mais ce n'est pas la raison pour laquelle Darius nous accompagne. Deux vampires ont été assassinés ces derniers jours, et notre grande prêtresse n'a pas voulu nous laisser quitter le campus sans escorte.

Je lui jetai un regard exaspéré.

— Deux vampires ont été tués ? fit la sœur. Je n'ai entendu parler que d'un meurtre.

— Notre poète lauréat a été assassiné il y a trois jours, lui appris-je, incapable de prononcer son nom.

— C'est une terrible nouvelle, commenta-t-elle, l'air bouleversé. J'ajouterai son nom à notre liste de prières.

— Vous allez prier pour un vampire ?

Cette question m'avait échappée, et je me sentis rougir de nouveau.

— Bien sûr, tout comme mes sœurs.

— Je suis désolée. Je ne veux pas être impolie, mais ne pensez-vous pas que tous les vampires iront en enfer parce qu'ils vénèrent une déesse ?

— Mon enfant, je crois seulement que votre Nyx est une autre incarnation de notre sainte Mère, Marie. Je crois aussi sincèrement en cette citation de Matthieu, 7, 1 : « Ne juge pas, pour ne pas être jugé. »

— Dommage que le Peuple de la Foi ne pense pas comme vous, dis-je.

— Certains d'entre eux sont du même avis, mon enfant. Essayez de ne pas les mettre tous dans le même sac. N'oubliez pas que le « ne juge pas » va dans les deux sens. Bon, qu'est-ce que notre association peut faire pour la Maison de la Nuit ?

Toujours étonnée par son attitude envers les vampires, je le lançai :

— En tant que dirigeante des Filles de la Nuit, je me suis dit qu'il serait bon que nous nous impliquions dans une association caritative locale.

— Et, tout naturellement, vous avez pensé aux Chats, fit la sœur avec un grand sourire.

— Oui ! En vérité, je ne suis pas marquée depuis très longtemps, et je ne trouve pas normal que nous soyons si isolés alors que notre école est en plein milieu de Tulsa.

C'était tellement facile de lui parler ! Je continuai, plus détendue.

— C'est ce qui m'amène... ce qui nous amène, me repris-je en m'apercevant qu'Aphrodite fronçait les sourcils. Nous avons décidé de vous aider à vous occuper des chats, et aussi de récolter de l'argent pour l'association. Nous pourrions par exemple organiser une vente et vous en reverser la recette.

— Nous avons toujours besoin d'argent et de bénévoles expérimentés. Avez-vous un chat, Zoey ?

— À vrai dire, *j'appartiens* à un chat... Ou plutôt à une chatte, qui s'appelle Nala.

— Et vous, combattant ?

— Nefertiti, la plus belle chatte écaille et blanc, m'a choisi, il y a six années de ça, répondit Darius.

— Et vous ?

Aphrodite parut mal à l'aise, et je réalisai soudain que je ne l'avais jamais vue avec un chat.

— Non, je n'en ai pas, dit-elle.

Elle haussa les épaules sous nos regards interrogateurs.

— Je ne sais pas pourquoi, aucun chat ne m'a choisie.

— Vous ne les aimez pas ? demanda la nonne.

— Si, je les aime bien. Il faut croire qu'eux ne m'aiment pas.

— Hum, fis-je, sans parvenir à cacher mon amusement.

Elle me foudroya du regard.

— Ce n'est pas grave, affirma la sœur. Allez, on se met au travail !

Bon sang, la nonne ne plaisantait pas quand il s'agissait de travailler ! Je lui avais dit que nous disposions d'une ou deux heures, et elle fit aussitôt claquer son fouet. Aphrodite s'était bien sûr mise avec Darius, ravie de l'occuper pendant que je parlerais à Lucie (qui ne s'était pas encore montrée). Sœur Marie Angela les envoya nettoyer des litières et brosser les chats avec les deux autres nonnes de service, sœur Bianca et sœur Fatima, auxquelles elle nous avait présentés très simplement, comme s'il était normal que des novices et un vampire fassent du bénévolat dans la communauté. Je compris que ces religieuses étaient complètement différentes de mon affreux beauf-père et de ses sycophantes du Peuple de la Foi (merci, Damien, d'avoir enrichi mon vocabulaire !).

Sœur Marie Angela m'envoya dans l'enfer de l'inventaire. L'association venait de recevoir une cargaison de jouets pour chats – une énorme boîte contenant plus de deux cents peluches en forme de chat ou de souris – et la sœur me chargea d'entrer tous les articles dans leur système informatique. Elle m'apprit aussi à utiliser leur nouvelle caisse informatisée, avant de me laisser en lançant : « Nous restons ouverts tard, et vous êtes responsables de la boutique. » Puis elle disparut dans son bureau. Je la voyais derrière une grande vitre, ce qui signifiait qu'elle me voyait elle aussi. Elle était très occupée – elle passait des coups de téléphone et fouillait dans ses papiers –, mais elle me quittait rarement des yeux.

Je trouvais tout de même cool que sœur Marie Angela, une femme dévouée à Dieu, nous accepte aussi facilement. J'en arrivais à me demander si je n'avais pas en effet mis tous les religieux dans le même sac – pour reprendre son expression. Ces femmes en guimpe me donnaient à réfléchir.

Je pensais à tout cela, littéralement plongée dans des jouets pour chat, lorsque la porte tinta et s'ouvrit sur Lucie.

Je lui souris, heureuse que ma meilleure amie ne soit plus une morte vivante. Elle était redevenue ma Lucie, avec ses courtes boucles blondes, ses fossettes et son habituel jean slim dans lequel elle avait rentré sa chemise. Oui, j'adorais cette fille. Oui, ses goûts vestimentaires étaient exécrables. Et, non, je n'allais pas laisser cette peste d'Aphrodite me faire douter d'elle.

— Zoey ! Tu m'as manqué ! Hé, tu as entendu la nouvelle ?

— La nouvelle ?

— Oui, sur...

Elle fut interrompue par un coup sec tapé à la vitre du bureau de sœur Marie Angela. La bonne sœur nous regardait, les sourcils levés. Je désignai Lucie et articulai : « Mon amie. » La nonne traça un croissant de lune sur son front, puis pointa le doigt vers Lucie, qui la dévisageait, la bouche grande ouverte. Je hochai la tête avec vigueur. La prieure sourit et salua Lucie d'un signe de la main avant de retourner à son téléphone.

— Zoey ! murmura Lucie. C'est une nonne !

— Oui, je sais. Elle s'appelle sœur Marie Angela, et elle dirige cet endroit. Il y en a deux autres dans la salle des chats, avec Aphrodite et le Fils d'Erebus, ce qui n'empêche pas notre copine de flirter avec ce dernier.

— Berk ! Mais ces nonnes, elles savent que nous sommes novices, et tout ça ?

Je devinai que ce « et tout ça » faisait allusion à elle-même. Je hochai la tête – il n'était pourtant pas question que je parle des vampires rouges à la sœur.

— Oui, et apparemment elles n'ont aucun problème avec nous. Figure-toi qu'elles ne jugent pas les autres.

— Ça me plaît bien, ça ! Finalement, ce sont de chouettes filles, quoi !

Je la pris dans mes bras, amusée.

— Lucie, si tu savais comme tu m'as manqué !

CHAPITRE SEIZE

Notre câlin fut interrompu par une cascade de rires en provenance de la pièce des chats. Nous levâmes les yeux au ciel.

— Tu as dit qu'Aphrodite faisait quoi, et avec qui déjà ? demanda Lucie.

— Nous n'avons pu quitter le campus qu'avec une escorte, un Fils d'Erebus qui s'appelle Darius...

— Il doit être canon, pour qu'Aphrodite soit dans cet état.

— Oui, il est vraiment canon. Il s'est porté volontaire pour nous accompagner. Elle s'est proposée pour l'occuper pendant que nous discuterions.

— Quel sacrifice ! commenta Lucie sarcastiquement.

Deux autres coups tapés à la vitre nous interrompirent.

— Moins de bavardages, plus de travail ! lança sœur Marie Angela, suffisamment fort pour que nous l'entendions.

Nous nous regardâmes comme deux gamines prises en faute.

— Donne-moi les petites souris à pois rose et gris, celles remplies d'herbe à chat. Je vais les entrer dans le système informatique, dis-je en brandissant le drôle d'appareil en forme de pistolet que la nonne m'avait appris à manier. On parlera tout en comptant les jouets.

— Ça marche, dit Lucie, qui avait déjà commencé à fouiller dans le carton.

— Alors, c'est quoi, cette nouvelle dont tu as parlé en arrivant ?

— Oh oui ! Tu ne vas pas le croire ! Kenny Chesney va donner un concert à Tulsa !

Je la regardai un long, long moment sans rien dire.

— Quoi ? Tu sais que j'adore ce chanteur !

— Lucie, avec tout ce qui se passe en ce moment, comment peux-tu faire une fixette sur ce chanteur de country ringard ?

— Retire ce que tu viens de dire, Zoey. Ce n'est pas un ringard.

— D'accord. C'est toi la ringarde.

— Ça me va. Mais, quand j'aurai trouvé un moyen d'installer Internet dans les souterrains et que j'achèterai des tickets en ligne, ne me demande pas de t'en prendre un.

— Des ordinateurs ? Dans les souterrains ?

— Des nonnes ? Aux Chats de gouttière ?

Je me retins de rire.

— Un point pour toi ! Reprenons du début. Comment vas-tu ?

— Bien, et toi ?

— Je suis perdue et stressée, répondis-je. Donne-moi ces jouets violets. On a terminé avec les souris.

— Alors ? m'interrogea Lucie en s'exécutant. Quel genre de stress ? C'est comme d'habitude, ou tu as de nouveaux soucis ?

— Des nouveaux, bien entendu, dis-je en la regardant

dans les yeux. Hier soir, un novice du nom de Stark est mort dans mes bras.

Elle tressaillit comme si mes paroles l'avaient blessée. Mais je devais continuer.

— Sais-tu s'il va revenir ?

Lucie se tut pendant un moment ; je la laissai se ressaisir. Finalement, elle releva les yeux et croisa mon regard.

— J'aimerais te dire qu'il va revenir, qu'il va aller bien. Mais je n'en sais rien.

— Combien de temps ça dure, d'habitude ?

Elle secoua la tête, frustrée.

— Je ne m'en souviens pas. À cette période, j'avais perdu la notion du temps.

— De quoi te souviens-tu ? demandai-je doucement.

— De m'être réveillée affamée, tellement affamée, Zoey ! C'était horrible. Il me fallait du sang. Elle était là, et elle m'en a donné, dit-elle en grimaçant. Le sien. C'est comme ça que je me suis nourrie à mon réveil.

— Neferet ? soufflai-je.

Elle hocha la tête.

— Où étais-tu ?

— À la morgue, près du mur sud, à côté des pins. Là où se trouve le crématorium.

Je frissonnai. Personne n'ignorait que l'école possédait un crématorium. C'était là qu'aurait dû se retrouver le corps de Lucie.

— Que s'est-il passé ensuite ?

— Elle m'a emmenée dans les souterrains, auprès des autres. Elle venait nous voir souvent. Parfois, elle nous amenait même des SDF.

Elle détourna ses yeux remplis de tristesse et de culpabilité. Elle avait une si belle âme, c'était une fille si gentille ! Se souvenir de tout ça devait être terrible pour elle.

— J'ai du mal à y penser, Zoey, lâcha-t-elle. Et encore plus de mal à en parler.

— Je suis désolée, mais c'est important. Je dois savoir ce qui va se passer si Stark revient.

Elle me regarda droit dans les yeux, et prit soudain la voix d'une inconnue.

— Je ne sais pas ce qui va se passer ! Je ne sais même pas ce qui va m'arriver, à moi.

— Mais tu es différente, maintenant. Tu t'es transformée.

Je vis de la colère dans ses yeux.

— Oui, je me suis transformée, mais ce n'est pas aussi simple que dans le cas des vampires normaux ! Je dois encore choisir de me comporter avec humanité, et ce choix est plus difficile qu'on pourrait le croire. Alors, ce garçon s'appelait Stark ? Ce nom ne me dit rien.

— Il était nouveau. Il venait d'être transféré de la Maison de la Nuit de Chicago.

— Comment était-il ?

— C'était quelqu'un de bien, répondis-je automatiquement, avant de réaliser qu'en fait je n'en savais rien.

Pour la première fois, je me demandai si l'attirance qu'il avait exercée sur moi n'avait pas influencé mon jugement. Il avait avoué avoir tué son mentor. Comment avais-je pu oublier cela ?

— Zoey ? Que se passe-t-il ?

— Je commençais à m'attacher à lui. À vraiment m'attacher. Mais je ne le connaissais pas bien.

L'expression de ma meilleure amie s'adoucit.

— Si tu tiens à lui, va à la morgue et sors-le de là. Planque-le quelque part pendant quelques jours, et vois s'il revient à la vie. Si oui, il aura très faim. Il sera aussi un peu fou, à son réveil. Tu devras le nourrir, Zoey.

Je passai une main tremblante sur mon front.

— OK... OK... Il faut juste que je trouve une solution.

— S'il se réveille, amène-le-moi. Il pourra rester avec nous.

— OK, répétai-je, complètement dépassée. Je suis un peu perdue. Tout est si différent, à la Maison de la Nuit !

— Comment ça, différent ? Dis-moi, je pourrai peut-être t'aider.

— D'abord, Shekinah est arrivée à l'école.

— Ce nom me semble familier. C'est quelqu'un d'important, non ?

— Oh oui ! C'est la dirigeante de toutes les grandes prêtresses. Elle a réprimandé Neferet devant le conseil.

— Punaise ! J'aurais aimé voir ça.

— Oui, c'était génial, mais aussi effrayant. Tu te rends compte ? Si Shekinah a assez de pouvoir pour remettre Neferet à sa place, c'est carrément terrifiant.

— Qu'est-ce qu'elle a fait d'autre ?

— Elle a rouvert l'école, que Neferet avait fait boucler malgré la fin des vacances et le retour de tout le monde. Et elle a interdit la guerre !

— Ooooh ! Neferet devait être furieuse.

— Et comment ! Shekinah a l'air bien.

— C'est génial que tu aies de ton côté quelqu'un qui est plus fort que Neferet !

— Attends, elle veut aussi organiser un grand rituel de purification de l'école ! Et c'est moi qui vais le diriger, entourée de mon groupe de novices surdoués. Les Jumelles, l'eau et le feu, Damien, Monsieur Air, et, pour couronner le tout, Aphrodite, pour évoquer la terre.

— Elle a encore une affinité avec la terre ?
— Absolument pas.
— Peut-elle faire semblant ?
— Absolument pas.
— Elle a essayé ?
— Oui. La bougie verte l'a brûlée et s'est échappée de ses mains.
— Ça, c'est un sacré problème, admit Lucie.
— Oui. Un problème que Neferet n'aurait aucun mal à utiliser contre moi. Ou, pire, contre Aphrodite, Damien et les Jumelles.
— Ça craint ! J'aimerais pouvoir t'aider... Hé ! s'exclama-t-elle soudain. Je peux peut-être le faire ! Si je pénétrais en cachette sur le campus et que je me cachais quelque part derrière Aphrodite ? Je parie que, si tu te concentres sur moi au moment d'appeler la terre et que moi, je me concentre sur la terre, la bougie s'allumera, et tout paraîtra à peu près normal.

J'ouvris la bouche pour décliner gentiment son offre – il y avait trop de risques qu'elle se fasse prendre et qu'on apprenne la vérité sur elle. Mais je me ravisai. Pourquoi tout le monde ne devrait-il pas apprendre la vérité ? Il ne faudrait pas qu'elle soit prise à participer au rituel en cachette, bien sûr ; mais si elle se montrait ? La sensation chaude et familière qui m'envahit me dit que j'étais sur la bonne voie.

— Ça pourrait marcher, fis-je, songeuse.
— Super ! Dis-moi simplement où tu veux que je me tienne.
— Dans le cercle, Lucie, pour faire ton *coming out*.
— Un *coming out* ? Zoey, j'adore Damien et tout, mais je ne suis vraiment pas comme lui ! D'accord, je n'ai pas eu de petit ami officiel depuis très longtemps, mais j'ai

toujours des papillons dans le ventre quand je pense à Drew Partain. Il est tellement mignon ! Tu te souviens qu'il m'aimait bien avant que je meure et devienne cinglée ?

— Premièrement, oui, je me souviens que Drew t'aimait bien. Deuxièmement, tu n'es plus ni morte ni cinglée, donc il t'aimerait sans doute toujours bien – enfin, s'il savait que tu es vivante. Ce qui m'amène au troisième point : lorsque j'ai dit que tu devais faire ton *coming out*, je ne faisais pas référence à ta vie amoureuse, mais à ta vie tout court.

Je désignai son visage, dont elle avait soigneusement dissimulé les tatouages rouges avant de sortir des souterrains.

Sous le choc, elle me regarda, bouche bée, pendant un long moment.

— Mais il ne faut pas qu'ils sachent ! lâcha-t-elle enfin d'une voix étranglée.

— Pourquoi pas ?

— Parce que, s'ils sont au courant pour moi, ils seront au courant pour les autres.

— Et… ?

— Ce serait terrible !

— Pourquoi ?

— Zoey, ce ne sont pas des novices comme les autres !

— Qu'est-ce que ça change ?

— Tu le sais très bien ! Ils ne sont pas normaux, et je ne suis pas normale.

Je la fixai en silence tout en réfléchissant. Même si Lucie avait retrouvé son humanité, je me doutais, sans vouloir vraiment l'admettre, qu'il existait encore des zones d'ombre en elle que je ne pouvais comprendre.

Je devais prendre une décision.

— Je sais que tu n'es plus exactement comme autrefois, déclarai-je, mais je te fais confiance. Je crois en ton humanité, et j'y croirai toujours.

— C'est vrai ? demanda Lucie, au bord des larmes.

— Absolument.

Elle inspira à fond.

— OK ! Alors, c'est quoi, ton plan ?

— Pour l'instant, je n'en ai pas. Je pense seulement que les vampires et les novices devraient être au courant de ce qui vous est arrivé, d'autant qu'un autre novice vient de mourir. Nous sommes sûrs que c'est Neferet qui vous a créés, ou du moins qui a ouvert une sorte de portail pour que vous puissiez être créés. Tu es d'accord ?

— Oui. En réalité, je crains toujours qu'elle nous contrôle ou nous influence, même si nous sommes différents maintenant et qu'elle semble vouloir nous laisser tranquilles.

— Raison de plus pour que les autres vampires découvrent votre existence ! Surtout que Stark risque de se réveiller en novice rouge ! Ce garçon avait un don extraordinaire : c'était un archer hors pair, qui ne manquait jamais sa cible. Jamais.

— Elle veut à coup sûr s'en servir, dit Lucie. Avant ma Transformation, je l'ai vue faire. Je suis vraiment désolée de ne pas me rappeler tout ce qui s'est passé pendant cette période ! Je ne peux que faire des suppositions.

— Ce qui est certain, c'est qu'elle a des choses terribles en tête. Si vous vous faisiez connaître, elle aurait plus de mal à vous utiliser pour ses projets machiavéliques. Alors, qu'est-ce que tu en penses ?

Elle ne répondit pas immédiatement, et je la laissai réfléchir. C'était très important. À notre connaissance, les novices rouges n'avaient jamais existé auparavant. Si Stark ne mourait pas, s'il se réveillait comme eux, Lucie serait la première d'une nouvelle espèce de vampires, et c'était une grande responsabilité.

— Tu as peut-être raison, murmura-t-elle finalement. Mais j'ai peur. Et si les vampires nous prennent pour des monstres ?

— Vous n'êtes pas des monstres, déclarai-je avec plus de conviction que je n'en avais vraiment. Je m'assurerai qu'il ne vous arrive rien.

— Promis ?

— Promis. En plus, le moment est idéal. Shekinah est beaucoup plus puissante que Neferet, et il y a une troupe de Fils d'Erebus à l'école. Si Neferet perd la tête, ils pourront l'arrêter.

— Zoey, je ne veux pas que ça te serve d'excuse pour renverser Neferet, dit Lucie, soudain pâle.

Ses mots me firent un choc.

— Bien sûr que non ! m'écriai-je, avant de continuer à voix basse : Je ne te mêlerais pas à ça.

— Je ne dis pas que tu as organisé tout ça pour piéger Neferet ! Seulement, je ne pense pas que ce soit une bonne idée que toi, ou n'importe lequel d'entre nous, l'attaque ouvertement et en public. Et je ne crois pas que la présence de Shekinah et des Fils d'Erebus change grand-chose. Neferet est très dangereuse, Zoey, j'en suis persuadée. Elle a changé, et ce changement n'est pas bon.

— Dommage que tu ne puisses pas te souvenir de ce qui vous est arrivé.

— Je le regrette aussi, et en même temps je suis vraiment heureuse d'en être incapable. Ce que j'ai vécu était terrible, Zoey.

— Je sais, dis-je solennellement.

Nous continuâmes à compter les jouets en silence pendant un moment, perdues dans nos pensées. Je ne pouvais m'empêcher de songer à la mort de Lucie, dans mes bras – puis à son retour en zombi, à son combat pour ne pas perdre toute son humanité. Je la regardai. Elle se mordait nerveusement les lèvres tout en sortant les jouets du carton. Elle avait l'air plus jeune, apeurée et, malgré ses nouveaux pouvoirs, très vulnérable.

— Hé, fis-je, ça va aller. Je te le promets. Nyx est de notre côté. Le rituel de purification aura lieu demain à minuit, près du mur est. Tu peux entrer sur le campus et te cacher jusqu'à ce que j'appelle la terre ?

— Oui, répondit-elle à contrecœur. Est-ce qu'il faut que j'amène les autres ?

— C'est à toi d'en décider. Si tu penses que c'est mieux, alors je suis d'accord. J'ai confiance en ton jugement.

Elle sourit :

— C'est vraiment agréable de te l'entendre dire, Zoey ! Je vais leur en parler.

Comme elle paraissait toujours inquiète et indécise, je changeai de sujet :

— Tiens, tu veux connaître un autre de mes soucis ?

— Vas-y !

— Eh bien, mon emploi du temps a été modifié ce semestre. Cette nuit, j'ai cours de théâtre, dispensé par le nouveau professeur, Erik Night !

— Non !

— Si. Autant dire que je n'espère pas obtenir un A...

— Pas sûr ! Souviens-toi de *La Lettre écarlate*.

— Hein ?

— L'héroïne doit porter un grand « A » brodé sur sa

chemise parce qu'elle a trompé son mari. Il faut que tu lises plus, Zoey !

Je fronçais toujours les sourcils quand son téléphone sonna. Elle regarda le numéro et soupira avant de prendre la communication.

— Salut, Vénus, quoi de neuf ? lança-t-elle avec un entrain forcé.

Son expression changea au fur et à mesure qu'elle écoutait la réponse.

— Non ! Je vous ai promis que je ne serais pas longue et qu'à mon retour on commanderait quelque chose à manger.

Elle se détourna et baissa la voix :

— Non ! J'ai dit qu'on aurait *quelque chose* à manger, pas quelqu'un. Alors pas de bêtises ! J'arrive. Salut !

Elle me fit face, un sourire artificiel planté sur son visage inquiet. Je tressaillis.

— Lucie, je t'en prie, dis-moi qu'ils ne sont pas en train de dévorer des gens !

CHAPITRE DIX-SEPT

— N'importe quoi ! Bien sûr qu'ils ne dévorent personne ! s'exclama Lucie, si fort que la guimpe de sœur Marie Angela apparut à quelques mètres.

La religieuse nous regarda en fronçant les sourcils. Nous sourîmes en agitant les jouets. Elle nous observa longuement, puis son visage s'adoucit et elle retourna à son travail.

— Lucie, dis-moi la vérité ! chuchotai-je.

Elle haussa les épaules avec une nonchalance exagérée.

— Ils ont faim, c'est tout. Tu sais comment sont les ados – toujours affamés.

— Et qu'est-ce qu'ils mangent ?

— Des pizzas. On appelle, on donne l'adresse d'un immeuble près de l'entrée des souterrains, et on attend dans le hall d'entrée que le livreur arrive.

— Et… ?

— On prend les pizzas, je lui fais oublier qu'il nous a vus, et il repart.

— Vous volez des pizzas ?

— Oui, mais c'est mieux que de manger le livreur, non ?

— Euh... oui, fis-je en roulant des yeux. Et vous volez aussi du sang à la banque du sang ?

— Encore une fois, mieux vaut ça que de s'attaquer aux gens.

— Voilà une autre raison pour laquelle vous devez vous montrer au grand jour !

— Parce qu'on vole des pizzas et du sang ? Pourquoi le dire aux vampires ? On a assez de problèmes comme ça, pas la peine d'en rajouter !

— Non, pas parce que vous volez, mais parce que vous n'avez pas d'argent, ni aucun moyen légal de subsister.

— J'en viendrais presque à regretter Aphrodite... Elle a de l'argent, et plein de cartes bancaires, marmonna Lucie.

— Mais alors tu devrais la supporter.

— Qu'est-ce que j'aimerais pouvoir contrôler son esprit comme celui des livreurs de pizzas ! Je lui imposerais une bonne dose de gentillesse, et tout le monde serait heureux.

— Lucie, tu ne peux pas continuer à vivre dans ces souterrains.

— Ça me plaît, prétendit-elle.

— Ils sont sinistres, humides et sales. Et puis, tu as besoin de l'argent, du pouvoir et de la protection de l'école.

Elle croisa mon regard et, soudain, elle me parut beaucoup plus âgée et mûre.

— L'argent, le pouvoir et la protection de l'école n'ont pas aidé le professeur Nolan, ni Loren Blake, ni même ton Stark.

Je ne sus que répondre. Elle avait raison. Pourtant, je sentais toujours au fond de moi que les vampires devaient connaître l'existence de Lucie et des novices rouges.

— OK, soupirai-je, je sais que mon idée n'est pas bonne à cent pour cent, mais c'est la meilleure solution.

— Tu veux dire que c'est une intuition venue de Nyx ?

— Oui.

— Alors d'accord. Je serai là demain. J'espère que tout se passera bien, Zoey.

— Tu peux compter sur moi.

J'adressai une prière silencieuse à Nyx : « Je compte sur vous autant qu'elle compte sur moi… »

Lorsque Lucie et moi eûmes fini l'inventaire, qui m'avait paru interminable, je regardai l'horloge. Aphrodite et moi allions devoir nous dépêcher si nous ne voulions pas arriver en retard à l'école ! Lucie devait quant à elle aller retrouver ses novices avant qu'ils ne commettent l'irréparable. Nous nous dîmes au revoir. Un peu pâle, elle me serra dans ses bras et me promit qu'elle viendrait.

Puis je passai la tête dans le bureau de sœur Marie Angela.

— Excusez-moi, madame… fis-je, ne sachant trop comment l'appeler.

Le « madame » parut convenir ; elle leva la tête avec un grand sourire.

— L'inventaire est terminé, Zoey ?

— Oui, et nous devons retourner à l'école.

Elle regarda l'horloge et écarquilla les yeux.

— Mon Dieu ! Je n'avais pas vu qu'il était si tard. Et j'avais oublié que vos journées étaient inversées. Vous êtes comme nos adorables félins. Eux aussi préfèrent la nuit. À ce propos, et si nous fermions plus tard le samedi soir pour que vous puissiez venir travailler ?

— C'est une très bonne idée. Je demanderai l'autorisation à notre prêtresse, et je vous passerai un coup de fil. Oh, et voulez-vous que j'organise cette vente de charité ?

— Oui. J'ai téléphoné au comité de direction ecclésiastique et, après une petite discussion, ils ont accepté.

Je remarquai que sa voix s'était durcie et qu'elle s'était redressée.

— Tout le monde ne raffole pas des novices, c'est ça ?

— Ne te fais pas de souci pour ça, Zoey, dit-elle avec un sourire chaleureux. Je me suis souvent frayé toute seule un chemin, et je ne crains pas de me servir d'une machette pour abattre les mauvaises herbes et les obstacles.

Mes yeux s'agrandirent : quelque chose me disait que ce n'était pas une métaphore…

— C'est quoi, ce comité de direction ecclésiastique ? voulus-je savoir.

— Eh bien, il regroupe les dirigeants d'Églises locales.

— Comme le Peuple de la Foi ?

— Oui, répondit-elle en fronçant les sourcils. Le Peuple de la Foi est très représenté dans le comité, ce qui reflète la taille de cette congrégation.

— Je parie que c'était eux, les mauvaises herbes que vous avez dû couper, marmonnai-je.

— Pardonne-moi, Zoey, je n'ai pas bien compris, dit-elle avec un regard espiègle, s'efforçant de dissimuler un sourire.

— Oh, rien. Je pensais à voix haute.

— Ah… Pour en revenir à votre vente de charité, parlez-en à votre grande prêtresse et dites-nous quel jour vous conviendrait le mois prochain. Nous nous adapterons à votre emploi du temps.

— Très bien, fis-je, fière que mon idée de bénévolat

caritatif fonctionne si bien. Maintenant, nous devons rentrer ; je vais chercher Aphrodite.

— Je crois que tes amis ont fini depuis un moment, mais ils sont plutôt...

Elle se tut, les yeux pétillants.

— Plutôt occupés.

— Comment ? fis-je, choquée.

C'était cool que la nonne n'ait pas peur des novices et des vampires en général, mais que le flirt auquel se livraient Darius et Aphrodite l'amuse, c'était trop, même pour moi.

De toute évidence, elle avait deviné mes pensées, car elle se mit à rire. Elle me prit par les épaules et me poussa doucement vers la salle des chats.

— Vas-y, tu verras par toi-même.

Perplexe, j'entrai dans la pièce où on gardait les chats à adopter. Darius et Aphrodite étaient assis dans l'aire de jeux, blottis l'un contre l'autre comme deux amoureux. Ils me tournaient le dos, si bien que je ne vis pas ce qu'ils faisaient. Je me raclai la gorge pour les prévenir de ma présence. Au lieu de sursauter et de s'éloigner d'Aphrodite d'un air coupable, Darius me regarda par-dessus son épaule en souriant. Aphrodite ne se retourna même pas pour voir qui venait d'entrer.

— Euh... je suis désolée d'interrompre cette petite scène touchante, dis-je d'un ton sarcastique, mais nous devons y aller.

Avec un gros soupir, Aphrodite finit par me jeter un coup d'œil.

— D'accord, allons-y. Mais je l'emmène avec nous.

Je vis alors ce à quoi ils étaient occupés.

— C'est un chat ! m'écriai-je.

Aphrodite leva les yeux au ciel.

— Sans rire ? Ça alors ! Un chat à Chats de gouttière !

— Il est affreux ! continuai-je.

— C'est pas vrai ! protesta Aphrodite, qui essayait de se relever tout en tenant un énorme matou blanc tout ébouriffé dans ses bras.

Darius lui tint le coude pour l'empêcher de tomber à la renverse.

— Cette chatte n'est pas laide, reprit Aphrodite. Elle est unique, et je la veux.

Elle caressait cette horreur sur pattes d'un air absent. L'animal ferma ses yeux de fouine et se mit à ronronner à un rythme irrégulier, comme un moteur abîmé. Aphrodite regardait avec adoration sa gueule tout aplatie.

— Maléfique est de toute évidence un persan pure race, déclara-t-elle. Elle n'a absolument pas sa place dans un endroit pareil.

— Maléfique ? Comme la méchante sorcière dans *La Belle au bois dormant* ?

— Oui. J'aime ce nom. Il évoque la puissance.

Je tendis une main hésitante vers la grosse boule de poils d'un blanc sale. Maléfique ouvrit les yeux et feula d'un air menaçant.

— Je trouve que ce nom lui va à merveille ! dis-je en reculant promptement. Est-ce qu'on lui a limé les griffes ? poursuivis-je.

— Non, répondit Aphrodite joyeusement. Elle pourrait arracher un œil !

— Charmant.

— Je pense qu'elle est aussi unique et magnifique que sa nouvelle maîtresse, susurra Darius.

Il caressa Maléfique, qui plissa les yeux et ne grogna pas.

— Et moi, je pense que ton jugement est faussé, répliquai-je. Mais peu importe. Allons-y, je suis affamée. Je n'ai pas pris de petit déjeuner et nous avons manqué le déjeuner, alors il va falloir acheter un truc sur le trajet.

— Je vais chercher les affaires de Maléfique, annonça Darius en se dirigeant vers un joli petit sac sur lequel était écrit, en cursives élégantes : « Pour votre nouveau compagnon. »

— Tu as déjà payé les frais d'adoption ? demandai-je à Aphrodite.

— Absolument, répondit à sa place sœur Marie Angela depuis l'embrasure de la porte.

Elle contourna avec prudence Aphrodite et Maléfique, restant hors de portée d'un éventuel coup de patte.

— C'est fantastique qu'elles se soient trouvées comme ça ! commenta-t-elle.

— Si je comprends bien, personne ne pouvait toucher ce chat avant elle ?

— Absolument, confirma la nonne avec un grand sourire. Sœurs Bianca et Fatima prétendent que la façon dont Maléfique s'est immédiatement entichée d'Aphrodite tient du miracle.

Aphrodite eut un sourire cent pour cent authentique. Elle parut soudain plus jeune, et incroyablement belle.

— Elle m'attendait, déclara-t-elle.

— Oui, acquiesça la nonne, en effet. Vous allez bien ensemble. Je pense que Chats de gouttière et la Maison de la Nuit vont accomplir de grandes choses. Allez maintenant ! À bientôt.

J'avais une envie bizarre de la prendre dans mes bras, bien que sa tenue – la guimpe plus la robe noire – n'appelât pas les câlins. Alors je lui souris et lui fis coucou en partant.

— Tu souriais comme une imbécile, dit Aphrodite en attendant que Darius lui ouvre la portière et l'aide à s'installer sur le siège avant de la voiture.

— Je suis polie, c'est tout. Et puis, je l'aime bien, répondis-je en me hissant à l'arrière.

Je regardai Maléfique, qui me foudroyait du regard par-dessus l'épaule d'Aphrodite.

— Euh, Aphrodite, tu ne devrais pas la mettre dans une boîte ou un truc comme ça ?

— Bien sûr que non. Quelle cruauté !

Elle caressa la bête, et des poils blancs se mirent à flotter autour de nous, telle une pluie répugnante.

— Je pensais seulement à sa sécurité, mentis-je.

Je jetai un coup d'œil sur l'horloge du tableau de bord : il était vingt-trois heures passées.

— Il faut s'arrêter quelque part pour manger un morceau, rappelai-je à Darius.

À cet instant, une odeur alléchante et familière pénétra par les vitres entrouvertes de la voiture.

— Oh, miam ! Allons au Charlie's Chicken ! m'écriai-je.

— C'est terriblement gras, remarqua Aphrodite.

— C'est pour ça que c'est délicieux. Heath et moi venions toujours manger là.

— Berk ! grimaça Aphrodite.

— C'est moi qui paie, annonçai-je.

— Adjugé !

CHAPITRE DIX-HUIT

Darius se porta volontaire pour rester dans la voiture et garder Maléfique pendant qu'Aphrodite et moi mangerions, ce qui dépassait les limites de ses fonctions.

— Il est beaucoup trop gentil pour toi, dis-je à Aphrodite.

Malgré l'heure tardive, il y avait encore du monde au fast-food. Nous prîmes place dans la file d'attente.

— Ça, c'est bien vrai !
— Quoi ? J'ai dû mal entendre !
— Tu crois que je ne sais pas que je suis horrible avec mes petits amis ? Je t'en prie, je suis égoïste, pas stupide ! Darius se lassera vite de mon sale caractère. Je le larguerai juste avant, mais au moins on aura eu du bon temps.

— Il ne t'est pas venu à l'idée d'être sympa, cette fois, et de le traiter correctement ?

Elle croisa mon regard.

— À vrai dire, j'y ai pensé, et j'envisage de m'améliorer. Tu te rends compte ? Elle m'a choisie ! dit-elle, songeuse, après une courte pause.

— Qui ça ?
— Maléfique.
— Oui, aucun doute là-dessus. Mais il n'y a pas de

quoi en faire en plat ! Les chats choisissent leur novice, ou parfois leur vampire. Presque tous les vampires en ont un et...

Soudain, je compris pourquoi cela l'émouvait tant.

— Ça me donne l'impression d'être à ma place, murmura-t-elle. D'une certaine manière, j'appartiens toujours à...

Elle se mit à parler si bas que je dus me pencher vers elle pour l'entendre.

— J'appartiens toujours au monde des vampires.

— C'est évident ! Tu fais partie des Filles de la Nuit. Tu fais partie de l'école. Et, surtout, tu fais partie des élus de Nyx.

— Depuis que c'est arrivé, continua-t-elle en passant la main sur son front dépourvu de tatouages de novice, j'ai le sentiment de ne plus avoir ma place nulle part. Et Maléfique est en train de changer ça.

— Hum..., fis-je, étonnée par sa sincérité.

Elle se reprit, haussa les épaules et, fidèle à elle-même, ajouta :

— Enfin, ma vie craint toujours ! Et cette bouffe grasse et bon marché est la goutte d'eau qui fait déborder le vase.

— Hé, un peu de graisse, c'est bon pour les cheveux et les ongles, dis-je en lui donnant un coup d'épaule. Qu'est-ce que tu veux manger ?

— Je peux avoir un truc light ?

— Tu rigoles ? Il n'y a rien de light ici.

— Ils ont du soda light.

— Pas pour toi, déclarai-je en regardant son jean taille 34.

Une fois servies, nous trouvâmes une table à peu près propre, et je me jetai sur mon burger au poulet et mes frites recouvertes de ketchup. Après plusieurs mois de cuisine diététique excellente à la Maison de la Nuit, mes papilles avaient besoin d'une bonne dose de nourriture malsaine.

— Bon, dis-je entre deux bouchées, Lucie et moi avons parlé.

— Oui, il me semblait bien avoir entendu son accent inimitable, fit Aphrodite avec une grimace de dégoût.

Elle me regarda dévorer mon plat avant de lâcher :

— Je n'arrive pas à croire que nous soyons amies... Cela prouve que je traverse une période de crise. Mais passons... Comment vont Lucie et sa ménagerie ?

— En fait, elle n'a pas beaucoup parlé d'elle, ni des autres, répondis-je, ne voulant pas lui révéler qu'elle avait avoué ne plus se sentir elle-même.

— Dans ce cas, je suppose que vous avez parlé de Stark.

— Oui. Les nouvelles ne sont pas bonnes.

— Ça, je le sais. Il est mort. Ou mort vivant. Quoi qu'il en soit, ce n'est pas génial. Combien de temps faut-il pour ressusciter, d'après elle ? Devra-t-on attendre qu'il se décompose pour être certaines qu'il ne se réveillera pas ?

— Ne parle pas de lui comme ça !

— Désolée. J'oublie tout le temps qu'il y avait un truc entre vous. Alors, qu'a dit Lucie ?

— Malheureusement, elle n'a pas pu me donner beaucoup de détails. Ses souvenirs sont très vagues. Elle nous conseille de voler son corps et, s'il se réveille, de le nourrir immédiatement.

— Le nourrir ? Avec des frites et un burger, ou avec du sang ?

— À ton avis ?

— Oh, berk. Je sais que tu en raffoles, mais moi, ça me dégoûte.

— Moi aussi, ça me dégoûte, mais on ne peut nier le pouvoir du sang, admis-je, mal à l'aise.

Elle me contempla un moment.

— Tu ne t'en sortiras pas comme ça ! protesta-t-elle. Je veux des détails.

— C'est très agréable. Mais ce que ça provoque n'est pas toujours bon, répondis-je en pensant à Heath. Bref, il faut que je trouve un moyen de cacher le corps de Stark jusqu'à ce qu'il se réveille. Ensuite, nous le nourrirons…

— Hé ! Tu veux dire que *tu* le nourriras. Pas question qu'il me morde !

— Oui, je m'en chargerai.

C'était une perspective très excitante, mais je n'avais pas l'intention de l'avouer à Aphrodite.

— Seulement, je ne sais pas comment voler son corps, ni où le cacher.

— Cela va être d'autant plus difficile que Neferet doit le tenir à l'œil.

Je bus une longue gorgée de soda en réfléchissant. Soudain, Aphrodite se tapa le front.

— Je sais ! Ce qu'il te faut, c'est une mini caméra de surveillance !

— Hein ?

— Oui, une de celles que les bonnes femmes pleines aux as utilisent pour regarder dormir leurs précieux rejetons quand elles vont s'envoyer des martinis au country-club à onze heures du matin.

— Nous ne venons décidément pas du même monde !

— Merci ! Sans rire, une caméra ferait l'affaire. Je peux en acheter une. Jack s'y connaît en électronique, non ?

— Oui, je crois.

— Il l'installerait à la morgue, et toi, tu garderais le moniteur dans ta chambre. Ou non, attends, j'achèterais un moniteur portable que tu aurais toujours avec toi.

— Excellent ! Cela me faisait flipper de devoir mettre Stark dans mon placard.

— Berk.

Nous mangeâmes en silence pendant un moment, puis Aphrodite reprit la parole.

— Qu'est-ce que la péquenaude t'a appris d'autre ?

— À vrai dire, on a parlé de toi.

— De moi ? fit-elle en plissant les yeux.

— Oh, juste un peu. Nous avons surtout parlé du rituel de demain, auquel elle va participer.

— Laisse-moi deviner : elle va se cacher derrière moi pour invoquer la terre à ma place, ni vu ni connu ?

— Pas exactement. En fait, elle sera dans le cercle.

— Face à tout le monde ?

— Oui.

— Tu plaisantes, n'est-ce pas ?

— Non.

— Elle veut bien le faire ?

— Oui, dis-je avec une assurance feinte.

Aphrodite hocha lentement la tête.

— Je comprends, tu comptes sur Shekinah pour sauver tes fesses.

— *Nos* fesses. À savoir les tiennes, les miennes, celles de Lucie et des novices rouges, et celles de Stark – s'il ressuscite. Quand tout le monde aura découvert leur existence, Neferet ne pourra plus se servir d'eux pour mener à bien ses plans diaboliques.

— On se croirait dans un film de série B.

— Ça paraît peut-être débile, mais ça ne l'est pas. Je suis très sérieuse. Et on a intérêt à l'être tous. Neferet est redoutable. Elle a essayé de livrer une guerre contre les humains, et à mon avis elle n'a pas dit son dernier mot. Et puis, ajoutai-je après une hésitation, j'ai un mauvais pressentiment.

— Purée ! Quel genre ?

— Au sujet de Neferet. Depuis que Nyx nous est apparue, je n'arrive pas à m'en débarrasser.

— Zoey, je t'en prie. Cela fait des mois que tu as un mauvais pressentiment au sujet de Neferet.

— Cette fois, c'est pire. Lucie le sent elle aussi. Et, depuis que j'ai été attaquée, la nuit me fait peur.

— Zoey, nous sommes des créatures de la nuit ! Comment peut-elle t'effrayer ?

— Je ne sais pas ! J'ai sans cesse l'impression que quelque chose m'observe. Pas toi ? Tu ne captes pas d'ondes néfastes ?

— Non, je suis trop préoccupée par mes problèmes personnels.

Si j'avais eu les mains libres, je l'aurais étranglée.

— Qu'est-ce que tu peux être égoïste ! C'est important, quand même !

Je baissai la voix.

— Tu as eu deux visions dans lesquelles je me faisais tuer, et une au moins impliquait Neferet.

— Oui, et cela explique sans doute que tu aies ce pressentiment à son sujet.

— Je suis sûre qu'il y a plus que ça ! Il s'est passé énormément de choses ces derniers mois, pourtant je n'ai jamais eu peur à ce point.

Un rire familier me fit taire. Je levai les yeux et eus l'impression qu'on me donnait un coup de poing dans le ventre.

Heath !

Il portait un plateau chargé de son menu favori (numéro 3, avec une grande frite), ainsi que d'un menu pour enfant. (C'est ce que les filles choisissent quand elles ont un rendez-vous, pour faire croire qu'elles ne mangent pas beaucoup, quitte à vider le réfrigérateur une fois rentrées chez elles.) Celle qui l'accompagnait avait plongé la main dans la poche avant du jean de Heath, et essayait d'y fourrer une liasse de billets en pouffant ! Comme il est très chatouilleux, il riait comme un imbécile. Il était terriblement pâle et avait des cernes bleus sous les yeux.

— Que se passe-t-il ? demanda Aphrodite.

Comme je restais plantée là sans répondre, elle se retourna.

— Hé ! Ce n'est pas ton ancien petit ami humain ? Comment il s'appelle, déjà ?

— Heath, soufflai-je.

Il se produisit alors quelque chose d'incroyable. Nous étions chacun à un bout de la salle, il ne pouvait pas m'avoir entendue, et pourtant, au moment où je prononçais son nom, il releva la tête, et il m'aperçut aussitôt. Son rire s'éteignit. Il frémit, comme si ma vision lui causait une souffrance physique. La fille cessa de jouer avec sa poche. Elle suivit son regard et, quand elle me vit, elle écarquilla les yeux. Heath lui parla à l'oreille ; elle hocha la tête, prit le plateau et alla s'asseoir aussi loin de nous que possible. Il s'approcha de moi lentement.

— Bonjour, Zoey, dit-il d'une voix tendue.

— Bonjour, réussis-je à répondre.

Mes lèvres étaient figées, et j'avais chaud et froid en même temps.

— Tu vas bien ? demanda-t-il avec calme, ce qui lui donna l'air d'avoir beaucoup plus que dix-huit ans.

— Je vais bien.

Il relâcha son souffle, comme s'il l'avait retenu pendant des jours.

— Il s'est passé quelque chose l'autre nuit…, commença-t-il.

Il s'interrompit et regarda Aphrodite avec insistance.

— Oh, Heath, je te présente Aphrodite, ma… euh… mon amie de la Maison de la Nuit, bredouillai-je.

Heath me fixa d'un air interrogateur.

Comme je ne disais rien, Aphrodite soupira et lui lança, de son ton sarcastique habituel :

— Ce qui signifie que tu peux évoquer l'Empreinte et des trucs comme ça.

Elle se tourna vers moi.

— Il peut parler devant moi, n'est-ce pas, Zoey ?

J'étais toujours incapable de proférer un mot. Aphrodite haussa les épaules.

— À moins que tu ne préfères t'entretenir avec lui en privé. Ça ne me dérange pas. Je vais t'attendre dans la voiture et…

— Non, reste. Heath, tu peux parler librement, dis-je, réussissant enfin à forcer le barrage que la douleur avait formé au fond de ma gorge.

Heath détourna le regard, mais j'eus le temps de voir la déception dans ses yeux marron clair.

Tant pis ; je ne voulais pas rester seule avec lui et sa souffrance. Pas si peu de temps après avoir perdu Loren, Erik et Stark. Je n'aurais pas supporté de l'entendre me dire qu'il me détestait et qu'il regrettait que nous ayons été ensemble. Il ne se permettrait pas cela devant Aphrodite. Je le connaissais. Contrairement à Erik, il ne m'insulterait pas en public et ne me ferait pas de scène. Ses parents l'avaient bien élevé. C'était un vrai gentleman, et il le resterait.

Lorsqu'il reposa les yeux sur moi, ils étaient de nouveau sans expression.

— D'accord. Comme je le disais, il s'est passé quelque chose l'autre nuit. Je pense que notre Empreinte s'est brisée.

J'aquiesçai en silence.

— Pour de bon ? poursuivit-il.
— Oui.
— Comment ?

J'inspirai profondément.

— J'ai imprimé avec quelqu'un d'autre.

Il releva brusquement la tête, comme si je l'avais giflé.

— Un autre humain ?
— Non !

Il serra les mâchoires.

— Alors c'est ce novice dont tu m'as parlé ? Cet Erik ?
— Non, dis-je doucement.

Cette fois, il ne fit aucun effort pour dissimuler sa peine.

— Il y a encore quelqu'un d'autre ?

J'ouvris la bouche pour lui dire qu'il y avait *eu* quelqu'un d'autre, et que tout cela avait été une énorme erreur, mais il ne me laissa pas parler.

— Tu l'as fait avec lui !

Ce n'était pas une question, mais j'acquiesçai. Il le savait déjà. Bien sûr. Notre Empreinte avait été très forte ; il avait deviné qu'il s'était produit quelque chose de grave.

— Comment as-tu pu, Zoey ? Comment as-tu pu me faire ça, à moi ? À nous ?

— Je suis désolée, Heath. Je ne voulais pas te faire de mal. J'ai juste…

— Garde tes explications ! s'écria-t-il. Je t'aime depuis

l'école primaire. Que tu sois avec quelqu'un d'autre, ça me fait forcément du mal !

— Toi aussi, tu es avec quelqu'un d'autre ce soir, intervint Aphrodite.

Heath la foudroya du regard.

— J'ai laissé une amie me convaincre de sortir de chez moi pour la première fois depuis des jours. Une amie, répéta-t-il en se tournant vers moi, et je remarquai alors à quel point il tremblait. C'est Casey Young, tu te souviens d'elle ? C'était aussi ton amie, autrefois.

Je jetai un coup d'œil vers la table où Casey était assise, toute seule, l'air très mal à l'aise. Maintenant, je reconnaissais ses épais cheveux acajou, ses jolis yeux couleur miel et ses taches de rousseur. Heath avait raison : nous avions été amies. Pas les meilleures amies du monde, comme Kayla et moi, mais nous avions traîné ensemble. Heath l'avait toujours traitée comme une petite sœur. Je n'avais jamais ressenti d'ondes du genre : « Je veux te piquer ton copain » émanant d'elle – ce qui n'avait pas été le cas avec Kayla, ma soi-disant meilleure amie. Casey vit que je la regardais. D'un geste hésitant, elle agita la main. Je lui rendis son salut.

— Sais-tu ce qui arrive aux humains quand l'Empreinte se brise ? demanda sèchement Heath.

— Cela... cela les fait souffrir.

— Souffrir ? Tu te fous de moi, Zoey ! D'abord, j'ai cru que tu étais morte. Et j'ai voulu mourir. D'ailleurs, une partie de moi est morte à ce moment-là.

— Heath, murmurai-je, bouleversée par ce que j'avais provoqué. Je suis tellement...

Mais il n'avait pas terminé.

— Puis j'ai compris que tu n'étais pas morte, car je ressentais ce que tu éprouvais dans ses bras, dit-il en grimaçant. Après, je n'ai plus rien senti, à part un énorme trou à l'âme, là où tu avais été, toi. J'ai mal tout le temps, Zoey. Chaque jour.

Il ferma les yeux et secoua la tête.

— Tu ne m'as même pas appelé.

— J'avais l'intention de le faire, dis-je, malheureuse.

— Oh, c'est vrai, tu m'as envoyé un texto ce matin. Merci beaucoup ! fit-il d'un ton sarcastique.

— Heath, je voulais te parler. Mais je n'y arrivais pas. J'étais…

Je me tus un instant, essayant de trouver un moyen de lui expliquer ce qui s'était passé avec Loren en quelques phrases. Mais c'était impossible.

— Je suis désolée.

— Les excuses, ça ne suffit pas, Zo. Pas cette fois. Pas pour ça. Tu te rappelles quand tu as prétendu que je ne t'aimais pas et que je ne te désirais qu'à cause de notre Empreinte ?

— Oui.

Je me préparai à entendre la vérité : qu'il ne m'avait jamais vraiment aimée et désirée, qu'il était content d'être débarrassé de moi et de notre Empreinte stupide et douloureuse.

— Eh bien, tu avais tort. Je suis tombé amoureux de toi à l'école primaire. Aujourd'hui, je t'aime encore, et je te désire. Je t'aimerai sans doute toujours, lâcha-t-il, les yeux brillant de larmes. Mais je ne veux plus jamais te revoir. T'aimer me fait trop souffrir, Zoey.

Il pivota sur ses talons et alla lentement rejoindre Casey. Elle lui dit quelque chose, trop bas pour que je puisse l'entendre. Sans me jeter un regard, elle glissa son bras sous le sien, et ils partirent tous les deux.

C'est ainsi que Heath sortit de ma vie.

CHAPITRE DIX-NEUF

Je restai silencieuse lorsque Aphrodite me prit par le bras, me força à me lever et m'entraîna vers la porte. Dès qu'il nous vit, Darius jaillit de la voiture.

— Où est le danger ? aboya-t-il.

— Il n'y a pas de danger, répondit Aphrodite, juste une scène avec un ex-petit copain. On s'en va !

Darius grogna et remonta dans la voiture. Aphrodite me poussa sur le siège arrière. Je n'eus pas conscience de pleurer jusqu'à ce que, retenant Maléfique, qui crachait dans ma direction, elle me tende un mouchoir en papier.

— Tu as le nez qui coule, m'apprit-elle.

— Merci, marmonnai-je avant de me moucher.

— Est-ce qu'elle va bien ? fit Darius en me regardant dans le rétroviseur.

— Moyen. Les histoires d'amour normales, ça craint déjà ; alors quand un futur vampire s'en mêle...

— Arrêtez de parler de moi comme si je n'étais pas là, dis-je en reniflant.

— Ça va aller ? répéta Darius à mon intention.

— Si elle dit non, tu vas retrouver cet imbécile et le tuer ? demanda Aphrodite.

Un petit rire s'échappa de ma bouche. J'en fus la première surprise.

— Non, je ne veux pas qu'on le tue, et oui, ça va aller.

— Moi, je crois qu'il mérite la mort, déclara Aphrodite en haussant les épaules.

Elle tira sur la manche de Darius en désignant le centre commercial dont nous approchions.

— Chéri, tu peux t'arrêter ici ? Mon lecteur mp3 ne fonctionne plus, je dois m'en acheter un autre.

— Ça tombe bien, dis-je. J'ai besoin d'un peu de temps pour me reprendre avant d'aller à l'école.

— Je reviens dans deux secondes. Occupe-toi de Maléfique, lança Aphrodite en fourrant le gros chat dans les bras de Darius.

Après avoir installé sur ses genoux la créature, qui ne cessait de cracher, il se tourna vers moi :

— Je peux parler à ce garçon, si tu veux.

— Non merci. Il a le droit d'être en colère. Tout est ma faute.

— Les humains qui ont des relations avec nous se montrent parfois ultrasensibles, poursuivit-il, choisissant ses mots avec soin. Être le partenaire d'un vampire, particulièrement d'une future grande prêtresse, n'est pas chose facile.

— Je ne suis qu'une novice, protestai-je.

Il hésita, semblant réfléchir à ce qu'il pouvait me dire ou non. Il ne reprit la parole que lorsque Aphrodite fut remontée dans la voiture.

— Le pouvoir d'une grande prêtresse se manifeste très tôt. Le tien commence déjà à opérer, Zoey. Tu n'as rien d'une novice ordinaire. Tes actes affectent profondément les autres.

Aphrodite prit Maléfique sur ses genoux et se tourna vers moi pour me fixer dans les yeux.

— Être spécial n'est pas aussi génial que tu l'aurais cru, hein ?

Je m'attendais à ce qu'elle me sorte un « Je te l'avais bien dit » sarcastique, mais elle me regardait avec empathie.

— Tu es vraiment gentille, dis-je.

— C'est parce que tu as une mauvaise influence sur moi. J'essaie de voir le bon côté des choses.

— Le bon côté des choses ?

— Oui, à savoir que tout le monde pense que je suis toujours une horrible sorcière démoniaque, précisa-t-elle en souriant avec malice.

Je me sentais un peu mieux. « Au moins, les choses sont claires, pensai-je. Erik me déteste. Stark est mort, et, même s'il ressuscite, je vais simplement l'aider à se remettre sur pied, rien de plus. Après cette confrontation terrible avec Heath, j'en ai terminé avec les histoires d'amour pour un long, très long moment. »

Évidemment, j'arrivai au cours de théâtre en retard.

Je restai plantée dans l'embrasure de la porte, me demandant où m'asseoir discrètement sans déranger Erik (pardon, le professeur Night !) en plein milieu de son discours sur Shakespeare.

— Installe-toi où tu peux, Zoey, lança-t-il d'un ton neutre sans regarder dans ma direction.

Comment avait-il su que j'étais là ? Mystère…

La seule place libre se trouvait au premier rang. Je m'y glissai et saluai Becca Adams, qui était juste derrière moi. Elle me rendit mon salut, bien qu'elle fût de toute évidence très occupée à dévisager Erik. Je ne la connaissais pas très bien. Elle était blonde et jolie, comme la plupart des filles de la Maison de la Nuit (il semblait y avoir cinq blondes pour une élève « normale »), et elle avait rejoint depuis peu les Filles de la Nuit. Je me rappelais l'avoir vue traîner avec les anciennes amies d'Aphrodite, mais je n'avais aucune opinion sur elle. Évidemment, le fait qu'elle se torde le cou pour regarder Erik en salivant ne me la rendait pas très sympathique.

« Stop ! Erik n'est plus mon petit ami. Je ne peux pas m'énerver quand une autre fille lui fait du charme. Je vais peut-être même essayer de sympathiser avec elle pour montrer à tout le monde que je me fiche de lui, désormais. Oui, je vais... »

— Salut, Zoey !

Cole Clifton, le garçon très grand, très mignon et très blond qui sortait en ce moment avec Shaunee (ce qui prouvait qu'il était aussi très courageux), interrompit mon bavardage intérieur.

— Salut, répondis-je en agitant la main.

— Bravo, Zoey ! dit Erik avec un sourire froid. Merci de te porter volontaire.

— Pardon ?

Ses yeux étaient d'un bleu glacial.

— Viens me donner la réplique dans l'exercice d'improvisation shakespearienne.

— Oh, euh, je...

Constatant que je cherchais désespérément un moyen de me tirer de cette situation, il m'adressa un regard moqueur. Il voulait que je me défile. Hors de question qu'Erik Night m'humilie et me tyrannise tout le semestre ! Je me raclai la gorge et me redressai dans mon siège.

— Avec plaisir !

Un éclair de surprise passa dans ses yeux magnifiques, et la fierté m'envahit. Mais cela ne dura pas.

— Bien. Dans ce cas, prends ton exemplaire de la scène et viens me rejoindre.

Je m'exécutai en traînant les pieds.

— Parfait, dit Erik, face à moi sur l'estrade. Comme je l'expliquais avant que Zoey arrive en retard et nous interrompe, l'improvisation sert à travailler vos capacités de caractérisation. Ce que nous allons faire aujourd'hui est inhabituel, car en général on n'improvise pas sur du Shakespeare. Les acteurs respectent à la lettre le texte du dramaturge. Mais il peut être très intéressant de modifier des scènes célèbres.

Il désigna la feuille que je tenais dans ma main en sueur.

— Voici le début d'une scène entre Othello et Desdémone...

— Oh non ! *Othello* ? couinai-je, prise de nausée.

— Cela te pose un problème ? demanda-t-il en me regardant dans les yeux.

« Oui ! »

— Non, mentis-je. C'était juste pour savoir.

Il n'allait quand même pas me faire improviser sur une scène d'amour ! Le cœur au bord des lèvres – envie ou appréhension ? –, je me mis en situation.

— Bien. Tu connais l'histoire, n'est-ce pas ?

Je hochai la tête. Bien sûr que je la connaissais. Othello, le Maure (c'est-à-dire un Noir), a épousé Desdémone, une Blanche. Ils filent le parfait amour jusqu'à ce que Iago, un type affreux, jaloux d'Othello, essaie de lui faire croire que Desdémone l'a trompé. Ça marche, et Othello finit par étrangler sa femme.

— Bien, répéta Erik. Dans la scène sur laquelle nous allons improviser, à la fin de la pièce, Othello accuse Desdémone de trahison. Nous allons commencer par lire les répliques originales. Je les ai copiées. Lorsque je te demanderai si tu as prié, ce sera le signal du début de ton impro. Ensuite, tout en collant au plus près de l'intrigue, exprime-toi dans un langage d'aujourd'hui. Compris ?

« Et comment ! »

— Oui.

— Très bien. Allons-y !

Alors, comme je l'avais vu faire de si nombreuses fois, Erik Night entra dans la peau de son personnage. Il *était* Othello. Il se détourna de moi et se mit à réciter ses répliques. Je remarquai qu'il avait laissé tomber son texte et récitait de mémoire.

— « *C'est la cause, c'est la cause, ô mon âme ! Ne permettez pas que je la dise devant vous, chastes étoiles ! C'est la cause ! Cependant, je ne veux pas verser son sang, je ne veux pas percer son sein, ce sein plus blanc que la neige...*[1] »

Je jure qu'il s'était transformé physiquement et, malgré la nervosité et la honte qui grandissaient en moi – car je ne doutais pas que cet exercice allait devenir très embarrassant –, je ne pus qu'apprécier son immense talent.

Il pivota vers moi, et mon cœur battit à tout rompre lorsqu'il me prit par les épaules.

— « *Je ne sais où se retrouverait le feu de Prométhée qui pourrait rallumer ta lumière. Quand j'ai cueilli la rose, je ne puis plus la faire refleurir ; il faut qu'elle se fane. Je veux sentir encore la rose sur sa tige.* »

Et là, à mon immense surprise, il se pencha et m'embrassa sur la bouche. Son baiser était brusque et tendre, passionné, brûlant de colère et de déception, et pourtant on aurait dit qu'il ne pouvait plus ôter ses lèvres des

---

1. Traduction de Letourneur.

miennes. J'en eus le souffle coupé. Il me faisait tourner la tête.

« Je veux redevenir sa petite amie ! »

Je me repris quand il dit :

— « *Il faut que je pleure ; mais ce sont de cruelles larmes ! C'est le courroux du ciel, il frappe ce qu'il aime. Elle s'éveille.* »

— Qui est là ? Othello ?

Je relevai les yeux sur lui, comme si son baiser m'avait réveillée.

— Oui, Desdémone.

Oh, bon sang ! Comment allais-je poursuivre ? Ma gorge se serra, ce qui me donna une voix voilée.

— Voulez-vous vous mettre au lit, seigneur ?

— Avez-vous fait votre prière ce soir, Desdémone ?

Le beau visage d'Erik était tendu et effrayant, et je n'eus aucun mal à jouer la panique. Je lus rapidement la dernière ligne de mon texte.

— Oui, mon seigneur.

— Tant mieux. Il vous faut une âme pure pour ce qui va vous arriver ce soir ! improvisa Erik-Othello, fou de jalousie.

— Que se passe-t-il ? Je ne sais pas de quoi vous parlez.

Mettre mes propres mots sur ce thème n'était pas très difficile. J'avais oublié la classe, qui écoutait avec attention. Je ne voyais plus qu'Othello, et je ressentais la peur et la désolation de Desdémone à l'idée de le perdre.

— Réfléchis ! grinça-t-il, les dents serrées, abandonnant le vouvoiement. Si tu regrettes quoi que ce soit, tu dois me demander pardon maintenant. Plus rien ne sera comme avant pour toi, pas après ce qui va se passer ce soir.

Ses doigts pressaient très fort mes épaules, mais je ne flanchai pas. Je continuai de sonder ces yeux que je connaissais si bien, à la recherche de l'Erik qui, je l'espérais, tenait toujours à moi. Le texte tomba de mes doigts engourdis.

— Mais j'ignore ce que vous voulez que je dise ! m'écriai-je, m'efforçant de me rappeler que Desdémone n'était pas moi.

Elle n'avait rien à se reprocher, elle.

— La vérité ! tempêta-t-il, le regard dément. Je veux que tu admettes que tu m'as trahi !

— Je ne vous ai pas trahi ! m'écriai-je, les larmes aux yeux. Pas dans mon cœur. Je ne vous ai jamais trahi dans mon cœur.

Erik en Othello me faisait oublier Heath, Loren et Stark. Il n'y avait que lui, et mon besoin de lui faire comprendre que je n'avais jamais voulu le trahir.

— Alors ton cœur est une chose noire et flétrie, car ta trahison a été absolue.

Ses mains glissèrent de mes épaules à mon cou, et je sentis mon pouls battre comme les ailes d'un oiseau affolé.

— Non ! J'ai commis une erreur ! J'ai brisé mon propre cœur, pas une fois, mais trois.

— Et maintenant tu veux briser le mien ?

Il resserra ses doigts, et je vis qu'il avait lui aussi les larmes aux yeux.

— Non, mon seigneur. Je souhaite que vous me pardonniez et...

— Te pardonner ! m'interrompit-il. Comment pourrais-je te pardonner ? Je t'aimais, et tu m'as trompé avec un autre homme.

— Ce n'était que des mensonges, dis-je en secouant la tête.

— Tu admets que tu n'as fait que me mentir ? demanda-t-il.

— Non ! haletai-je. Vous me comprenez mal. Le

mensonge, c'est ce que j'ai vécu avec lui. Il *était* le mensonge. Vous aviez raison à son sujet.

— Tu l'as compris trop tard !

— Non, il n'est pas trop tard. Donnez-moi une autre chance. Ne laissez pas les choses finir comme ça entre nous.

Plusieurs émotions se succédèrent sur le visage d'Erik. De la haine et de la colère, mais aussi de la tristesse et peut-être, peut-être, une lueur d'espoir au fond du ciel bleu de ses yeux.

Soudain, tristesse et espoir disparurent.

— Non ! Tu t'es comportée comme une catin, et tu seras traitée comme telle.

Le regard fou, il sembla grandir encore. Il ôta ses mains de mon cou pour me serrer contre lui. Au contact de son corps, je ressentis un désir brûlant. Je plongeai mon regard dans le sien, la terreur de Desdémone se mêlant à ma propre passion, et j'eus la certitude qu'il éprouvait la même chose que moi. Il était Othello, malade de rage et de jalousie, mais il était aussi Erik, cet homme amoureux, qui avait été profondément blessé par ma trahison.

Il se pencha vers moi, et son souffle effleura ma peau. Son odeur, si familière, me fit tourner la tête. Alors, au lieu de m'écarter de lui ou de continuer mon improvisation en m'évanouissant dans ses bras pour feindre la mort, je l'attirai à moi et je l'embrassai avec fougue.

Je mis toutes mes peines, ma passion et mon amour pour lui dans ce baiser. Ses lèvres s'entrouvrirent, me rendant passion pour passion, peine pour peine, amour pour amour.

C'est alors que la cloche sonna.

CHAPITRE VINGT

Erik s'écarta de moi, et la classe nous acclama, dans un chœur de : « Wouhou ! Wouhou ! » et de : « C'était chaud ! » Je serais tombée s'il ne m'avait pas tenu la main.

— Salue, me souffla-t-il. Souris.

Je lui obéis, comme si mon monde ne venait pas de voler en éclats. Quand les élèves se furent calmés, Erik reprit sa voix de professeur.

— Bien, n'oubliez pas de jeter un coup d'œil sur *Jules César*. Demain, nous improviserons à partir de cette pièce. Vous avez fait du bon boulot aujourd'hui.

Lorsque le dernier novice eut quitté la salle, je me tournai vers lui.

— Erik, il faut qu'on parle.

Il lâcha ma main comme si elle l'avait brûlé.

— Tu ferais mieux d'y aller, ou tu seras encore en retard, lança-t-il avant de reculer pour s'enfermer dans son bureau.

Je me mordis la lèvre pour ne pas pleurer et je sortis, le visage rouge d'humiliation. Que venait-il de se passer ? Une seule chose était sûre : j'intéressais toujours Erik Night. Bon, son intérêt se confondait peut-être avec son envie de m'étrangler, mais quand même. En tout cas, il n'était pas indifférent, comme il avait essayé de le faire croire. Je sentais encore ma bouche meurtrie après notre baiser passionné. Je l'effleurai du doigt.

Je me mis à marcher, sans prêter attention aux novices que je croisais, sans même me soucier d'où j'allais, jusqu'à ce que j'entende le croassement d'un corbeau venant d'un arbre.

Je m'arrêtai brusquement, prise de frissons, et je fixai l'obscurité. Alors, la nuit se mit à onduler et à trembler, comme de la cire coulant sur une bougie noire. Mes genoux menaçaient de céder et j'avais mal au ventre.

Je me ressaisis : depuis quand étais-je une victime, une petite fille effrayée ?

— Qui êtes-vous ? criai-je dans la nuit. Que voulez-vous ?

Je redressai les épaules. J'en avais assez de ce jeu de cache-cache. J'avais le cœur brisé à cause de Heath, j'étais troublée par Stark, et je n'arriverais peut-être jamais à réparer les dégâts avec Erik, mais, là, je pouvais agir. J'allais appeler le vent et lui demander de secouer les branches pour me permettre de botter les fesses à cette chose qui m'épiait. Marre d'avoir peur, marre de ne plus me sentir moi-même !

Soudain, Darius se matérialisa devant moi. Pour un type aussi costaud, il se déplaçait avec une rapidité et une discrétion impressionnantes.

— Zoey, tu dois venir avec moi.
— Que se passe-t-il ?
— C'est Aphrodite.

J'eus si mal au ventre que je crus que j'allais vomir.

— Elle n'est pas mourante, n'est-ce pas ?
— Non, mais elle a besoin de toi. Maintenant, souffla Darius.

Son visage tendu et sa voix grave me firent deviner qu'elle devait avoir une vision.

— Allons-y ! m'écriai-je en me précipitant derrière lui.

Il s'arrêta et me regarda avec une telle intensité que je me sentis mal à l'aise.

— Tu me fais confiance ? demanda-t-il.

Je hochai la tête.

— Alors détends-toi. Tu es en sécurité avec moi.

— OK, fis-je, n'ayant aucune idée de ce dont il parlait.

Je ne protestai pas quand il me prit par le bras.

— N'oublie pas, détends-toi.

J'allais répéter : « OK », un peu excédée, lorsque l'air fut brusquement expulsé de mes poumons alors que Darius s'élançait en avant, m'entraînant avec lui. C'était la chose la plus bizarre que j'avais jamais vécue, ce qui n'est pas peu dire, vu tout ce qui s'était passé ces deux derniers mois. J'avais l'impression de me trouver sur un tapis roulant d'aéroport, sauf que le tapis était l'aura de Darius. Nous allions si vite que tout se brouillait autour de nous. Nous atteignîmes la porte du dortoir en deux secondes.

— Bon sang ! Comment as-tu fait ça ? lâchai-je, tout essoufflée.

J'avais l'impression d'avoir fait un tour sur une moto supersonique.

— Les Fils d'Erebus sont des guerriers puissants, dotés de nombreux talents, répondit-il d'un air énigmatique.

— Sans blague ?

J'allais ajouter qu'ils s'exprimaient comme des personnages du *Seigneur des Anneaux*, mais je m'en abstins, ne voulant pas le vexer.

Il me poussa vers la porte du bâtiment.

— Elle est dans sa chambre. Vas-y vite !

— D'accord. Toi, file expliquer à Lenobia pourquoi je ne suis pas en cours.

— Bien sûr, prêtresse, dit-il, avant de disparaître.

Je me précipitai à l'intérieur, toujours un peu sonnée. La salle commune était vide, tout le monde étant en classe, ce qui m'arrangeait beaucoup. Je frappai deux fois à la porte d'Aphrodite avant de l'ouvrir.

Sa chambre était plongée dans la pénombre ; la seule lumière provenait d'une petite bougie. Aphrodite était assise sur son lit, les genoux repliés contre la poitrine, la tête dans les mains. Maléfique était blottie contre elle. Le chat me regarda et grogna doucement.

— Hé, est-ce que ça va ?

Aphrodite frissonna et ouvrit les yeux avec effort.

— Que s'est-il passé ? soufflai-je.

En deux bonds, je fus auprès d'elle. J'allumai la lampe sur sa table de nuit. Maléfique cracha en guise d'avertissement.

— Essaie seulement, et je te jette par la fenêtre, avant d'appeler la pluie pour qu'elle te tombe dessus.

— Maléfique, tout va bien. Zoey est méchante, mais elle ne me fera pas de mal, dit Aphrodite d'une voix lasse.

Le chat grogna de nouveau, puis se recoucha, roulé en boule. Je regardai Aphrodite. Ses yeux étaient injectés de sang, à tel point qu'on n'en voyait plus le blanc. Ils étaient rouge écarlate.

— Celle-là était vraiment éprouvante, lâcha-t-elle d'une voix tremblante, pâle comme la mort. Tu peux aller me chercher une bouteille d'eau dans le frigo ?

Je m'exécutai, faisant un détour par la salle de bains pour y prendre un de ses gants brodés d'or. Je versai un peu d'eau minérale dessus, puis je revins dans la chambre.

— Bois, puis ferme les yeux et mets ça sur ton visage.

Elle but plusieurs gorgées, comme si elle mourait de soif, puis elle posa le gant humide sur ses yeux et s'appuya contre une montagne d'oreillers de marque en poussant un soupir épuisé. Maléfique m'observait avec des yeux mauvais, mais je l'ignorai.

— Tes yeux ont déjà été comme ça auparavant ?

— Tu veux dire, vachement douloureux ?

Après une hésitation, je décidai de lui avouer la vérité. De toute façon, elle n'était pas du genre à éviter les miroirs, elle n'allait pas tarder à s'en rendre compte.

— Non, rouge sang.

Elle eut un petit sursaut de surprise et fit mine d'enlever le gant ; puis elle se ravisa et se laissa retomber sur le lit.

— Pas étonnant que Darius ait paniqué et soit parti te chercher !

Elle poussa un soupir théâtral.

— Je sens que ça va vraiment m'énerver, si ces visions se mettent à m'enlaidir.

— Aucune chance que tu deviennes laide ! lui assurai-je. Tu es bien trop parfaite, tu nous l'as assez répété !

— Tu as raison. Même les yeux rouges, je suis plus belle que n'importe qui ! Merci de me l'avoir rappelé. Mon inquiétude prouve à quel point cette satanée vision m'a stressée.

— Pourrais-tu me la raconter ?

— D'accord, mais ne t'en prends pas à moi quand on te dira que tu es lamentable et agaçante. Il y a une feuille de papier sur mon bureau, avec un poème écrit dessus. Tu la vois ?

Je m'approchai de sa coiffeuse de luxe en bois luisant et pris la feuille.

— Je l'ai.
— Alors lis ! J'espère que tu vas y comprendre quelque chose... Je n'ai jamais rien pigé à la poésie.

Je commençai à lire le poème. La peau se mit immédiatement à me picoter et mes bras se couvrirent de chair de poule, comme si un vent froid venait de se lever.

— C'est toi qui as écrit ça ?
— Bien sûr que non, je n'aimais déjà pas les comptines quand j'étais petite !
— Je ne te demande pas si tu l'as composé, je te demande si tu l'as écrit sur ce papier.
— Tu es vraiment stupide ou quoi ? Oui, Zoey, j'ai noté le poème que j'ai vu dans cette vision effrayante. Satisfaite ?

Je la regardai faire sa diva, affalée sur ses oreillers, au milieu de son lit à baldaquin coûteux, un gant sur la figure, caressant son chat d'une main, et je secouai la tête avec irritation.

— Je pourrais t'étouffer avec un oreiller, tu ne manquerais à personne. Quand on te retrouverait, ce chat haineux t'aurait mangée, toi et toutes les preuves de mon crime.
— Tu rigoles ! Elle te boufferait, toi, si tu levais la main sur moi. Et puis, je manquerais à Darius. Maintenant, lis ce foutu poème et dis-moi ce que ça signifie.
— C'est toi, la Fille aux Visions. Tu es censée savoir ce qu'il veut dire.
— C'est vrai, j'ai des visions, mais je ne les interprète pas. Je suis seulement un oracle très séduisant. C'est toi, l'apprentie grande prêtresse, n'oublie pas. Alors, au travail !
— D'accord, d'accord. Je vais lire le texte à voix haute. Parfois, ça aide à en comprendre le sens.

L'Ancien endormi, attendant son réveil
Lorsque la terre versera son sang sacré
Alors il sera temps ; la reine Tsi Sgili y veille
Il quittera le lit qui le tient prisonnier

Par la main des morts il sera libéré
Beauté terrible, vision monstrueuse
À nouveau ils seront dominés
Les femmes s'agenouilleront devant sa puissance ténébreuse

La chanson de Kalona au cœur va droit
Car nous tuons de sang-froid

Lorsque j'eus terminé, je restai silencieuse, essayant de saisir le sens de ce poème bizarre et de comprendre pourquoi il me mettait si mal à l'aise.

— Effrayant, pas vrai ? dit Aphrodite. Ça ne parle pas de roses et de bonheur éternel.

— Ça, c'est sûr. Réfléchissons ! C'est quoi, le sang sacré de la terre ? Et quand est-ce qu'elle le verse ?

— Aucune idée.

— Hum, fis-je en me mordant l'intérieur de la joue. On peut avoir l'impression que la terre saigne quand quelqu'un est assassiné et que son sang pénètre le sol. Le côté sacré provient peut-être de celui qui est tué. Une personne puissante, par exemple.

— Ou un vampire puissant. Quand nous avons trouvé le corps du professeur Nolan, on aurait dit que la terre saignait.

— Oui, tu as raison. Cela pourrait avoir un rapport avec la mort de cette reine Tsi Sgili. Une reine est forcément une personne puissante.

— Mais qui est cette foutue Tsi Machintruc ?

— Ce nom me dit quelque chose. Ce doit être du cherokee. Je me demande si...

Le choc me fit taire. J'avais soudain compris pourquoi ce poème m'avait fait un drôle d'effet.

— Quoi ? demanda Aphrodite en se redressant et en ôtant le gant de son visage. Que se passe-t-il ?

— Cette écriture ! soufflai-je, les lèvres gelées. C'est celle de ma grand-mère.

CHAPITRE VINGT ET UN

— L'écriture de ta grand-mère ! s'exclama Aphrodite. Tu en es sûre ?
— Certaine.
— C'est impossible ! J'ai écrit ce fichu truc il y a à peine cinq minutes.
— Écoute, je viens d'être télétransportée ici par Darius. Impossible, n'est-ce pas ? Et pourtant c'est vrai. J'ai une lettre de Grand-mère dans ma chambre. Je vais aller la chercher. Peut-être que tu as raison, pour une fois, et que cette écriture ressemble seulement à la sienne.

J'allais sortir quand une pensée me vint à l'esprit. Je tendis le papier à Aphrodite.

— Est-ce ton écriture normale ?

Elle me le prit des mains et cligna plusieurs fois des yeux, l'air surpris.

— Mince alors ! Non, pas du tout !
— Je reviens tout de suite !

Je me précipitai vers ma chambre. Ouvrant la porte à toute volée, je fus accueillie par un miaulement mécontent de Nala, dont je venais d'interrompre la sieste.

J'attrapai la dernière carte que m'avait envoyée ma grand-mère, et retournai au pas de course chez Aphrodite.

Elle tendait la main quand je poussai sa porte.

— Laisse-moi vérifier !

Je lui donnai la carte et la dévisageai alors qu'elle comparait le petit mot de Grand-mère avec le poème.

— C'est trop bizarre ! s'écria-t-elle en secouant la tête. Je te jure que j'ai écrit ce poème il y a cinq minutes, et pourtant c'est bien l'écriture de ta grand-mère, pas la mienne.

Elle leva ses yeux rougis sur moi, livide.

— Tu devrais l'appeler, dit-elle.

— Je vais le faire. Mais d'abord je veux que tu me racontes ta vision.

— Ça ne te dérange pas si je me recouche et remets le gant sur ma figure ?

— Non, je vais te le mouiller avec de l'eau fraîche. Et bois encore un peu. Tu as l'air... euh... mal.

— Pas étonnant. Je me *sens* mal.

Elle engloutit le contenu de la bouteille tandis que j'humectais le gant.

— J'aimerais comprendre ce que cela veut dire, dit-elle en s'allongeant.

— Je pense que c'est lié au mauvais pressentiment que Lucie et moi avons à propos de Neferet. Elle manigance quelque chose – quelque chose de grave. Je crois qu'elle a franchi un nouveau cap depuis que Loren a été assassiné.

— C'est possible. Seulement, Neferet n'était pas dans ma vision.

— Raconte-la-moi.

— Eh bien, elle était courte et inhabituellement claire. C'était une belle journée d'été. Une femme – je ne sais pas qui – était assise au milieu d'un champ ou d'un pré. Je voyais une petite falaise non loin de là, et j'entendais le glougloutement d'un ruisseau. La femme s'était installée sur une couverture blanche : je me rappelle avoir pensé que ce n'était pas très malin de poser une couverture blanche par terre. L'herbe allait la tacher.

— Non, dis-je, les lèvres de nouveau engourdies et glacées. Elle est en coton, elle se lave facilement.

— Tu connais ce que je suis en train de décrire ?

— C'est la couverture de Grand-mère.

— Alors c'était sans doute ta grand-mère qui tenait le poème. Je n'ai pas vu son visage. Elle était assise les jambes croisées, et je regardais par-dessus son épaule. Sauf que, quand j'ai vu le texte, tout le reste a disparu et je me suis concentrée là-dessus.

— Pourquoi tu l'as recopié ?

Elle haussa les épaules.

— Je ne sais pas. Il le fallait, c'est tout. Je l'ai écrit alors que j'étais encore dans la vision. Puis j'en suis sortie, j'ai demandé à Darius d'aller te chercher, et je me suis évanouie.

— C'est tout ?

— C'est déjà pas mal ! J'ai recopié tout ce foutu poème.

— Mais, en général, tes visions t'avertissent d'un grand danger. Cette fois-ci, quel est le message ?

— Je ne sais pas. À vrai dire, je n'ai pas eu de mauvais pressentiment. Il y avait juste le poème. Le champ était vraiment joli – enfin, pour un truc dans la nature. C'était une belle journée d'été, tout allait bien... jusqu'à ce que je sorte de la vision et que mes yeux me fassent un mal de chien.

— Eh bien, *moi*, j'ai un mauvais pressentiment, dis-je en sortant mon téléphone.

Je regardai l'écran : presque trois heures du matin. Grand-mère devait dormir à poings fermés. Et j'avais manqué tous les cours de la nuit, à part celui d'Erik. Génial. Je soupirai bruyamment. Je savais que Grand-mère comprendrait – je ne pouvais qu'espérer que mes professeurs en feraient de même.

Elle répondit à la première sonnerie.

— Oh, Zoey, Petit Oiseau, je suis tellement contente de t'entendre !

— Grand-mère, je suis désolée de t'appeler si tard. Tu dormais, non ?

— Non, *u-we-tsi a-ge-hu-tsa*, je me suis réveillée il y a plusieurs heures, après avoir rêvé de toi, et depuis je prie.

Le fait qu'elle m'appelle « fille » en cherokee me donna le sentiment d'être aimée, en sécurité. J'eus soudain envie de me trouver avec elle, dans sa plantation de lavande, à une heure et demie de Tulsa, de la prendre dans mes bras et de l'entendre me dire que tout irait bien, comme lorsque j'étais petite et que j'étais allée chez elle après le mariage de ma mère et de mon beauf-père, qui avait transformé ma mère en femme au foyer ultra-soumise.

Mais je n'étais plus une enfant, Grand-mère ne pouvait plus résoudre mes problèmes avec un câlin. J'allais devenir une grande prêtresse ; des gens dépendaient de moi. Nyx m'avait choisie, et je devais apprendre à être forte.

— Chérie ? Qu'y a-t-il ? Que se passe-t-il ?

— Je vais bien, Grand-mère, dis-je pour la rassurer. Aphrodite a eu une autre vision, qui a un rapport avec toi.

— Suis-je à nouveau en danger ? s'enquit-elle avec calme.

Je ne pus m'empêcher de sourire. Elle était incroyable. Rien ne lui faisait peur. Je l'adorais vraiment !

— Non, je ne pense pas, répondis-je. Du moins, pour l'instant.

— Moi non plus, intervint Aphrodite.

— Aphrodite le confirme.

— Bon, tant mieux, dit Grand-mère d'un ton neutre.

— Ce que nous ne comprenons pas, c'est ce que cette vision signifie. D'habitude, elles contiennent un avertissement très clair. Cette fois, tout ce qu'Aphrodite a vu, c'est toi. Tu tenais une feuille de papier, sur laquelle était écrit un poème, et elle a senti qu'elle devait le recopier.

Je ne mentionnai pas le fait qu'elle l'avait noté avec l'écriture de Grand-mère. Cette histoire était bien assez bizarre comme ça.

— Tu devrais me le lire, Petit Oiseau. Il se peut que je le reconnaisse.

— Oui, c'est ce qu'on s'est dit. Écoute.

Les yeux toujours fermés sous le gant, Aphrodite me tendit le papier.

L'Ancien endormi, attendant son réveil
Lorsque la terre versera son sang sacré
Alors il sera temps ; la reine Tsi Sgili y veille

Grand-mère m'arrêta.

— Ça se prononce « t-si s-gi-li », murmura-t-elle d'une voix crispée, en insistant sur le dernier mot.

— Est-ce que ça va, Grand-mère ?

— Continue de lire, *u-we-tsi a-ge-hu-tsa*, me demanda-t-elle.

Alors il sera temps ; la reine Tsi Sgili y veille
Il quittera le lit qui le tient prisonnier

*Par la main des morts il sera libéré
Beauté terrible, vision monstrueuse
À nouveau ils seront dominés
Les femmes s'agenouilleront devant sa puissance ténébreuse*

*La chanson de Kalona au cœur va droit
Car nous tuons de sang-froid*

— Ô Grand Esprit, protège-nous ! s'écria Grand-mère.
— Grand-mère ! Que se passe-t-il ?
— D'abord la Tsi Sgili, et maintenant Kalona. C'est grave, Zoey. C'est très, très grave.

La peur qui transperçait dans sa voix me fit paniquer.

— Qui sont Tsi Sgili et Kalona ? Pourquoi est-ce si grave ?
— Elle connaît le poème ? demanda Aphrodite en s'asseyant et en enlevant le gant de son visage.

Ses yeux commençaient à reprendre une couleur normale, et ses joues avaient un peu rosi.

— Grand-mère, ça te dérange si je te mets sur haut-parleur ?
— Bien sûr que non, Petit Oiseau.

J'appuyai sur le bouton et j'allai m'asseoir à côté d'Aphrodite.

— Bon, ça y est. Il n'y a que moi et Aphrodite dans la pièce.
— Aphrodite et moi, me corrigea-t-elle automatiquement.
— Désolée, Grand-mère. Aphrodite et moi, dis-je en levant les yeux au ciel.
— Madame Redbird, reconnaissez-vous ce poème ? voulut savoir Aphrodite.
— Appelle-moi Grand-mère, mon cœur. Et, non, je

ne le reconnais pas, je ne l'ai jamais lu. Mais je sais qu'il évoque un mythe que mon peuple se transmet de génération en génération.

— Pourquoi le passage sur Tsi Sgili et Kalona t'a effrayée ? demandai-je.

— Ce sont des démons cherokees, des esprits noirs de la pire espèce.

Elle hésita, et je l'entendis s'affairer dans sa chambre.

— Zoey, je vais brûler des herbes avant de continuer à parler de ces créatures. De la sauge et de la lavande. Je vais disperser la fumée avec une plume de colombe. Petit Oiseau, je te conseille de faire de même.

Je tressaillis. Brûler des herbes était une très ancienne tradition chez les Cherokees, qui servait à purifier, à nettoyer ou à protéger. Ma grand-mère y avait souvent recours, et j'avais toujours cru que c'était un moyen d'honorer le Grand Esprit et d'apaiser sa propre angoisse. Mais jamais elle n'avait ressenti le besoin d'accomplir ce rituel à la mention de quelqu'un ou de quelque chose.

— Zoey, tu devrais le faire tout de suite, insista-t-elle.

CHAPITRE VINGT-DEUX

— D'accord, Grand-mère. J'ai un bouquet d'herbes dans ma chambre. Je cours le chercher.
— Quelles herbes ? voulut savoir Grand-mère.
— De la sauge blanche et de la lavande. Je les garde dans mon tiroir à tee-shirts.
— Très bien. Elles sont liées à toi, mais leur magie n'a pas encore été utilisée. Vas-y !

Deux minutes plus tard, j'étais de retour.

— J'ai trouvé un récipient, me dit Aphrodite en me tendant un bol couleur lavande aux motifs de raisins et de feuilles de vigne en relief.

— Bon, j'ai un bol, Grand-mère.

— As-tu une plume ? La plume d'un oiseau pacifique, comme la colombe, ou d'un oiseau protecteur, comme l'aigle ou le faucon, serait idéale.

— Euh… non. Je n'ai pas de plume.

J'interrogeai Aphrodite du regard.

— Moi non plus, répondit-elle.

— Tant pis, on fera sans. Es-tu prête, ma grande ?

Je mis le feu à mes herbes séchées et les agitai jusqu'à ce qu'il s'éteigne et que de la fumée commence à s'élever doucement. Puis je les plaçai dans le bol, que je posai entre Aphrodite et moi.

— Je suis prête.

— Maintenant, concentrez-vous sur des esprits positifs et protecteurs. Pensez à votre déesse, à l'amour qu'elle a pour vous et dispersez la fumée.

Nous nous exécutâmes, inhalant les effluves lentement.

Maléfique éternua, grogna, sauta du lit et disparut dans la salle de bains d'Aphrodite. « Bon débarras ! » pensai-je.

— Écoutez-moi attentivement, dit Grand-mère.

Je l'entendis inspirer profondément à trois reprises afin de se purifier.

— D'abord, vous devez savoir que les Tsi Sgili sont des sorcières cherokees. Seulement, il ne faut pas se laisser abuser par le terme « sorcières ». Elles ne suivent pas les principes sages de Wicca. Il ne s'agit pas non plus des prêtresses que vous connaissez et respectez, qui servent Nyx. Elles vivent à l'écart du monde, séparées de la tribu. Elles sont maléfiques. Elles se délectent du meurtre, se régalent de la mort. Elles tirent leur pouvoir magique de la peur et de la douleur de leurs victimes. Elles s'en nourrissent. Elles peuvent torturer et tuer avec l'*ane li sgi.*

— Qu'est-ce que ça veut dire, Grand-mère ?

— Cela signifie que ces médiums puissants peuvent tuer avec leur esprit.

Aphrodite me regarda, l'air inquiet. Je savais que nous pensions la même chose : Neferet était un médium puissant.

— Qui est la reine mentionnée dans le poème ? demanda Aphrodite.

— Je n'ai jamais entendu parler de reine Tsi Sgili. Ce sont des êtres solitaires, qui ne respectent aucune hiérarchie. Mais je ne suis pas une spécialiste du sujet.

— Alors, Kalona est un Tsi Sgili ?

— Non. Kalona est beaucoup plus redoutable. Les Tsi

Sgili sont maléfiques et dangereuses, mais elles sont humaines et peuvent donc être maîtrisées.

Elle se tut et je l'entendis inspirer de nouveau à trois reprises. Lorsqu'elle reprit la parole, elle avait baissé la voix, comme si elle craignait d'être entendue. Elle ne semblait pas effrayée, seulement prudente, et très, très sérieuse.

— Kalona, le père des Corbeaux Moqueurs, n'était pas humain. Nous le qualifions, lui et sa progéniture monstrueuse, de démon, mais ce n'est pas le terme exact. « Ange » serait plus approprié.

Un frisson glacé me parcourut à la mention des Corbeaux Moqueurs ; puis, réalisant ce qu'elle venait de dire, je clignai des yeux, surprise.

— Un ange ?

— Ils ne sont pas censés être gentils ? enchaîna Aphrodite.

— Si, en effet. Mais n'oubliez pas que, dans la tradition catholique, Lucifer lui-même était le plus beau et le plus brillant des anges.

— C'est vrai. J'avais oublié, dit Aphrodite. Ce Kalona est un ange déchu, devenu mauvais ?

— D'une certaine manière. Autrefois, les anges vivaient sur terre. De nombreux peuples racontent cette période dans leurs légendes. La Bible les appelait les géants ; pour les Grecs et les Romains, c'était les dieux de l'Olympe. Quel que soit leur nom, toutes les histoires s'accordent sur deux points : ils étaient beaux et puissants ; et ils s'accouplaient avec des humains.

— Logique, commenta Aphrodite. S'ils étaient si canons, aucune femme ne pouvait leur résister !

— C'était des êtres exceptionnels. Les Cherokees évoquent un ange en particulier, dont la beauté n'avait pas d'égale. Il avait des ailes couleur de la nuit, et il était capable de se transformer en une créature qui ressemblait à un énorme corbeau. Notre peuple l'a accueilli comme un dieu. Nous lui avons chanté des chansons, nous avons dansé pour lui. À cette époque, les récoltes étaient abondantes, et les femmes fertiles.

» Mais, petit à petit, les choses ont dégénéré, je ne sais pas vraiment pourquoi. Les légendes sont trop anciennes ; nombre d'entre elles se sont perdues au fil du temps. À mon avis, il est difficile de vivre avec un dieu, aussi beau soit-il.

» Je me rappelle que ma grand-mère me chantait une chanson selon laquelle Kalona avait changé lorsqu'il avait commencé à coucher avec les vierges de la tribu. Il était comme obsédé. Il lui fallait des femmes : il les désirait constamment et, en même temps, il les haïssait, car elles suscitaient chez lui ce besoin et cette luxure.

» D'après la chanson, les vierges se sont détournées de lui, et c'est à ce moment-là qu'il est devenu un monstre. Il a utilisé son pouvoir divin pour contrôler nos hommes et souiller nos femmes. Et, pendant tout ce temps, sa haine pour elles a grandi avec une intensité effrayante. J'ai entendu une Femme Sage en parler un jour : elle disait que pour Kalona, les femmes cherokees représentaient l'eau, l'air et la nourriture – bref, la vie, même s'il détestait cette dépendance.

Elle se tut de nouveau, et je n'eus aucun mal à imaginer le dégoût qui devait se peindre sur ses traits.

— Les femmes qu'il a violées sont tombées enceintes, mais la plupart d'entre elles ont donné naissance à des créatures mortes, n'appartenant à aucune espèce connue. Cependant, de temps à autre, l'un de ses enfants survivait, bien qu'il ne fût de toute évidence pas humain. D'après la légende, les fils de Kalona étaient des corbeaux avec les yeux et les membres d'un homme.

— Berk ! grimaça Aphrodite. C'est répugnant !

Un frisson me parcourut le dos.

— J'entends beaucoup de corbeaux en ce moment, dis-je. L'un d'eux a essayé de m'attaquer. Je l'ai chassé, et il m'a griffé la main.

— Quoi ? Quand ? s'affola Grand-mère.

— Je les entends la nuit. Je trouvais bizarre qu'ils fassent autant de bruit. Et... et hier soir, quelque chose que je ne pouvais pas voir s'est mis à voler autour de moi, comme un oiseau, et à me tourmenter. Je l'ai frappé, puis j'ai couru m'abriter et j'ai demandé au feu de chasser le froid qui s'était installé autour de moi.

— Et ça a fonctionné ? Le feu l'a chassé ?

— Oui, mais depuis je sens qu'on m'épie.

— C'était les Corbeaux Moqueurs, dit-elle d'une voix dure comme l'acier. Tu as été confrontée aux esprits des enfants de Kalona.

— Je les ai entendus, moi aussi, fit Aphrodite, toute pâle. Je n'arrêtais pas de me dire qu'ils étaient agaçants.

— Ils sont là depuis que le professeur Nolan a été assassiné, enchaînai-je. Grand-mère, pourraient-ils être liés à la mort du professeur Nolan et de Loren ?

— Non, je ne pense pas. Les Corbeaux Moqueurs ont perdu leur forme physique, et ils ne peuvent faire de mal qu'à des personnes très âgées, sur le point de mourir. T'ont-ils blessée, chérie ?

Je regardai ma main, indemne.

— Oui, mais la griffure a disparu en quelques minutes.

— D'après ce que j'en sais, dit Grand-mère après une hésitation, un Corbeau Moqueur n'est pas capable de blesser gravement une jeune personne pleine de vie. Ces esprits sombres aiment surtout harceler les gens qui sont aux portes de la mort. Je ne crois pas qu'ils puissent tuer un vampire en bonne santé. Je me demande s'ils n'ont pas été attirés à la Maison de la Nuit par la mort de ces vampires, dont ils ont tiré de la force. Méfiez-vous. Ce sont des créatures terribles, et leur présence est toujours de mauvais augure.

Pendant que Grand-mère parlait, je suivais des yeux le vers : « *Par la main des morts il sera libéré.* »

— Qu'est-il arrivé à Kalona ?

— Son désir insatiable pour les femmes a fini par le perdre, alors que nos guerriers avaient essayé pendant des années de le vaincre, en vain. C'était une créature mythique et magique, et seuls le mythe et la magie pouvaient le détruire.

— Que s'est-il passé ? demanda Aphrodite.

— Une Ghigua a organisé un conseil secret des Femmes Sages de toutes les tribus.

— Qu'est-ce qu'une Ghigua ?

— C'est le nom cherokee de la femme bien-aimée de la tribu. C'est une Femme Sage douée, diplomate, et souvent très proche du Grand Esprit. Chaque tribu en choisit une, qui dirige un conseil de femmes.

— Comme une grande prêtresse ?

— Oui, à peu près. Une Ghigua a donc rassemblé les Femmes Sages. Elles se sont réunies en secret dans le seul endroit où Kalona ne pouvait pas les espionner : une grotte profonde.

— Pourquoi ne pouvait-il pas les espionner là-bas ? intervint Aphrodite.

— Kalona avait une aversion pour la terre. C'était une créature des cieux ; là était sa véritable place.

— Mais alors pourquoi le Grand Esprit ne l'y a-t-il pas renvoyé ?

— Le libre arbitre. Kalona était libre de choisir sa route, tout comme Aphrodite et toi êtes libres de vos choix.

— Parfois, ça craint, le libre arbitre ! commentai-je.

Grand-mère rit, et ce son familier et joyeux me détendit un peu.

— Tu as raison, *u-we-tsi a-ge-ya*. Mais, dans ce cas, le libre arbitre des Ghiguas a sauvé notre peuple.

— Qu'ont-elles fait ?

— Elles ont utilisé la magie pour créer une vierge si belle que Kalona ne pourrait pas lui résister.

— Créer une femme ? Tu veux dire qu'elles ont opéré une sorte de changement de look magique sur quelqu'un ?

— Non, elles ont *créé* une vierge. La Ghigua la plus douée en poterie a formé son corps avec de la glaise, puis elle a peint un visage à la beauté sans égale. La tisseuse la plus adroite a tissé de longs cheveux bruns tombant en cascade sur sa mince taille. Une couturière aux doigts d'or a confectionné une robe blanche comme la lune, que les femmes ont ornée de coquillages, de perles et de plumes. La Ghigua la plus véloce lui a caressé les jambes pour lui transmettre sa rapidité. Et la chanteuse la plus talentueuse de toutes les tribus lui a murmuré des mots doux, la dotant de la plus jolie des voix.

» Toutes les Ghiguas se sont ensuite entaillé la paume des mains pour dessiner sur son corps, avec leur sang, des symboles de pouvoir représentant les Sept Sacrés : le nord, le sud, l'est, l'ouest, le dessus, le dessous et l'esprit. Puis elles se sont donné la main autour de la superbe statue de glaise et, en combinant leurs pouvoirs, lui ont insufflé la vie.

— Tu plaisantes, Grand-mère ! Les femmes ont animé une poupée ?

— C'est ce que dit la légende. Jeune fille, en quoi est-ce plus difficile à croire que l'existence d'une gamine capable de contrôler les cinq éléments ?

— Hum... fis-je en me sentant rougir. Je suppose que tu as raison.

— Bien sûr qu'elle a raison ! lança Aphrodite. Maintenant, tais-toi et laisse-la finir son histoire.

— Désolée, Grand-mère, marmonnai-je.

— La magie est réelle, Zoey. Il est dangereux de l'oublier.

— Je m'en souviendrai, promis-je.

J'étais effectivement mal placée pour douter du pouvoir de la magie...

— Donc, les femmes ont donné la vie à cette créature et l'ont appelée A-ya.

— Hé, je connais ce mot ! m'écriai-je. Il veut dire « moi ».

— Bravo, *u-we-tsi a-ge-hu-tsa*. Elles l'ont appelée A-ya, car elle portait en elle une partie de chacune d'elles. Pour chaque Ghigua, elle était *moi*.

— C'est plutôt cool ! commenta Aphrodite.

— Les Ghiguas n'ont parlé d'elle à personne. Le lendemain, à l'aube, elles l'ont fait sortir de la grotte et l'ont emmenée près du ruisseau où Kalona allait se baigner tous les matins, après lui avoir expliqué ce qu'elle devrait faire.

» C'est donc là que Kalona l'a vue, assise au centre d'une petite tache de lumière. Elle se brossait les cheveux en chantant une chanson. Comme les femmes l'avaient prévu, il a voulu la posséder. Alors, A-ya a fait ce pour quoi elle avait été créée : elle s'est enfuie avec une rapidité incroyable. Kalona l'a suivie. Submergé par le désir, il n'a même pas hésité à l'entrée de la grotte dans laquelle elle avait disparu, et il n'a pas vu les Ghiguas qui le suivaient, ni entendu leurs chants magiques.

» Il a rattrapé A-ya dans les entrailles de la terre. Au lieu de hurler et de se débattre, cette splendide vierge l'a accueilli dans ses bras lisses. Mais, à l'instant où il s'est uni à elle, ce corps doux et accueillant est redevenu ce qu'il était vraiment : de la terre, et la force des femmes. Ses membres en glaise l'ont enserré et son esprit l'a piégé comme des sables mouvants. Les Ghiguas ont demandé à la Terre Mère de boucher la grotte pour que Kalona ne puisse échapper à l'étreinte éternelle d'A-ya. C'est là qu'il se trouve aujourd'hui encore, prisonnier de la Terre.

Je clignai des yeux, comme si je revenais à la surface après une longue plongée sous-marine.

— Et le poème, alors ? demandai-je.

— L'histoire ne s'est pas terminée avec l'ensevelissement de Kalona. Au moment où la grotte s'est refermée, tous ses enfants, les terribles Corbeaux Moqueurs, se sont mis à chanter une chanson, promettant que Kalona reviendrait un jour, et décrivant sa terrible vengeance sur les humains, en particulier les femmes. Aujourd'hui, cette chanson a disparu. Ma grand-mère n'en connaissait que quelques fragments, que sa propre grand-mère lui avait murmurés. Peu de personnes tenaient à s'en souvenir. Les gens pensaient que cela portait malheur d'avoir à l'esprit de telles horreurs. Cependant, je peux affirmer qu'il y était question de Tsi Sgili, de la terre en sang et du retour de leur père.

Grand-mère hésita. Aphrodite et moi regardions les vers maléfiques, horrifiées.

— J'ai bien peur que le poème de ta vision ne soit la chanson des Corbeaux, conclut Grand-mère. Et je pense que c'est un avertissement : Kalona va bientôt revenir.

CHAPITRE VINGT-TROIS

— C'est un avertissement, dit solennellement Aphrodite. Toutes mes visions m'annoncent une tragédie à venir ; celle-ci n'échappe pas à la règle.

— Et, en général, ces mises en garde ne permettent-elles pas d'empêcher la tragédie de se produire ? demanda Grand-mère.

Aphrodite hésitait, alors je répondis à sa place, avec beaucoup plus d'assurance que je n'en avais en réalité.

— Si. Sa vision t'a sauvée, Grand-mère.

— Ainsi que les nombreuses autres personnes qui seraient mortes sur le pont ce jour-là, enchaîna Grand-mère.

— Il fallait simplement trouver un moyen d'éviter que l'accident se produise. C'est aussi ce que nous devons faire maintenant, déclarai-je.

— Je suis d'accord avec toi, Zoey. Nyx s'exprime à travers Aphrodite, et de toute évidence la déesse vous prévient d'un événement terrible.

— Elle veut aussi que vous nous aidiez, fit Aphrodite. C'est vous que j'ai vue lire le poème.

Elle se tut et me regarda ; je hochai la tête, comprenant ce qu'elle voulait lui dire.

— Lorsque j'ai recopié le poème, c'était avec votre écriture.

— Vous en êtes sûres ? lâcha Grand-mère.

— Oui, répondis-je. Je suis même allée chercher une de tes lettres pour vérifier. Ça ne fait aucun doute.

— Dans ce cas, je dois admettre que Nyx veut que je joue un rôle dans cette histoire.

— Ce n'est pas étonnant ! Tu es la seule Ghigua que nous connaissions.

— Oh, mon cœur ! Je ne suis pas une Ghigua. Une Ghigua est élue par toute la tribu, et d'ailleurs il n'y en a pas eu depuis plusieurs générations.

— Vous pouvez compter sur mon vote, dit Aphrodite.

— Et sur le mien, ajoutai-je. Et je parie que Damien et les Jumelles seraient d'accord. En plus, nous formons une sorte de tribu.

— Je n'oserais pas m'opposer à la volonté de la tribu, s'esclaffa Grand-mère.

— Vous devriez venir ici, proposa Aphrodite.

Je la regardai, surprise, et elle hocha la tête lentement, très sérieuse. Mon instinct me disait qu'elle avait raison.

— Oh, Aphrodite, merci, mais non. Je n'aime pas trop quitter ma plantation. Nous en parlerons au téléphone ou par messagerie instantanée, et nous trouverons une solution.

— Grand-mère, tu me fais confiance ? intervins-je.

— Bien sûr que je te fais confiance, ma fille, répondit-elle sans hésitation.

— Tu dois venir ici, dis-je simplement.

Elle ne répondit pas. Je pouvais presque la voir réfléchir.

— Je vais faire mon sac, finit-elle par annoncer.

— Prenez des plumes, lui recommanda Aphrodite. À mon avis, on va devoir brûler d'autres herbes.

— Très bien, mon enfant.

— Viens tout de suite, Grand-mère, insistai-je, prise d'un désagréable sentiment d'urgence.

— Cette nuit, Petit Oiseau ? Je pensais attendre que le matin arrive...

— Cette nuit.

Comme pour ponctuer ma réponse, un croassement sinistre se fit entendre, derrière la fenêtre. Il était tellement fort qu'il aurait aussi bien pu provenir du salon chaleureux de Grand-mère.

— Grand-mère ! Tu vas bien ?

— Ce sont des esprits, *u-we-tsi a-ge-ya*. Ils ne pourraient me faire de mal que si j'étais aux portes de la mort, et je t'assure que ce n'est pas le cas.

Je me rappelai la peur glaçante qui m'avait envahie quand ces saletés m'avaient attaquée, et la griffure qu'elles avaient laissée sur ma main. Je n'étais pas à cent pour cent rassurée par ce qu'elle me disait.

— Dépêche-toi, Grand-mère. Je me sentirai beaucoup mieux quand tu seras avec nous.

— Moi aussi, dit Aphrodite.

— Je serai là dans deux heures. Je t'aime, Petit Oiseau.

— Moi aussi, je t'aime, Grand-mère.

J'allais couper la communication quand Grand-mère ajouta :

— Et je t'aime aussi, Aphrodite. C'est peut-être la deuxième fois que tu me sauves la vie.

— Au revoir, répondit Aphrodite.

Je raccrochai et, à ma grande surprise, je vis que les yeux d'Aphrodite, qui avaient presque retrouvé leur bleu clair originel, étaient pleins de larmes. Elle avait les joues toutes roses. Sentant mon regard, elle haussa une épaule et s'essuya les yeux, l'air embarrassé.

— Quoi ? J'aime bien ta grand-mère, c'est un crime ?

— Tu sais, je commence à croire qu'une gentille Aphrodite se cache quelque part en toi.

— Oui, eh bien, ne te réjouis pas trop vite. Dès que je l'aurai trouvée, je lui tordrai le cou.

Je me contentai de rire.

— Il est grand temps que tu y ailles, déclara-t-elle. Tu as beaucoup à faire.

— Hein ?

Elle soupira.

— Rassembler le troupeau de ringards, leur expliquer le poème, trouver un moyen d'accueillir ta grand-mère ici, ce qui signifie que tu vas sans doute devoir t'arranger avec Shekinah, puisque je suppose que tu n'as pas envie d'en parler à Neferet. Je continue ? Demander à Jack d'installer la caméra de surveillance dans la morgue. Je te souhaite bonne chance !

— Bon sang, tu as raison. Et qu'est-ce que tu vas faire, toi ?

— Je vais me reposer afin d'être fraîche et prête à mettre en œuvre les incroyables pouvoirs de mon cerveau pour résoudre le mystère du poème.

— Bref, tu vas faire la sieste ?

En gros, oui. Hé, regarde le bon côté des choses, on a réussi à sécher une nuit entière de cours !

— Parle pour toi. Moi, j'ai assisté à celui de mon ex, et nous avons fait une improvisation extrêmement gênante devant toute la classe.

— Oh ! Raconte !

— Désolée, j'ai plein de choses à faire, dis-je avant de claquer la porte.

Je n'eus aucun mal à trouver Damien et les Jumelles. Ils étaient au rez-de-chaussée, dans la salle commune, où ils se gavaient de bretzels et de chips allégées en matières grasses. (Berk ! Quelle malédiction, cette manie des vampires de nous nourrir sainement !) À la façon dont ils se turent en me voyant, puis se remirent à parler tous en même temps, je compris qu'il était question de moi.

— Oh, chérie ! On vient de nous raconter ce qui s'est passé avec Erik en cours de théâtre, dit Damien en me tapotant le bras.

— Oui, mais on est restés sur notre faim, ajouta Shaunee.

— Il nous faut les détails de la principale intéressée, précisa Erin.

Je soupirai.

— On a improvisé une scène. Il m'a embrassée. La classe a halluciné. Tout le monde est parti quand la cloche a sonné. Je suis restée. Il m'a ignorée. Fin de l'histoire.

— Oh non, non ! protesta Erin. Tu ne vas pas t'en tirer comme ça !

— On a entendu des choses bien plus croustillantes de la bouche de Becca. Tu sais, Jumelle, je crois que cette petite en pince pour notre Erik.

— Ah bon ? Devrait-on lui arracher les yeux ? Cela fait une éternité que je n'ai pas arraché les yeux à quelqu'un.

— Vous êtes vraiment navrantes, toutes les deux, soupira Damien. Erik et Zoey sont séparés, je vous le rappelle.

— Et toi, tu nous casses les pieds avec tes grands airs, lança Erin.

— Exactement, dit Shaunee.

— Bon sang ! Vous allez arrêter de vous chamailler ? Il se passe des choses importantes, qui font passer ma pathétique vie sentimentale pour encore plus ridicule qu'elle ne l'est. Je vais aller me chercher un soda et essayer de trouver des vraies chips dans la cuisine. Pendant ce temps, ramenez vos fesses dans la chambre d'Aphrodite. Nous avons des choses à régler.

— Des choses ? demanda Damien. Quel genre de choses ?

— Comme d'habitude, des trucs terrifiants, des questions de vie ou de mort et de fin du monde.

— OK, cool, on y va, marmonnèrent-ils.

— Oh, Damien, ajoutai-je, va chercher Jack. Il est de la partie, lui aussi.

Damien parut surpris, puis content, puis un peu triste.

— Zoey, est-ce qu'il peut prendre Duchesse avec lui ? Elle ne veut pas le lâcher d'un pouce.

— Oui, d'accord. Mais préviens-le qu'Aphrodite a un nouveau chat, et que ce chat est son clone, les poils en plus.

— Brrr..., firent les Jumelles.

Je filai dans la cuisine en secouant la tête, décidée à ne pas les laisser me donner la migraine.

— Je me sens mal ! dit Jack en s'éventant.

Très pâle, il ne cessait de jeter des regards inquiets à la fenêtre, dont les lourds rideaux étaient tirés. Duchesse, coincée entre nous tous et le chat d'Aphrodite, qui n'arrêtait pas de cracher, s'appuya contre lui et gémit.

Jack était le premier à rompre le long silence qui avait

suivi nos explications. Aphrodite et moi nous étions relayées pour leur dire tout sur le poème, la légende de Grand-mère, les Tsi Sgili, les Corbeaux Moqueurs et Kalona.

— C'est l'histoire la plus flippante que j'ai jamais entendue ! murmura Shaunee, le souffle court.

— Tu as raison, Jumelle, fit Erin, ça fiche les jetons. Je pense que tu as bien fait de demander à ta grand-mère de venir, Zoey.

— J'ai la chair de poule rien qu'à penser à ces corbeaux répugnants qui croassent en assaillant ta gentille grand-mère, toute seule dans sa petite maison, au milieu de nulle part.

— Arrêtez de remuer le couteau dans la plaie ! lança Aphrodite. Vous trouvez que Zoey n'est pas assez paniquée comme ça ?

Jack se tut, gêné. Je m'attendais à ce que les Jumelles s'en prennent à Aphrodite, comme d'habitude, mais elles échangèrent simplement un regard avant de se tourner vers moi.

— Désolée, Zoey, lâcha Erin.

— Oui, la sorcière... pardon... Aphrodite n'a pas tort, enchérit Shaunee.

— Je rêve, ou ces Jumelles débiles viennent d'admettre que j'ai raison ? s'écria Aphrodite en pressant la main sur son front et en faisant semblant de s'évanouir.

— Si ça peut te rassurer... commença Shaunee.

— ... on te déteste toujours, continua Erin.

— Hé, n'oubliez pas que Duchesse a vécu des moments très durs hier, dis-je en m'accroupissant devant la chienne et en prenant sa gueule dans mes mains.

Ses yeux étaient calmes et pleins de sagesse, comme si elle comprenait beaucoup plus de choses que nous. Elle me lécha le visage, et je souris. Elle me faisait penser à Stark, et je me mis à espérer qu'il reviendrait pour son chien (et pour moi), même si cela devait ajouter à la complexité de ma vie.

— Montrez-moi ce poème ! demanda Damien.

Fidèle à sa réputation de Monsieur Studieux, il allait droit au but, évitant de sombrer dans le mélodrame.

Soulagée qu'un autre cerveau nous aide à comprendre le poème, je le lui tendis.

— D'abord, « poème » est un terme impropre, décréta-t-il.

— Grand-mère a dit que c'était une chanson.

— Ce n'est pas exactement ça non plus. Du moins, je ne le pense pas.

J'avais beaucoup de respect pour l'opinion de Damien, surtout lorsqu'il s'agissait d'un sujet vaguement scolaire.

— Si ce n'est ni un poème ni une chanson, qu'est-ce que c'est ?

— C'est une prophétie.

— Mais oui ! C'est juste, s'exclama Aphrodite.

— Malheureusement, je ne peux qu'acquiescer, dit Shaunee.

— Ténèbres et chaos, langage incompréhensible ; oui, c'est sans aucun doute une prophétie, confirma Erin.

Ils me regardèrent tous.

— Ça me paraît plausible, dis-je lamentablement.

— Très bien ! reprit Damien. Au boulot. Il faut la déchiffrer. Bon, elle répond à un schéma de rimes *abab cdcd ee,* elle est donc composée de trois strophes.

— Quelle importance ? protestai-je. Puisque c'est une prophétie, et non un poème, pourquoi se soucier des rimes ?

— Elle a une forme poétique, alors je crois qu'on peut se servir de règles poétiques pour la déchiffrer.

— Ça me paraît logique.

— Les strophes correspondent plus ou moins à des paragraphes en prose. Chacune est une entité indépendante, avec son sujet propre, même si toutes créent un ensemble.

— Ça, c'est mon Damien ! s'écria Jack en souriant et en prenant Duchesse dans ses bras.

— Bon sang, qu'est-ce qu'il est intelligent ! dit Shaunee.

— Une sacrée tête, enchérit Erin.

— Rien que le regarder me donne la migraine, marmonna Aphrodite.

— Cela signifie que nous devons d'abord étudier chaque strophe séparément, c'est ça ? demandai-je.

— Ça ne peut pas faire de mal.

— Lis-les à voix haute, proposa Aphrodite. Tout à l'heure, cela nous a paru plus clair quand Zoey l'a fait.

Damien s'éclaircit la gorge et lut la première strophe.

L'Ancien endormi, attendant son réveil
Lorsque la terre versera son sang sacré
Alors il sera temps ; la reine Tsi Sgili y veille
Il quittera le lit qui le tient prisonnier

— Bon, de toute évidence, l'Ancien désigne Kalona, dit-il.

— Et Aphrodite et moi pensons que la terre pourrait saigner parce que quelqu'un a été assassiné, comme le professeur Nolan, enchaînai-je.

J'aurais dû ajouter « et Loren », mais je ne pouvais me résoudre à prononcer son nom.

— Lorsque je l'ai trouvée, intervint Aphrodite d'une voix tremblante, il y avait... il y avait tellement de sang sur l'herbe qu'on aurait vraiment cru que la terre saignait.

— Si la personne assassinée était puissante, dis-je, cela expliquerait la référence au pouvoir.

— Oui, ça marche, surtout si on considère les deux vers suivants. De toute évidence, la reine Tsi Sgili a tout orchestré, déclara Damien.

— Qui est la reine Tsi Sgili ? demanda Erin.

— Grand-mère n'en a aucune idée. Elle ne sait pas grand-chose des Tsi Sgili, si ce n'est qu'elles sont dangereuses et se nourrissent de la mort.

— Eh bien, nous devons chercher une reine potentielle, reprit Damien.

— Il doit s'agir de quelqu'un qui devient plus fort après la mort de quelqu'un d'autre, remarqua Erin.

— La grand-mère de Zoey a également dit que les Tsi Sgili possédaient souvent un... euh... *ane li*. C'est bien ça, Zoey ? demanda Aphrodite.

— *Ane li sgi*. Cela signifie qu'elles ont des pouvoirs de médium.

J'inspirai profondément avant de continuer :

— Je pense que nous connaissons tous quelqu'un qui correspond à cette description.

— Neferet, murmura Damien.

— D'accord, on sait qu'elle n'est pas ce qu'elle paraît être... commença Erin.

— Mais cela signifie-t-il qu'elle est aussi maléfique qu'une Tsi Sgili ? termina Shaunee.

Aphrodite et moi échangeâmes un regard. Je hochai la tête.

— Elle a choisi un chemin différent de celui de Nyx, dit Aphrodite.

Les Jumelles en restèrent bouche bée. Jack serra Duchesse contre lui et poussa un gémissement qui rappelait celui d'un chien.

— Vous en êtes sûres ? souffla Damien.

— Oui, répondis-je, nous en sommes sûres.

— Alors, il y a de grandes chances que Neferet soit la reine de la prophétie.

Mon estomac se retourna : les pièces du puzzle étaient en train de se mettre en place.

— Neferet a changé après la mort du professeur Nolan et de Loren, dis-je.

— Oh, déesse ! Tu penses qu'elle est liée à ces meurtres affreux ? demanda Jack, abasourdi.

— Je ne sais pas si elle y est liée, ou si elle a simplement profité de leur effet.

Soudain, je me souvins de la scène entre Neferet et Loren à laquelle j'avais assisté, peu avant la mort de ce dernier. Ils avaient été amants, et, alors qu'il l'aimait, elle l'avait utilisé pour m'atteindre : elle lui avait demandé de me séduire et d'imprimer avec moi. Comment aurait-elle pu en arriver là si elle avait eu les mêmes sentiments que lui ? Était-elle capable de tuer celui qu'elle prétendait aimer ?

— Dire que nous pensions tous que le Peuple de la Foi était derrière ces meurtres ! lâcha Shaunee.

— Peut-être était-ce justement ce que voulait la reine Tsi Sgili, répondit Damien, évitant de prononcer le nom de Neferet, ce que je trouvai très malin.

— Tu as raison ! fis-je. D'abord ces meurtres, ensuite les visions sinistres d'Aphrodite où elle me voit mourir, dont une où Neferet est impliquée, puis cette prophétie ; cela fait trop de coïncidences. Peut-être voulait-elle faire passer ces abominations pour des crimes de fanatiques religieux.

Je pensai aux nonnes adorables que je venais de rencontrer, et qui m'avaient fait revoir ma théorie sur la religion.

— Alors qu'il s'agissait en fait de crimes de pouvoir, enchaîna Aphrodite, parce que Neferet veut que Kalona se réveille.

— Euh... et si on l'appelait « la reine », pour le moment ? proposai-je.

Tout le monde acquiesça. Aphrodite haussa les épaules :

— Ça me va.

— Attendez ! s'écria Damien. La prophétie pourrait signifier que c'est grâce à la mort de la reine que Kalona reviendra. Si la reine est celle que nous croyons, je ne la vois pas se sacrifier pour donner le pouvoir à quelqu'un d'autre.

— Si ça se trouve, elle ne connaît qu'une partie de la prophétie. Après tout, Grand-mère a dit que personne n'avait noté la chanson des Corbeaux Moqueurs. Elle est oubliée depuis des milliers d'années, seules quelques bribes ont été transmises au fil du temps.

— Hum, hum, fit Aphrodite.

Nous la regardâmes.

— Quoi ? demandai-je.

— Bon, je peux me tromper, mais si Kalona essayait de sortir de sa tombe ? Il y est enfermé depuis longtemps. Et si la terre qui le retient perdait de sa force ? Il est immortel ; il est peut-être en mesure de pénétrer l'esprit des gens. Nyx peut le faire, elle peut nous murmurer des choses. Et s'il en était capable, lui aussi ?

— Murmurer ! C'est ce que Nyx a dit, que Neferet écoutait les murmures de quelqu'un d'autre.

Je frissonnai à cette pensée. Mon instinct me soufflait que nous étions sur la bonne piste.

— Ce serait logique qu'il puisse atteindre l'esprit des personnes ouvertes au mal et à la mort, conclut Damien, comme les Tsi Sgili, et en particulier leur reine…

CHAPITRE VINGT-QUATRE

— Bon, passons à la strophe suivante et au couplet final, proposa Damien.

Par la main des morts il sera libéré
Beauté terrible, vision monstrueuse
À nouveau ils seront dominés
Les femmes s'agenouilleront devant sa puissance ténébreuse

La chanson de Kalona au cœur va droit
Car nous tuons de sang-froid

— Malheureusement, ce n'est pas très difficile à comprendre, commenta Erin.
Nous la dévisageâmes tous.
— À part dans le premier vers, il est clairement dit qu'il va recommencer à piller et à violer des femmes dès qu'il sera libre.
— Le premier vers décrit justement la façon dont il va être libéré : « Par la main des morts », dit Damien. Et, si on garde à l'esprit la strophe précédente, les morts vont provoquer quelque chose de si terrible et de si violent que la terre saignera.

— Oui, et le début de la prophétie laisse entendre que la personne qui fera saigner la terre est la reine Tsi Sgili, ajoutai-je. Si elle est celle à laquelle nous pensons, cela ne colle pas. Elle n'est pas morte.

— Et si ce n'était qu'un symbole ? réfléchit à voix haute Aphrodite. Comment quelqu'un qui est mort pourrait-il faire saigner quoi que ce soit ? Ça n'a pas de sens ! Et puis, cette Tsi Sgili ne peut pas mourir et saigner ; les morts ne saignent pas. Ou alors pas longtemps.

— Oh ! Oh non !

Soudain, je sus ce que signifiait la prophétie. Choquée, je dus m'allonger sur le lit.

— Zoey ! Que se passe-t-il ? demanda Damien en m'éventant avec la feuille de papier.

— Si tu vomis sur mon lit, je te tue, me prévint Aphrodite.

J'attrapai le bras de Damien.

— C'est Lucie ! Elle était morte, et elle est revenue à la vie. Elle saigne. Et elle a des pouvoirs psychiques, ainsi que des pouvoirs liés à son affinité avec la terre. Et si c'était elle, la reine ?

— Et elle a un tatouage rouge, murmura Erin, comme dans l'histoire de la fille que les Ghiguas avaient créée pour Kalona.

— C'est en effet un point commun, commenta Shaunee.

— Lucie ! Oh, bon sang ! Lucie ! s'écria Jack, livide.

Aphrodite croisa mon regard.

— Je vais devoir adhérer à la théorie selon laquelle ce pourrait être Lucie.

— Mais non ! objecta Damien. Lucie était ignoble quand elle a perdu son humanité, mais elle s'est transformée, et elle est redevenue elle-même. Elle ne peut pas être la reine Tsi Sgili, parce qu'elle n'est pas mauvaise.

— Lucie n'est plus comme avant, souligna Aphrodite après m'avoir regardée avec insistance.

— Ce qui est normal, vu tout ce qu'elle a vécu, m'empressai-je de préciser.

Je refusais de croire que Lucie était mauvaise. Différente, oui ; mauvaise, sûrement pas.

— Il me paraît plus sensé qu'un des autres morts vivants soit la Tsi Sgili. Après tout, tu as dit toi-même que...

Je m'interrompis : Aphrodite me faisait signe de me taire. Les autres me dévisageaient, bouche bée.

— Euh... Je te rappelle qu'ils ne sont pas au courant pour les autres, fit Aphrodite avant de lever les yeux au ciel devant l'expression ahurie de mes amis. Oups. Je vais laisser Zoey se débrouiller, cette fois. Vas-y, explique-leur.

Zut ! J'avais oublié que je leur avais caché ça.

Je décidai de me montrer ferme. De leur dire la vérité, toute la vérité, et d'en finir une bonne fois pour toutes avec les cachotteries. Et, si cela ne marchait pas, je fondrais en larmes.

— OK. Vous vous souvenez des novices qui sont morts ?

Ils hochèrent la tête avec raideur.

— L'affreux Elliott et Elizabeth Sans-Nom-de-Famille, et d'autres encore ?

Ils acquiescèrent de nouveau.

— Eh bien, ils ne sont pas morts. Il leur est arrivé la même chose qu'à Lucie – enfin, pas exactement. C'est assez compliqué. En gros, ils sont toujours en vie, sauf que leurs croissants de lune sont devenus rouges, et qu'ils squattent les souterrains avec Lucie.

Aussi étonnant que cela puisse paraître, c'est Jack qui vola à mon secours.

— Je suppose que cela fait partie des choses que tu ne pouvais pas nous dire parce que tu ne voulais pas qu'on y réfléchisse et que Neferet puisse lire dans nos pensées et découvrir ce que tu savais ?

Je l'aurais embrassé.

Je regardai mes amis. Damien et les Jumelles allaient-ils accepter aussi facilement cet aveu de mensonge ? Je les vis échanger un long regard.

Damien parla le premier.

— Neferet a un rapport avec ces morts vivants, n'est-ce pas ?

J'hésitai, voulant les protéger de la vérité aussi longtemps que possible.

— Oui, répondit Aphrodite à ma place, Neferet se cache derrière tout ça. C'est pour ça que Zoey ne voulait pas vous parler des autres novices rouges. Neferet est dangereuse, et Zoey voulait vous épargner. Mais au point où nous en sommes…

— Oui, fis-je lentement, il faut que vous sachiez tout.

— En effet, dit Damien d'un ton déterminé. Il est grand temps. Nous sommes prêts, et nous n'avons pas peur. Alors, parle.

J'inspirai à fond et je leur racontai tout. De la première fois où j'avais vu les « fantômes », qui s'étaient avérés être Elliott et Elizabeth (que j'avais dû tuer, pour de bon cette fois, grâce au pouvoir du feu, pour sauver Heath), aux souterrains. Je leur dis même qu'il était possible que Stark ressuscite.

Un long silence suivit ma déclaration.

— Waouh, fit enfin Jack.

Il se tourna vers Aphrodite :

— Alors, tu es la seule à qui elle pouvait en parler parce que, pour une raison inconnue, les vampires ne peuvent pas lire dans tes pensées ?

— Oui, répondit-elle.

Elle se redressa, l'air froid et hautain, comme si elle se préparait à ce qu'ils s'en prennent à elle et lui disent qu'ils n'avaient plus besoin d'elle maintenant qu'ils savaient tout.

— Ça a dû être difficile, fit Jack, d'autant plus que nous étions méchants avec toi.

Elle cligna des yeux, surprise.

— Je suis désolé de t'avoir balancé certaines choses, intervint Damien. Tu as été une bonne amie pour Zoey quand nous n'étions pas là pour elle.

— Bien dit, déclara Shaunee.

— Malheureusement, oui, bien dit, confirma Erin.

Aphrodite paraissait sous le choc. Je lui souris et lui fis un petit clin d'œil. Apparemment, elle faisait désormais partie du troupeau de ringards.

— Bon, on ne va pas y passer la nuit ! Nous avons du pain sur la planche, repris-je. Nous devons nous assurer que, si Stark se réveille, il ne le fasse pas en présence de Neferet, qui attend de faire de lui un de ses esclaves.

— Si nous devons parler de lui, je pense qu'il faudrait juste l'appeler J. S., ou épeler son nom, par respect pour Duchesse, proposa Jack en couvrant les oreilles de la chienne.

Je plongeai mon regard dans les yeux marron de Duchesse. Pendant un instant, j'en restai prisonnière. Je jure y avoir lu de la tristesse et une bonté profonde, sans limites.

— D'accord, on se servira uniquement de ses initiales, décidai-je, soulagée.

Si nous ne le mentionnions que de cette façon, je n'aurais pas l'impression que nous parlions vraiment de *lui*, et je ne penserais peut-être pas à ce qui s'était passé entre nous juste avant sa mort.

— Donc, dit Aphrodite, au lieu d'essayer de voler le corps de… euh… de J. S. pour le cacher dans le placard de Zoey ou je ne sais où, j'ai eu une excellente idée. J'ai acheté une caméra de surveillance miniature.

— Oh, cool ! s'exclama Jack.

— Tu sais comment ça fonctionne ? demanda Aphrodite.

— Oui.

— Tant mieux. Tu installeras la caméra dans la morgue et tu apporteras le moniteur à Zoey.

— La morgue ? répéta Jack, livide. Là où ils gardent les cadavres ?

— Ne vois pas les choses comme ça, intervins-je. C'est comme si J. S. dormait, sauf qu'il ne respire pas.

— Oh, fit Jack sans conviction.

— Tu peux le faire ? demandai-je, contente de ne rien connaître à l'électronique, ce qui m'empêchait de me charger de cette tâche.

— Oui, je crois, répondit-il avec détermination en passant le bras autour du cou de Duchesse.

— Bien ! Dans ce cas, le problème est réglé.

Du moins, jusqu'à ce que Stark se réveille – s'il se réveillait… J'espérais cependant disposer d'un ou deux jours avant ça.

Penser à lui m'était douloureux, alors je changeai de sujet.

— Revenons à la prophétie. Je crains vraiment que le vers : « Par la main des morts » ne fasse allusion à Lucie.

— Je suis persuadé que Lucie n'est pas impliquée là-dedans et qu'elle n'essaie pas de faire revenir l'ange déchu, dit Damien.

— Et ses copains, les vampires nouvelle génération ? intervint Jack.

— Ce ne sont pas des vampires à proprement parler, rectifiai-je. Lucie est la seule à s'être transformée. Les autres sont des novices.

— Il paraîtrait plus logique que ce soit l'un d'entre eux, déclara Damien.

— Lucie ne se lierait pas avec un type comme ça, enchérit Erin.

— Impossible, acquiesça Shaunee.

Aphrodite se contenta de me regarder.

— Mais, d'après Zoey, les autres novices sont répugnants, rappela Jack.

— Je ne les ai pas vus depuis la Transformation de Lucie, fis-je, mais elle prétend qu'ils sont sous contrôle, et qu'ils ont retrouvé leur humanité. Alors je réserve mon jugement.

— Quoi qu'il en soit, nous devons garder un œil sur eux, lança Damien. Nous devons savoir ce qu'ils font. À qui ils parlent. Ce qu'ils pensent. Si nous le savons, nous saurons également si ce démon essaie de contacter l'un d'eux pour l'utiliser.

— Dans ce cas, c'est une bonne chose que Lucie vienne au rituel demain avec ses novices rouges, annonçai-je.

Mes amis me dévisagèrent, interdits. Je regardai Aphrodite, qui soupira :

— Je n'ai plus d'affinité avec la terre.

Puis elle passa le dos de sa main sur son front et effaça

le faux croissant de lune couleur saphir qu'elle avait dessiné.

— Je ne suis plus une novice. Je suis redevenue humaine.

— Enfin, pas une humaine ordinaire, précisai-je. Elle a toujours des visions, comme le prouve la prophétie qu'elle vient de recopier pour nous. Et elle compte toujours beaucoup pour Nyx. La déesse elle-même l'a affirmé.

— Waouh, c'est carrément bizarre ! souffla Jack.

— Alors, tout comme Lucie et les novices rouges, Aphrodite appartient à une nouvelle espèce, fit Damien d'un air pensif.

— On dirait bien, confirmai-je.

— Les choses changent, murmura-t-il lentement. L'ordre mondial se transforme.

Un frisson glacé me parcourut le dos.

— Est-ce une bonne ou une mauvaise nouvelle ?

— Il est trop tôt pour le savoir, répondit-il.

— C'est effrayant, lâcha Jack.

Je regardai mes amis. Ils paraissaient tous apeurés, pleins de doute, et j'eus la conviction que cela ne pouvait fonctionner ainsi. Nous devions être forts ; nous devions nous serrer les coudes et croire en nous.

— À mon avis, il n'y a là rien d'effrayant, déclarai-je.

C'était un mensonge éhonté, mais plus je parlais, plus j'en étais convaincue.

— Le changement peut faire peur, mais il doit se produire pour que les choses avancent, pour que *nous* avancions. Et puis, nous sommes ensemble. Le changement n'est pas si terrible quand on n'y fait pas face tout seul.

La confiance grandissante que je lus sur leurs traits me fit penser que, peut-être, un jour, je pourrais être une grande prêtresse correcte.

— Alors, c'est quoi, le plan ? demanda Damien.

— Toi et Jack, vous allez installer la caméra de surveillance dans la morgue. Vous pensez pouvoir y arriver sans vous faire prendre ?

— On devrait créer une diversion, dit Jack en regardant Duchesse, puis Maléfique, qui avait passé une heure à grogner d'un air mauvais en fixant le chien depuis la salle de bains. Avec l'aide d'Aphrodite.

— D'accord. Mais, si mon chat bouffe ce chien, je ne veux pas vous entendre vous plaindre, même si S-t-a-r-k se réveille et se met en colère parce que son labrador est en lambeaux.

— Euh, essayez simplement de créer une diversion, pas un bain de sang, intervins-je.

— Marché conclu, dirent Damien et Jack.

— Je vais aller voir Shekinah pour lui annoncer que ma grand-mère va venir me rendre visite, et lui demander si elle peut séjourner dans une chambre d'amis, dis-je.

— Et nous, nous allons éviter Neferet, fit Erin.

J'allais acquiescer, mais Aphrodite me devança :

— Non !

— Comment ça, non ? Bien sûr que nous devons l'éviter ! Si elle se met à lire dans nos pensées, elle découvrira que nous savons tout sur Lucie et les autres. Et, si elle est réellement la reine des Tsi Sgili, elle apprendra que nous savons tout sur elle, les Corbeaux Moqueurs et Kalona, énuméra Damien, exaspéré.

— Attends une seconde ! intervins-je. Pourquoi tu penses le contraire, Aphrodite ?

— C'est simple. Si le troupeau de ringards l'évite, Neferet va sans aucun doute commencer à écouter leurs pensées. Elle les écoutera longuement, attentivement. Mais si Damien, Jack et les Jumelles débiles se comportent comme d'habitude ? Si, au lieu de la fuir, ils vont la saluer, lui poser des questions sur leurs devoirs, se plaindre que la nourriture est trop saine ?

— Ce ne serait pas un mensonge, dit Jack.

— Quand ils seront en sa présence, Jack n'aura qu'à penser que c'est trop stressant de s'occuper d'un chien à plein temps. Damien, lui, songera à ses devoirs et aux beaux yeux de Jack, et les Jumelles aux soldes d'hiver chez Saks, qui démarrent la semaine prochaine, soit dit en passant.

— C'est pas vrai ! s'écria Shaunee. Déjà ?

— Je le savais ! Je savais qu'elles allaient commencer tôt cette année, dit Erin. Avec cette satanée tempête de neige, ils doivent augmenter les ventes. Du coup, le calendrier traditionnel des soldes est bouleversé.

— Vous voyez ? Si les ringards font semblant d'avoir la tête aussi vide que Neferet le croit tout au fond d'elle, elle ne cherchera pas plus loin, conclut Aphrodite.

— Tu penses réellement qu'elle croit que nous n'avons rien dans la tête ? voulut s'assurer Damien.

— Moi, elle me sous-estime constamment. Elle doit sans doute vous sous-estimer aussi.

— Si c'est vrai, nous avons un grand avantage sur elle, se réjouit Damien.

— Jusqu'à ce qu'elle comprenne son erreur…, nuança Aphrodite.

— Espérons que ça lui prendra un moment, dis-je. Bon, je vais aller voir Shekinah. À partir de maintenant, nous devons rester tous ensemble autant que possible. Même si, d'après Grand-mère, les Corbeaux Moqueurs ne sont que des esprits, je suis certaine que l'un d'eux m'a attaquée hier. Et puis, j'ai un mauvais pressentiment. Si Kalona devient de plus en plus fort, peut-être est-ce leur cas également ? Si ça se trouve, ils peuvent blesser non seulement les vieux proches de la mort, mais aussi des jeunes en bonne santé.

Jack frissonna.

— Tu me files les jetons.

— Tant mieux. Si tu as peur, tu seras plus prudent.

— Je ne veux pas avoir peur, et je ne veux pas m'introduire en cachette dans une morgue, avoua-t-il.

— Souviens-toi, il est juste en train de dormir, dit Damien en lui passant le bras autour des épaules. Ramenons Duchesse dans ma chambre et mettons au point une diversion. Tu viens avec nous, Aphrodite ?

— Vous allez vous servir de mon chat.

Les garçons hochèrent la tête, l'air malicieux.

— Dans ce cas, je viens avec vous. Je vais laisser Maléfique ici jusqu'au dernier moment.

— Bonne idée, commenta Damien.

Je regardai les Jumelles :

— Je n'ai pas besoin de vous dire de ne pas vous séparer, n'est-ce pas ?

— Non, répondit Erin.

— Et si nous allions chercher des ingrédients pour faire des bouquets d'herbes ? proposa Shaunee.

— Attendez un peu, demanda Jack. Vous pourriez peut-être nous aider à faire diversion.

— Belzébuth n'est pas commode, le prévint Shaunee.

— C'est exactement ce qu'il nous faut, déclara-t-il avec un grand sourire.

— Pauvre Duchesse ! soupira Erin.

— Bien, nous savons tous ce que nous avons à faire, dit Damien. Alors allons-y.

Pendant que nous quittions sa chambre, Aphrodite me retint.

— On se retrouve ici le plus vite possible. Apparemment, il va falloir qu'on reste ensemble, toutes les deux.

Je lui fis un clin d'œil :

— Tu t'es mise dans un sacré pétrin, hein ?

Elle leva les yeux au ciel, sortit un miroir de son sac et redessina rapidement son faux tatouage. Je l'entendis marmonner :

— Ouais... Des visions qui me font les yeux rouges, des amis ringards, un vieux démon... J'ai hâte de connaître la suite !

CHAPITRE VINGT-CINQ

Alors que je marchais dans l'allée menant du dortoir des filles au bâtiment principal, je pensai qu'il ne serait pas très malin de me présenter devant Shekinah tendue et stressée. Je pris donc plusieurs inspirations purificatrices pour me calmer et mettre mes pensées au clair. J'essayai de me détendre et d'apprécier cette belle nuit, étonnamment douce pour la saison. Les lampes à gaz et les arbres dénudés projetaient de jolies ombres sur le gazon et les haies ; une brise légère portait l'odeur de cannelle et de terre que dégageaient les feuilles tapissant le sol. Je croisai des groupes d'élèves qui allaient aux dortoirs ou à la cafétéria en parlant et en riant. Plusieurs me dirent bonjour ; d'autres me saluèrent respectueusement. Malgré les problèmes que j'allais devoir affronter, j'étais optimiste. Je n'étais pas seule. Mes amis étaient avec moi, et pour la première fois depuis longtemps ils savaient tout. Je ne leur mentais pas, je n'esquivais pas leurs questions, et j'en étais très heureuse.

Nala sortit de l'ombre et s'approcha de moi en miaulant et en me jetant un regard plein de reproches. Elle sauta pour se jeter dans mes bras, et je la rattrapai tant bien que mal.

— Hé, tu aurais pu prévenir, espèce de chat volant !

m'écriai-je avant d'embrasser la tache blanche sur son museau et de lui chatouiller les oreilles.

Je m'éloignai de la partie fréquentée du campus, me dirigeant vers la section plus calme où se trouvaient la bibliothèque et les salles des professeurs. La nuit était vraiment belle ; le ciel d'Oklahoma, clair et rempli d'étoiles scintillantes. Nala posa la tête sur mon épaule et se mit à ronronner, satisfaite.

Soudain, je sentis tout son corps se tendre.

— Nala ? Qu'est-ce qui... ?

Alors, j'entendis un croassement très proche. Le cri fut repris par un autre corbeau, puis un autre, et un autre encore. C'était terrifiant ! Je compris pourquoi on les appelait les Corbeaux Moqueurs. Si on l'écoutait attentivement, on décelait dans leur cri la mort, la peur et la folie. La brise tiède et parfumée céda la place à un néant glacial, comme si je venais de pénétrer dans un mausolée. Mon sang se figea.

Nala poussa un grognement, long et menaçant, scrutant par-dessus mon épaule l'obscurité qui enveloppait les chênes immenses, si familiers. Mais, ce soir, ils abritaient des monstres. Je me mis à marcher plus vite, cherchant des yeux les élèves qui m'entouraient quelques minutes plus tôt. Personne ! Nala et moi étions seules, cernées par la nuit et ce qu'elle dissimulait.

Les corbeaux croassèrent de nouveau. Mes poils se dressèrent ; Nala gronda et cracha. Des ailes se mirent à battre autour de moi, si près que je sentais l'air froid qu'elles déplaçaient. Puis je les sentis, *eux*. Ils puaient la viande pourrie. Une odeur de mort, répugnante. Le goût de la peur envahit ma bouche.

D'autres croassements s'élevèrent ; je voyais désormais dans l'obscurité des ombres mouvantes. J'aperçus quelque chose de brillant, acéré et crochu. Comment leurs becs pouvaient-ils luire à la lumière des lampes à gaz si les corbeaux n'étaient que des esprits ? Comment des esprits pouvaient-ils avoir une odeur ? Et, s'ils n'étaient plus des esprits, qu'est-ce que ça signifiait ?

Je m'arrêtai, ne sachant que faire : me mettre à courir ou rebrousser chemin ? Alors que je restais là, paralysée et indécise, une masse noire se détacha d'un arbre et fondit sur moi. Je la regardai s'approcher, haletant de terreur. Ses ailes horribles fendaient l'air putride, glacé. Et soudain je vis les yeux humains dans la tête déformée de l'oiseau... Et des bras, les bras d'un homme aux mains tordues, grotesques, en forme de serres, sales et déchiquetées. La créature ouvrit son bec crochu et poussa un cri à vous glacer le sang.

— Non ! criai-je en reculant. Va-t'en !

Je fis volte-face et m'enfuis en courant.

Il me rattrapa. Sentant ses mains froides sur mes épaules, je hurlai. Nala sauta par terre et se mit en position d'attaque. Les ailes immondes de la créature se déplièrent autour de moi, me clouant sur place. Elle s'appuya contre mon dos dans une parodie d'étreinte et passa la tête par-dessus mon épaule, de sorte que son bec se posa contre mon cou, là où mon pouls battait frénétiquement. Sa langue jaillit et me lécha la gorge, comme si elle se préparait à la trancher.

J'étais figée par la peur : la vision d'Aphrodite était en train de se réaliser, sauf que c'était un démon qui allait me tuer, et non Neferet. « Non ! Ô déesse, non ! suppliai-je intérieurement. Esprit ! Appelle quelqu'un à mon secours ! »

— *Zoey ?* demanda la voix de Damien, portée par le vent.

— Damien, aide-moi, réussis-je à chuchoter.
— *Vent, sauve Zoey !* cria-t-il.

À cet instant, une violente bourrasque souleva la créature dans les airs. Elle eut cependant le temps de glisser son bec sur ma gorge. Je tombai à genoux et portai la main à mon cou brûlant, m'attendant à y trouver du sang. Mais il n'y avait rien, à part une griffure qui me faisait terriblement mal.

Le battement d'ailes derrière moi me poussa à me relever et à me retourner. Mais désormais, le vent, qui soufflait doucement, n'était pas froid et n'empestait pas la mort. Il était familier, empli de la force de l'amitié de Damien. Le fait de réaliser que je n'étais pas seule – que mes amis ne m'avaient pas abandonnée – dissipa la panique qui m'avait fait perdre la tête, et mon cerveau se remit à fonctionner. Étaient-ce des esprits, des oiseaux monstrueux ou les esclaves des désirs tordus de Neferet ? Cela n'avait pas d'importance. Je savais comment les maîtriser.

Je me tournai vers l'est, levai les deux bras au-dessus de la tête et fermai les yeux, ignorant les moqueries des oiseaux maléfiques.

— Vent ! Souffle fort, souffle puissamment, et montre à ces créatures ce qu'il en coûte d'attaquer un être cher à la déesse !

Je projetai mes mains en avant, en direction des créatures qui avaient pris le contrôle de la nuit. Celle qui avait essayé de me trancher la gorge fut la première à être emportée par une rafale. Projetée contre le mur de pierre qui encerclait le campus, elle se décomposa et parut se dissoudre dans la terre.

— Tous ! m'écriai-je, la peur décuplant la force de ma voix. Emporte-les tous !

Je ressentis un énorme soulagement lorsque les croassements moqueurs des corbeaux se transformèrent en cris de panique, avant de s'évanouir. Alors, je baissai mes bras tremblants.

— Au nom de ma déesse, Nyx, je te remercie, vent. Je te libère, et te prie de dire à Damien que je vais bien maintenant.

Avant de me quitter, le vent caressa brièvement mon visage et s'emplit soudain d'autres présences que celle de Damien. Sa chaleur me rappelait Shaunee, et son odeur évoquait la force vitale d'une pluie de printemps, signe qu'Erin était là également. Les trois éléments de mes amis s'étaient réunis pour créer une brise réparatrice qui enveloppa mon cou telle une écharpe de soie, apaisant ma blessure. Lorsque la douleur eut complètement disparu, le vent s'en alla, emportant avec lui la chaleur du feu et la touche calmante de l'eau, me laissant seule dans la nuit paisible et le silence.

J'effleurai ma gorge : rien, pas une égratignure. Je fermai les yeux et rendis grâce à Nyx de m'avoir donné de tels amis. Avec leur aide, j'avais déjoué une des visions de mort d'Aphrodite. Il n'en restait plus qu'une à affronter...

Je pris Nala dans mes bras et, la serrant contre moi, je partis aussi vite que possible, essayant de maîtriser les tremblements qui secouaient tout mon corps.

J'étais agitée et ultrasensible quand j'arrivai devant le bâtiment principal. Comme mon instinct me soufflait qu'on ne devait pas me voir dans cet état, j'appelai l'esprit et m'enveloppai de silence et d'obscurité. Je me déplaçai donc dans les couloirs presque déserts sans que personne me remarque. Ce stratagème me donnait une impression de détachement, comme si je ne cachais pas seulement mon corps, mais aussi mes pensées. Alors que je m'approchais de la salle du conseil, la peur mêlée au sentiment de triomphe qui frémissait en moi se calma peu à peu et je commençai à respirer plus facilement.

Même si ce n'était pas la main de Neferet qui avait essayé de m'égorger, je savais au fond de moi que la grande prêtresse n'était pas étrangère à ce qui s'était passé.

Je réfléchis : pourrais-je vaincre à nouveau les Corbeaux Moqueurs ? Sous cette forme, moitié esprit, moitié humaine, oui – avec l'aide de mes amis et des éléments.

Pourrais-je les vaincre s'ils étaient pleinement formés et en possession de tout leur pouvoir ?

Je frissonnai, terrifiée. Puis je fis ce qu'aurait fait n'importe quel adolescent normal : je décidai d'y penser plus tard. Un proverbe me vint à l'esprit : « À chaque jour suffit sa peine », et je plongeai dans le monde merveilleux du déni.

Sans un bruit, je gravis l'escalier menant à la salle du conseil, en face de la bibliothèque, où j'espérais trouver Shekinah. Je m'apprêtais à ouvrir la porte lorsque j'entendis une voix familière, et je me félicitai d'avoir suivi mon instinct et de m'être dissimulée.

— Alors, vous admettez la ressentir, vous aussi, cette impression que quelque chose ne tourne pas rond ?

— Oui, Neferet, j'ai le sentiment dérangeant que quelque chose ne va pas, dans cette école. Rappelez-vous, je me suis toujours opposée à ce qu'on rachète ce campus aux moines de Cascia Hall, il y a cinq ans.

— Nous avions besoin d'une Maison de la Nuit dans cette partie du pays.

— À l'époque, je n'étais pas d'accord avec cet argument, et je ne le suis pas plus aujourd'hui. Ces morts récentes prouvent que nous ne devrions pas être ici.

— Ces meurtres prouvent, au contraire, qu'il nous faut une présence renforcée ici, et dans le monde entier ! s'emporta Neferet.

Je l'entendis inspirer à fond, comme si elle s'efforçait de se maîtriser. Lorsqu'elle reprit la parole, sa voix était beaucoup plus calme.

— Ce mauvais pressentiment dont nous parlions n'a rien à voir avec vos réticences à ouvrir cette école. Il s'agit de quelque chose de différent, de plus maléfique, qui a empiré ces derniers mois.

Il y eut un long silence avant que Shekinah ne réponde.

— Je ressens effectivement de la malveillance ici, sans pouvoir la nommer. Elle me semble cachée, dissimulée dans quelque chose qui ne m'est pas familier.

— Moi, je suis en mesure de la nommer, dit Neferet.

— Que soupçonnez-vous ?

— J'en suis venue à croire que le mal a pris l'apparence d'un élève, et c'est pour cela qu'il va être difficile à révéler.

— Je ne comprends pas, Neferet. Suggérez-vous qu'un des novices porte le mal en lui ?

— Cela m'attriste beaucoup, mais j'en suis persuadée, oui.

Neferet parlait d'une voix emplie de tristesse, comme si elle n'osait pas révéler ce qu'elle soupçonnait.

Je secouai la tête : quelle comédienne !

— Je vous le demande de nouveau : que suspectez-vous ?

— Pas « que », mais « qui », répondit Neferet. Shekinah, ma sœur, cela me blesse, mais ce malaise profond que je ressens, que *vous* ressentez, a commencé le jour de l'arrivée d'une élève dans notre Maison de la Nuit, et depuis il ne fait que s'intensifier.

Elle fit une pause, et, même si je savais ce qui allait suivre, je fus choquée en l'entendant dire :

— Je crains que Zoey ne cache un terrible secret.

— Zoey ? s'écria Shekinah. Mais elle est la novice la plus douée de l'histoire ! Jamais un élève n'a pu contrôler les cinq éléments, entouré de pairs aussi puissants. Ses plus proches amis possèdent tous une affinité avec un élément. Comment pourrait-elle être si douée et porter le mal en elle ?

— Je ne cesse de me poser cette question...

La voix de Neferet se brisa.

— Je suis son mentor, reprit-elle. Imaginez combien il m'est difficile de penser ces choses, et plus encore de vous les révéler !

— De quelles preuves disposez-vous pour appuyer vos dires ? demanda Shekinah, qui, à mon grand soulagement, ne semblait pas convaincue.

— Un adolescent qui était autrefois son amant a failli être tué par des esprits qu'elle avait invoqués quelques jours seulement après avoir été marquée.

Heath et moi, amants ? C'était faux, Neferet le savait très bien. Et ce n'était pas moi qui avais appelé ces esprits maléfiques, mais Aphrodite. Oui, ils auraient dévoré Heath – et Erik – si je ne les en avais pas empêchés, avec l'aide de Lucie, de Damien et des Jumelles.

— Un mois plus tard, deux autres adolescents avec qui elle avait, disons, une relation intime ont été enlevés et brutalement assassinés. Quand un autre humain a disparu, la communauté a commencé à paniquer et, comme par hasard, Zoey l'a sauvé.

Oh, déesse ! Neferet mentait sans vergogne ! C'étaient

ses horribles morts vivants qui avaient tué les deux footballeurs d'Union, et je n'avais certainement pas eu de relations intimes avec eux ! J'avais (encore) sauvé Heath, je l'avais arraché aux griffes de ses sous-fifres répugnants et sanguinaires !

— Quoi d'autre ? demanda Shekinah avec calme.

— La dernière partie est la plus difficile à admettre… Zoey comptait énormément pour Patricia Nolan. Elles ont passé beaucoup de temps ensemble avant que Patricia soit assassinée.

Je l'écoutais, révoltée. Bien sûr, j'avais apprécié le professeur Nolan, et cela avait été réciproque, mais je n'avais jamais passé de temps avec elle.

Je sus alors quelle serait sa prochaine accusation.

— Et j'ai des raisons de croire que Zoey était devenue la maîtresse de Loren Blake juste avant qu'il soit lui aussi assassiné. À vrai dire, je suis sûre qu'ils avaient imprimé.

Neferet se mit à sangloter.

— Pourquoi n'avez-vous pas fait un rapport au conseil ? lui reprocha sévèrement Shekinah.

— Qu'aurais-je pu dire ? Que je pensais que la plus douée des novices s'était alliée avec les forces du mal ? Comment aurais-je pu porter une telle accusation contre une jeune fille, avec pour seules preuves des coïncidences, des suppositions et un pressentiment ?

C'était pourtant exactement ce qu'elle était en train de faire !

— Mais, Neferet, si un novice commence à fréquenter un professeur, il est du devoir d'une grande prêtresse d'y mettre un terme et d'en informer le conseil.

— Je sais ! s'écria Neferet, qui pleurait toujours. J'ai eu tort. J'aurais dû réagir. Si je l'avais fait, j'aurais peut-être pu empêcher sa mort.

Il y eut un long silence, puis Shekinah reprit la parole :

— Vous et Loren étiez amants, n'est-ce pas ?

— Oui ! sanglota Neferet.

— Vous avez conscience que votre relation avec Loren pourrait influencer votre jugement ?

— Oui, répondit la grande prêtresse, faisant semblant de se reprendre. C'est également pour cela que j'hésitais à confier mes soupçons.

— Avez-vous sondé l'esprit de Zoey ?

Je frissonnai.

— J'ai essayé. Je ne peux pas lire dans ses pensées.

— Et ses amis ? Les autres novices aux affinités puissantes ?

Je tendis l'oreille, inquiète.

— J'ai vérifié de temps à autre. Je n'ai rien trouvé d'anormal. Pour l'instant.

Shekinah soupira.

— C'est une bonne chose que je sois ici jusqu'à la fin du semestre ! Je vais observer Zoey et ses amis. Il y a des chances, de grandes chances, pour que Zoey soit au cœur de tous ces événements uniquement parce qu'elle est très puissante. Peut-être a-t-elle été placée ici par Nyx pour contrecarrer les projets du mal.

— Je l'espère sincèrement, lâcha Neferet.

Je serrai les poings : quelle menteuse !

— Nous allons la surveiller, répéta Shekinah.

— Méfiez-vous des faveurs qu'elle vous demandera, dit Neferet.

Quoi ? Des faveurs ? Je ne lui avais jamais demandé de faveurs ! Soudain, je compris ce que faisait cette garce : elle essayait de faire en sorte que Grand-mère ne puisse pas séjourner sur le campus.

Un profond malaise m'envahit subitement : comment savait-elle que Grand-mère allait venir ?

Un énorme chahut dehors couvrit la réponse de Shekinah. Je m'approchai d'une fenêtre et regardai dans la cour. Je mis la main sur la bouche pour ne pas éclater de rire.

Duchesse, aboyant comme une folle, poursuivait Maléfique, qui crachait et sifflait. Aphrodite courait après le chien, lui criant : « Stop ! Arrête ! Laisse-la tranquille ! » Damien, qui la talonnait, agitait les bras et hurlait : « Duchesse ! Au pied ! » Tout à coup, le chat des Jumelles, l'énorme Belzébuth, se mêla à la farandole, pour pourchasser Duchesse.

— Non ! Belzébuth ! cria Shaunee de toutes ses forces.
— Belzébuth ! Duchesse ! Arrêtez ! glapit Erin.

À cet instant, Darius apparut dans le couloir ; je me cachai derrière les rideaux, me demandant s'il pouvait me détecter. Apparemment non, car il entra dans la salle du conseil sans me prêter attention. Je l'entendis dire à Neferet qu'on avait besoin d'elle dehors, où il y avait une « altercation ». Neferet sortit précipitamment.

Je notai que je n'avais pas vu Jack.

Voilà ce que j'appelais une excellente diversion !

CHAPITRE VINGT-SIX

Écoutant mon instinct, je descendis rapidement l'escalier. Alors seulement, je repris mon apparence et, redevenue visible, je remontai à l'étage, visible cette fois, en m'efforçant de rester calme et naturelle. « Neferet est une sale menteuse, et Shekinah est très, très sage... » me répétais-je.

Je frappai deux fois à la porte.

— Tu peux entrer, Zoey ! cria Shekinah.

Je préférai ne pas me demander si elle s'était doutée de ma présence pendant sa conversation avec Neferet... Je me forçai à sourire et j'entrai. Mon poing sur le cœur, je la saluai en m'inclinant respectueusement.

— Bonjour, Shekinah.

— Bonjour, Zoey Redbird, dit-elle de sa voix habituelle. Alors, comment s'est passée ta visite aux Chats de gouttière ?

— Saviez-vous que l'association était dirigée par des nonnes bénédictines ? demandai-je en souriant.

— Non, répondit-elle en me rendant mon sourire, même si je m'attendais à ce qu'elle soit dirigée par des femmes. Les femmes entretiennent depuis longtemps un lien très fort avec les chats. Les bonnes sœurs ont-elles accepté ta proposition ?

— Absolument. Elles ont été très gentilles. Oh, et Aphrodite a adopté un chat ! Enfin, il serait plus exact de dire que c'est Maléfique qui a adopté Aphrodite…

— Maléfique ? Quel nom étrange !

— Oui, mais il lui va bien. C'est elle qui est à l'origine de ce boucan dehors.

Des miaulements, des aboiements et des cris montaient toujours de la cour.

— Alors, si j'ai bien compris, les nonnes ont deux raisons de te remercier : pour le bénévolat, et pour les avoir aidées à se débarrasser d'un félin insupportable.

— Exactement. Sœur Marie Angela m'a demandé de retenir avec vous une date pour la vente de charité. Elle a dit qu'elles adapteraient leur planning au nôtre. Par ailleurs, elles vont ouvrir plus tard le samedi soir pour que nous puissions travailler avec elles une fois par semaine.

— Très bien. Je discuterai avec Neferet de la date qui arrange le mieux l'école. Zoey, ajouta-t-elle après une courte pause, Neferet est ton mentor, n'est-ce pas ?

Une sonnerie d'alarme retentit dans ma tête, mais je réussis à me détendre. J'allais répondre à ses questions aussi honnêtement que possible. Je n'avais rien fait de mal !

— Oui, en effet.

— Te sens-tu proche d'elle ?

— Nous étions très proches quand je suis arrivée ici. À vrai dire, ma mère et moi sommes en mauvais termes depuis plusieurs années, et Neferet était la mère que j'aurais voulu avoir, dis-je en toute sincérité.

— Cela a changé ? demanda-t-elle avec douceur.

— Oui.

— Et pourquoi ça ?

J'hésitai, réfléchissant à ce que je pouvais lui révéler. J'étais tentée de tout déballer : Lucie, la prophétie, ce que nous craignions de voir se produire. Mais mon instinct me souffla de ne pas le faire. Elle apprendrait la vérité le lendemain. D'ici là, je ne voulais pas que Neferet ait la moindre idée de ce qui allait se passer, à savoir qu'elle allait être confrontée à ses actes.

— Je ne saurais le dire, répondis-je.

— Essaie tout de même.

— Eh bien, je pense qu'elle a changé récemment, je ne sais pas pourquoi. Je préférerais ne pas en parler, si cela ne vous dérange pas.

— Bien sûr. Je comprends que tu aies besoin de garder certaines choses pour toi, Zoey. Mais n'oublie pas que je suis là si tu as besoin de te confier. Même si cela remonte à très longtemps, je me rappelle bien ce que c'est que d'être une novice puissante et d'avoir l'impression que toutes ces responsabilités sont trop lourdes à porter.

— Oui, dis-je, refoulant des larmes soudaines. C'est exactement ce que je ressens parfois.

Son regard franc était chaleureux et bienveillant.

— Les choses s'arrangent, je te le promets.

— Je l'espère vraiment. À ce propos, ma grand-mère aimerait venir me rendre visite. Nous sommes très proches, elle et moi. Je voulais passer du temps avec elle pendant les vacances, mais, comme vous le savez, elles ont été annulées. Pensez-vous qu'elle pourrait séjourner à l'école ?

Shekinah me fixa avec attention :

— Il y a des chambres pour les invités dans le bâtiment des professeurs, mais je pense qu'elles sont toutes prises.

— Et si elle restait dans la mienne ? Ma camarade, Lucie, est décédée le mois dernier, et elle n'a pas été remplacée ; son lit est libre.

— Je ne vois aucun mal à ce que ta grand-mère

séjourne dans ta chambre, si elle ne voit pas d'inconvénient à être entourée de novices.

— Grand-mère aime les jeunes, affirmai-je en souriant. Et puis, elle connaît plusieurs de mes amis, et ils l'adorent tous.

— Alors je préviendrai les Fils d'Erebus et Neferet que tu as la permission de l'accueillir dans ta chambre. Zoey, tu sais que demander des faveurs n'est pas toujours bien vu.

Je soutins son regard sans ciller.

— C'est la première faveur que je sollicite depuis mon arrivée à la Maison de la Nuit, dis-je, avant de me corriger. Non, pardon, la seconde. Après la mort de Lucie, j'ai demandé à garder quelques affaires qui lui appartenaient.

Shekinah hocha lentement la tête, et je priai pour qu'elle me croie. J'avais envie de crier : « Demandez aux autres professeurs ! Ils vous diront que je ne m'attends pas à avoir un traitement de faveur ! » Mais je ne pouvais rien dire qui lui laisse entendre que j'avais écouté sa conversation avec Neferet.

— Bien. Dans ce cas, tu es sur la bonne voie. Les dons de la déesse n'impliquent pas de privilèges, seulement des responsabilités.

— Je comprends, déclarai-je avec fermeté.

— Peut-être, oui. Maintenant, comme tu as des devoirs à faire et un rituel à préparer pour demain, je te souhaite bonne nuit, et sois bénie.

— Soyez bénie, répondis-je en la saluant avant de quitter la pièce.

J'étais soulagée : les choses ne s'étaient pas si mal passées. Bien sûr, Neferet, cette sorcière maléfique, mentait comme un arracheur de dents, mais ce n'était pas nouveau. Shekinah n'était pas stupide, et elle n'allait pas se laisser duper par elle (« contrairement à Loren », me souffla mon esprit). Grand-mère était en chemin, et elle allait rester le temps qu'il faudrait pour résoudre cette histoire de prophétie. Mes amis connaissaient enfin toute la vérité, je n'avais donc plus besoin d'inventer des excuses pour les éviter, et ils me protégeaient. Même si la seule pensée des Corbeaux Moqueurs me terrifiait, je pouvais contrôler ma peur si mes amis étaient à mes côtés. Et, demain, tout le monde saurait la vérité sur Lucie et les novices, et Neferet perdrait son emprise sur eux. Peut-être que Stark ressusciterait, et redeviendrait lui-même. La situation s'améliorait !

J'étais en train d'ouvrir la porte du bâtiment principal en souriant comme une imbécile lorsque je me cognai dans Erik.

— Oh, désolé, dit-il me prenant automatiquement par le bras, avant de réaliser qui il avait failli renverser. Oh, répéta-t-il d'une voix beaucoup moins aimable, c'est toi.

Je me dégageai et reculai, repoussant les cheveux de mon visage. Regarder ses yeux bleus, désormais froids, était comme plonger dans une eau glacée – et j'en avais marre.

— Il faut qu'on parle, dis-je en me mettant devant lui pour lui bloquer le passage.

— Alors vas-y.

— Voilà ! Tu as aimé m'embrasser aujourd'hui. Tu as beaucoup aimé.

Il me fit un sourire moqueur et étudié.

— Oui, et alors ? Je n'ai jamais prétendu que je n'aimais pas ça. Le problème, c'est que trop de garçons sont dans mon cas.

Je me sentis rougir.

— Je t'interdis de me parler comme ça !

— Ah bon ? Et pourquoi ? C'est la vérité. Tu embrassais ton petit ami humain. Tu m'embrassais, moi. Et tu embrassais Blake. Pour moi, ça fait beaucoup de garçons.

— Depuis quand es-tu un pauvre type ? Tu étais au courant pour Heath ! Je n'ai jamais essayé de te le cacher. Tu savais que c'était dur pour moi d'avoir imprimé avec lui et de tenir à toi en même temps.

— Oui, et Blake ? Explique-moi ça.

— Loren était une erreur ! criai-je, incapable de me maîtriser.

J'en avais assez qu'Erik me juge pour quelque chose que je m'étais reproché à moi-même un nombre incalculable de fois.

— Tu avais raison, repris-je. Il m'utilisait, mais pas comme tu le crois. Tu as surpris la scène entre Neferet et moi ; tu sais qu'il se passe des choses que les autres ignorent. Neferet a demandé à Loren, *son* amant, de me séduire, de me faire croire qu'il m'aimait parce que je n'étais pas comme les autres.

Je me tus, essuyant d'un geste rageur les larmes qui coulaient sur mes joues.

— En fait, ce que ces deux-là voulaient, c'était que mes amis me laissent tomber pour que je sois seule, blessée et paumée, et que mes pouvoirs ne signifient plus rien. Et cela aurait fonctionné si Aphrodite ne m'avait pas soutenue. Toi, par contre, tu n'as pas songé une seconde à me laisser une chance de m'expliquer.

Il passa la main dans ses épais cheveux noirs.

— Je l'ai vu te faire l'amour.

— Tu sais ce que tu as vu, Erik ? Tu l'as vu se servir

de moi. Tu m'as vue faire la plus grosse erreur de ma vie. Du moins, pour l'instant. Voilà ce que tu as vu !

— Tu m'as blessé, dit-il doucement, sans aucune trace de colère dans la voix.

— Je sais, et j'en suis désolée. Il faut croire qu'il n'y avait pas grand-chose entre nous si nous ne sommes pas capables de nous pardonner.

— Parce que j'ai quelque chose à me faire pardonner ?

Il se comportait de nouveau comme un pauvre type. J'en avais plus que marre de cet Erik-là. Je plissai les yeux et criai :

— Oui, figure-toi ! Tu disais que je comptais pour toi, mais tu m'as traitée de traînée. Tu m'as humiliée devant mes amis, devant toute la classe, alors que tu ne connaissais qu'une partie de l'histoire ! Tu n'es pas complètement innocent dans ce qui s'est passé !

Il me dévisagea, l'air surpris.

— Je ne savais pas que je ne connaissais qu'une partie de l'histoire.

— La prochaine fois, tu réfléchiras peut-être avant de te défouler sur moi.

— Du coup, tu me détestes, maintenant ?

— Non, je ne te déteste pas. Tu me manques.

Nous nous fixâmes du regard.

— Toi aussi, tu me manques, finit-il par avouer.

Mon cœur s'affola.

— Et si on recommençait à se parler, proposai-je, autrement qu'en nous hurlant dessus ?

Il me regarda pendant un long, très long moment. J'essayai de déchiffrer son regard, mais il ne me renvoyait que ma propre confusion.

Mon téléphone sonna, et je le sortis de ma poche. C'était Grand-mère.

— Désolée ! Allô, Grand-mère, tu es arrivée ?

Je hochai la tête quand elle me dit qu'elle venait de se garer.

— OK, je te rejoins dans quelques minutes. J'ai hâte de te voir ! Bisous !

— Ta grand-mère est là ? demanda Erik.

— Oui, elle va passer quelque temps ici. Comme je n'ai pas pu la voir pendant les vacances...

— Oh oui, je comprends. Bon, eh bien, à plus tard !

— Euh... tu veux m'accompagner jusqu'au parking ? Elle a dit qu'elle ne prendrait que quelques affaires, mais, la connaissant, elle aura un sac énorme ou une dizaine de petits, et un vampire adulte ne serait pas de trop pour l'aider à les porter, vu que je ne suis qu'une pauvre petite novice.

Je retins mon souffle, pensant que j'avais tout gâché (encore une fois), que j'étais allée trop loin, trop tôt. En effet, je lus de la méfiance dans ses yeux.

À ce moment précis, un Fils d'Erebus ouvrit la porte derrière moi.

— Excusez-moi, lui dit Erik. Voici Zoey Redbird. Son invitée vient d'arriver. Pourriez-vous l'aider à porter ses bagages ?

Le combattant me salua respectueusement.

— Je m'appelle Stephan, et ce sera un plaisir de vous aider, jeune prêtresse.

Je me forçai à sourire et le remerciai. Puis je me tournai vers Erik.

— On se voit plus tard ?

— Bien sûr. Tu suis mon cours ! lança-t-il avant d'entrer dans le bâtiment.

Le parking se trouvait juste derrière, si bien que je n'eus pas à marcher trop longtemps avec le combattant dans un silence gênant. Quand je vis la silhouette menue si familière, j'accélérai le pas.

— Zoey ! Oh, Zoey, te voilà ! s'écria Grand-mère.

Elle me prit dans ses bras, m'enveloppant de l'odeur de lavande qui l'accompagnait partout.

— Grand-mère ! Je suis tellement contente que tu sois là !

— Moi aussi, chérie. Moi aussi, murmura-t-elle en me serrant contre elle.

Stephan la salua avant de ramasser une montagne de bagages.

— Grand-mère, tu comptes rester toute une année ? m'esclaffai-je.

— Ma chérie, on doit être préparé à toutes les éventualités !

Nous prîmes la direction du dortoir, bras dessus bras dessous, Stephan sur nos talons.

— L'école est complètement encerclée, me chuchota-t-elle à l'oreille.

— Par qui ? soufflai-je, effrayée.

— Par les corbeaux, répondit-elle en faisant la grimace, comme si ces mots lui laissaient un mauvais goût dans la bouche. Ils sont tout autour de campus, mais aucun n'a franchi le mur d'enceinte.

— C'est parce que je les ai chassés avec le vent.

— Vraiment ? Bien joué, Petit Oiseau !

— Ils me font peur, Grand-mère. Je crois qu'ils sont en train de réintégrer leur corps.

— Je sais, chérie. Je sais.

Nous nous blottîmes l'une contre l'autre. La nuit semblait nous observer.

CHAPITRE VINGT-SEPT

Comme on pouvait s'y s'attendre, tout le monde s'était rassemblé dans ma chambre.

— Grand-mère Redbird ! s'écria Damien en se jetant dans ses bras.

Puis il lui présenta Jack et les Jumelles ; Aphrodite, qui paraissait gênée mais contente, eut droit à une étreinte chaleureuse, qui venait du fond du cœur. Damien et les Jumelles en profitèrent pour me prendre à part.

— Zoey, est-ce que ça va ? demanda Damien à voix basse.

— On était inquiets, dit Shaunee.

— Il se passe des trucs effrayants, ajouta Erin.

— Je vais bien, répondis-je en jetant un coup d'œil à Jack, qui confiait à Grand-mère combien il aimait la lavande. Grâce à vous, je vais bien.

— Nous sommes là pour toi, Zoey, m'assura Damien. Tu n'es pas toute seule.

— Bien dit, acquiescèrent les Jumelles en chœur.

— Zoey ? Serait-ce un chien ? fit Grand-mère, qui venait de remarquer que la masse de fourrure blonde étendue au bout de mon lit avait bougé, provoquant les sifflements de tous les chats présents dans la pièce.

— Oui, Grand-mère, c'est bien un chien. C'est une longue histoire…

Elle lui gratta la tête d'une main hésitante.

— À qui appartient-il ?

— Eh bien, à moi, en quelque sorte, fit Jack. Du moins, temporairement.

— Je pense que le moment est bien choisi pour parler de Lucie et de tout le reste, intervint Aphrodite.

— Lucie ? Oh, chérie, tu souffres toujours de sa mort ?

— Plus maintenant, Grand-mère. Il y a vraiment beaucoup de choses que je dois t'expliquer.

— Dans ce cas, tu ferais bien de commencer. Quelque chose me dit que nous allons bientôt manquer de temps.

— D'abord, tu dois savoir que je ne t'en ai pas parlé jusque-là parce que Neferet est liée à tout ça – de manière négative. Et elle a des pouvoirs de télépathie. Quoi que je te dise, il est possible qu'elle le lise dans tes pensées, ce qui ne serait pas une bonne chose.

Grand-mère s'assit sur ma chaise, l'air songeur.

— Jack, mon cœur, pourrais-tu me servir un verre d'eau ?

— J'ai de l'eau minérale dans le réfrigérateur de ma chambre, dit Aphrodite.

— Ce serait parfait.

— Vas-y, dit Aphrodite à Jack. Mais ne touche à rien d'autre.

Jack fit la moue, puis partit en toute hâte.

— Bon, je suppose que vous êtes déjà tous au courant de ce que Zoey va me dire ? fit Grand-mère quand Jack fut revenu.

Mes amis hochèrent la tête en ouvrant de grands yeux. On aurait dit des oisillons.

— Comment empêchez-vous Neferet de lire dans vos pensées ?

— À vrai dire, pour l'instant, ce n'est que de la théorie, mais nous avons l'intention de nous protéger en nous concentrant sur des problèmes imbéciles et superficiels d'adolescents, commença Damien.

— Comme les soldes, les chaussures et je ne sais quoi encore, continua Erin.

— Ce « je ne sais quoi » étant des mecs canons ou nos devoirs, précisa Shaunee.

— Nous espérons qu'elle ne cherchera pas plus loin, conclus-je. Mais nous, Neferet nous sous-estime. Je ne crois pas qu'elle ferait la même erreur avec toi, Grand-mère. Elle sait déjà que tu suis les traditions cherokees, que tu es en contact avec l'esprit de la terre. Il se peut qu'elle creuse dans tes pensées, sans tenir compte de ce qu'elle voit à la surface.

— Dans ce cas, il faudra que je pratique la méditation pour me vider la tête, comme je le fais depuis mon enfance, dit-elle avec un sourire malicieux. Ainsi, elle n'y trouvera rien.

— Même si elle est la reine des Tsi Sgili ?

Son sourire disparut.

— Tu penses vraiment que c'est possible, *u-we-tsi a-ge-ya* ?

— Nous le pensons, oui.

— Alors nous courons un grand danger. Tu dois tout me raconter.

C'est ce que je fis. Aidée de mes amis, je la mis au courant des derniers événements, même si j'avoue être passée rapidement sur le fait que Lucie n'était plus vraiment elle-même. Aphrodite me regarda avec insistance, mais ne dit rien.

Le visage tanné par le soleil et le vent de ma grand-mère était de plus en plus sombre. Je lui parlai de l'attaque des Corbeaux Moqueurs, et je terminai en lui expliquant que la mort de Stark n'était peut-être pas définitive et que Lucie, Aphrodite et moi avions décidé que, aussi répugnant et morbide que cela puisse paraître, nous allions garder un œil sur son cadavre.

— Et donc Jack était censé installer la caméra de surveillance miniature dans la morgue. Tu as réussi, Jack ? J'ai assisté de loin à votre diversion.

— Oh oui ! Dans toute cette excitation, j'ai failli oublier ! lança-t-il en se levant d'un bond et en allant chercher son cartable.

Il en sortit une sorte de télé miniature, tourna quelques boutons et, avec un sourire victorieux, me la tendit.

— Voilà ! Comme ça, tu peux surveiller le garçon… heu… endormi.

Tout le monde s'attroupa autour de moi. Prenant mon courage à deux mains, je l'allumai. L'image en noir et blanc qui apparut montrait une petite pièce avec, dans le fond, un gros truc qui ressemblait à un four, des étagères couvrant tous les murs et une table en métal, de la taille d'un corps, sur laquelle se trouvait une forme humaine recouverte d'un drap.

— Berk ! firent les Jumelles.

— Très dérangeant, commenta Aphrodite.

— Nous devrions peut-être l'éteindre tant que le c-h-i-e-n est là, proposa Jack.

Je ne me fis pas prier. Cela ne me plaisait pas du tout d'espionner un mort.

— C'est bien le corps du garçon ? demanda Grand-mère, qui avait pâli.

— Oui, dit Jack. J'ai soulevé le drap pour m'en assurer.

Le regard triste, il se mit à caresser Duchesse nerveusement. Elle posa sa gueule sur ses genoux et soupira, ce qui sembla le calmer un peu. Il serra la chienne dans ses bras.

— Vous savez, je me suis dit qu'il dormait.

— Avait-il l'air mort ? demandai-je.

Je devais savoir.

Jack hocha la tête.

— Vous avez pris la bonne décision, déclara Grand-mère. Le pouvoir de Neferet tient beaucoup à ses secrets. Elle est perçue comme une puissante prêtresse de Nyx – une force du bien. Elle se cache depuis longtemps derrière cette façade, et cela lui a permis de commettre des actes qui, si vous avez raison, sont tout simplement atroces.

— Alors, tu penses que révéler à tous l'existence de Lucie et des novices rouges est une bonne chose ? voulus-je m'assurer.

— Absolument. Si le secret est l'allié du mal, alors brisons leur alliance.

— OK ! m'exclamai-je.

— OK ! reprirent tous mes amis.

Jack bâilla.

— Oups ! Désolé. Ce n'est pas que je m'ennuie…

— Bien sûr que non, dit Grand-mère, mais c'est presque l'aube. Tu as eu une nuit épuisante. Nous devrions tous dormir un peu. D'ailleurs, le couvre-feu n'est-il pas dépassé pour les garçons ?

— Oh, oh ! On l'a complètement oublié. Comme si on avait besoin de prendre des heures de colle en plus de tout ce bazar !

Lui et Damien se levèrent pour partir, Duchesse sur les talons.

— Hé, appelai-je avant qu'ils ne ferment la porte. Duchesse n'a pas eu d'ennuis à cause de la diversion ?

— Non, répondit Damien. On a mis ça sur le dos de Maléfique et, vu son attitude démente, personne ne s'en est pris à la chienne.

— Ma chatte n'est pas folle, intervint Aphrodite. C'est simplement une très bonne actrice.

Les Jumelles sortirent à leur tour, après avoir serré Grand-mère dans leurs bras et récupéré un Belzébuth tout ensommeillé.

Il ne restait plus que Grand-mère, Aphrodite, Maléfique, Nala, profondément endormie, et moi.

— Bon, il faut que j'y aille aussi, dit Aphrodite. On va avoir une grosse nuit demain.

— Tu devrais peut-être dormir ici ce matin, proposai-je.

Aphrodite haussa un sourcil et regarda mes lits jumeaux d'un air dédaigneux.

— Tu es vraiment une enfant gâtée, lançai-je, exaspérée. Tu peux prendre mon lit. J'ai un duvet, je m'installerai par terre.

— Aphrodite a-t-elle déjà dormi ici auparavant ? voulut savoir Grand-mère.

— Sûrement pas ! répondit Aphrodite. Si vous aviez vu ma chambre, vous comprendriez pourquoi je préfère rentrer.

— Sans compter qu'Aphrodite a une réputation de sorcière cruelle, ajoutai-je. Personne ne l'accepte chez soi.

J'omis de mentionner que ce n'était pas le cas des garçons – cela aurait été trop pour Grand-mère.

— Merci, dit Aphrodite.

— Par ailleurs, si elle dormait ici, surtout maintenant que Neferet sait par Shekinah que je suis là, cela ne paraîtrait-il pas bizarre ?

— Si, admis-je.

— Ce serait plus que bizarre, enchérit Aphrodite. Ce serait carrément suspect.

— Alors tu vas filer dans ta chambre pour ne pas donner à Neferet plus de raisons de nous surveiller, dit Grand-mère. Mais tu ne dormiras pas sans protection.

Elle se leva et se mit à fouiller dans le joli sac bleu qu'elle appelait son « nécessaire de voyage ».

Elle en sortit un superbe attrape-rêves. C'était un cercle en cuir bleu avec des fils couleur lavande tissés à l'intérieur. Au milieu de ce réseau de fils se trouvait une turquoise lisse, de la couleur d'un ciel d'été. Les plumes de colombe qui pendaient de chaque côté étaient gris perle. Elle le tendit à Aphrodite.

— C'est magnifique ! s'exclama cette dernière. Vraiment, je l'adore.

— Je suis contente qu'il te plaise, mon enfant. Je sais que la plupart des gens pensent que ces objets ne servent qu'à filtrer les rêves, et encore. J'en ai fabriqué plusieurs ces derniers temps, et j'ai accroché la turquoise au milieu de celui-ci pour qu'il filtre autre chose que les mauvais rêves. Pends-le à ta fenêtre. Que son esprit protège du mal ton âme endormie.

— Merci, Grand-mère, dit Aphrodite avec sincérité.

— Encore une chose.

Grand-mère se pencha de nouveau sur son sac et en sortit une chandelle couleur crème.

— Allume-la et laisse-la brûler sur ta table de nuit pendant ton sommeil. J'ai prononcé des mots de protection devant elle lors de la dernière pleine lune, et je l'ai laissée absorber ses rayons toute la nuit.

— Tu ne serais pas un peu obsédée par la protection, ces derniers temps, Grand-mère ? demandai-je en souriant.

En dix-sept ans, je m'étais habituée à cette particularité qu'elle avait de deviner des choses de façon intuitive – par exemple, quand des invités allaient venir, ou quand un ouragan se préparait.

— Il vaut mieux être prudent, *u-we-tsi a-ge-ya*.

Elle prit le visage d'Aphrodite entre ses mains et l'embrassa légèrement sur le front.

— Dors bien, petite fille, et que tes rêves soient beaux.

Aphrodite cligna des yeux à plusieurs reprises pour ne pas pleurer.

— Bonne nuit, réussit-elle à articuler.

Elle me fit un signe et se précipita hors de ma chambre.

Grand-mère ne dit rien pendant un petit moment, se contentant de regarder la porte d'un air pensif.

— Je crois que cette jeune fille n'a jamais connu la chaleur de l'amour maternel, finit-elle par soupirer.

— Encore une fois, tu as raison, Grand-mère. Avant, elle était affreuse, et tout le monde la détestait, moi la première, mais je pense qu'elle jouait la comédie. Non qu'elle soit parfaite. Elle est pourrie gâtée, superficielle, et parfois vraiment méchante, mais…

Je me tus, cherchant les mots qui la définiraient le mieux.

— C'est ton amie, me souffla Grand-mère.

— Tu sais que tu es incroyable ?

— Je sais, répondit-elle avec un sourire espiègle. C'est de famille. Maintenant, aide-moi à pendre cet attrape-rêves et à allumer notre bougie de lune. Ensuite, il faudra que tu dormes.

— Et toi, tu ne vas pas dormir ? Je t'ai appelée en plein milieu de la nuit, et tu m'as dit que tu étais réveillée depuis plusieurs heures.

— Oh, je vais m'assoupir un moment, mais j'ai des choses à faire. Je ne vais pas souvent en ville, alors, pendant que ma petite-fille et ses amis se reposeront, je vais faire du shopping et m'offrir un superbe déjeuner à l'Ardoise.

— Miam ! Je n'y ai pas mangé depuis que nous y sommes allées ensemble.

— Eh bien, je te dirai si c'est toujours aussi bon et, la prochaine fois qu'il pleuvra très fort, nous pourrons peut-être y retourner.

— Tu n'y vas que pour t'assurer que la qualité n'a pas baissé ?

J'approchai la chaise de la fenêtre pour accrocher l'attrape-rêves.

— Exactement. Chérie, que veux-tu faire de l'écran de surveillance ?

Même s'il était éteint, elle le manipulait avec précaution, comme s'il risquait d'exploser.

— D'après Aphrodite, il y a des haut-parleurs. Vois-tu un bouton ?

— Oui, il y en a un, fit-elle en appuyant dessus.

Une lumière verte s'alluma.

— OK. Et si on laissait juste le son, sans l'image ? Je le mettrai sur ma table de nuit. S'il se passe quelque chose, je devrais l'entendre.

— C'est beaucoup mieux que de regarder un garçon mort toute la journée, dit-elle d'une voix sombre en posant le petit écran sur ma table de nuit. Petit Oiseau, pourquoi n'ouvres-tu pas les rideaux une seconde pour accrocher l'attrape-rêves ? Nous voulons nous protéger de ce qui est dehors, pas de ce qui est dedans.

— D'accord.

Je tirai les lourds rideaux des deux mains, et la peur à l'état pur me coupa le souffle. Face à moi se tenait un gigantesque oiseau noir aux yeux rouges, luisants – les yeux d'un homme. La créature s'agrippait à ma fenêtre avec ses bras et ses jambes d'humain. Son bec noir crochu s'ouvrit, révélant une langue rouge et fourchue. La créature poussa un petit croassement, à la fois moqueur et menaçant.

Je ne pouvais plus bouger, paralysée par ses yeux de mutant plantés dans une tête d'oiseau. Je me rappelai le contact de sa langue répugnante et la douleur cuisante que son bec m'avait causée en essayant de me trancher la gorge.

Nala se mit à cracher et à gronder, et Grand-mère se précipita à mes côtés. Je vis son reflet dans la vitre.

— Appelle le vent, Zoey ! ordonna-t-elle.

— Vent ! Viens à moi, ma grand-mère a besoin de toi, m'écriai-je, toujours prise au piège du regard monstrueux du Corbeau Moqueur.

Je sentis l'air s'agiter autour de moi.

— *U-no-le !* cria Grand-mère. Envoie ceci à la bête, en guise d'avertissement.

Elle leva les mains et projeta vers le monstre ce qu'elle tenait entre ses paumes.

— *Ahiya'a A-s-gi-na !*

L'élément que j'avais appelé, mais qui obéissait à ma grand-mère, la Ghigua, emporta la poudre bleue étincelante et la fit passer à travers les minuscules fissures de la fenêtre. Elle tourbillonna autour du Corbeau Moqueur.

Les yeux de la bête s'écarquillèrent et, alors que la bourrasque le malmenait, un cri terrible s'échappa de son bec. Il battit des ailes et disparut.

— Tu peux renvoyer le vent, *u-we-tsi a-ge-ya*, fit Grand-mère en me prenant la main pour m'aider à garder l'équilibre.

— Mer... merci, vent. Je te libère, dis-je d'une voix mal assurée.

— Merci, *u-no-le*, murmura Grand-mère. N'oublie pas d'accrocher l'attrape-rêves, Petit Oiseau.

Les mains tremblantes, je l'attachai à la tringle des rideaux, que je fermai précipitamment. Grand-mère m'aida à descendre de la chaise. Je pris Nala dans mes bras et nous nous blottîmes toutes les trois sur le lit.

— Il est parti... C'est terminé, ne cessait de répéter Grand-mère.

Je ne m'étais pas rendu compte que nous pleurions l'une et l'autre jusqu'à ce qu'elle aille chercher des mouchoirs en papier. Je me laissai tomber sur la couverture.

— Merci, dis-je en me mouchant. Faut-il que je prévienne les autres ?

— Si tu le fais, ils vont avoir peur, non ?

— Ils seront terrifiés.

— Alors il vaut mieux que tu rappelles le vent. Demande-lui de souffler autour du dortoir, de sorte que, si quelque chose rôde là, il l'emporte.

— Il faut que j'arrête de trembler, d'abord.

Elle me sourit et me caressa les cheveux.

— Tu as été très bien, *u-we-tsi a-ge-ya*.

— J'ai paniqué, et je suis restée figée, comme le jour où il m'a attaquée !

— Non, tu as soutenu le regard du démon sans flancher, tu as réussi à appeler le vent et tu lui as ordonné de m'obéir.

— Seulement parce que tu me l'as demandé.

— La prochaine fois, tu le feras toute seule. Tu seras plus forte, et tu sauras te débrouiller sans moi.

— C'était quoi, cette poussière bleue ?

— De la poudre de turquoise. Je t'en laisserai un petit sac. C'est une pierre protectrice très puissante.

— Tu en as assez pour en donner aux autres aussi ?

— Non, mais je vais l'ajouter à ma liste de courses. Je vais acheter des turquoises, un mortier et un pilon pour les écraser. Cela me fera quelque chose de constructif à faire pendant que tu dormiras.

— Et qu'est-ce que tu lui as dit ?

— *Ahiya'a A-s-gi-na* signifie « Va-t'en, démon ».

— Et *u-no-le*, c'est le vent ?

— Oui, ma chérie.

— Grand-mère, avait-il une forme physique, ou n'était-ce qu'un esprit ?

— Un peu des deux, je crois. Mais il est très proche de sa forme physique.

— Ce qui signifie que Kalona reprend des forces.

— Je le crains, oui.

— J'ai peur, Grand-mère.

Elle m'attira contre elle et me caressa la tête, comme elle le faisait quand j'étais petite.

— N'aie pas peur, *u-we-tsi a-ge-ya*. Le père du démon va découvrir que les femmes d'aujourd'hui ne se laissent pas dominer.

— Tu lui as botté les fesses, Grand-mère.

Elle sourit :

— *Nous* lui avons botté les fesses !

CHAPITRE VINGT-HUIT

Sous le regard approbateur de Grand-mère, je rappelai le vent et lui demandai de tourbillonner autour du campus, en se concentrant particulièrement sur les dortoirs. Nous tendîmes l'oreille pour entendre les hurlements des démons, mais nous ne perçûmes que le sifflement réconfortant de l'élément ami. Épuisée, je me mis en pyjama et me couchai. Grand-mère alluma une bougie de pleine lune et je me blottis contre Nala, regardant avec plaisir Grand-mère brosser ses longs cheveux argentés alors qu'elle accomplissait son rituel de coucher.

Je m'endormais lorsque sa douce voix s'éleva.

— *U-we-tsi a-ge-ya*, je veux que tu me promettes quelque chose.

— Oui, Grand-mère, dis-je d'une voix ensommeillée.

— Quoi qu'il arrive, tu ne dois pas oublier qu'il faut vaincre Kalona. Rien ni personne n'est plus important que ça.

Je me redressai, complètement réveillée.

— Qu'est-ce que tu veux dire ?

— Ne laisse rien te détourner de ton but, Petit Oiseau.

— Tu parles comme si tu ne devais plus être là pour me remettre dans le droit chemin, fis-je, sentant la panique m'oppresser la poitrine.

Elle vint s'asseoir sur le bord de mon lit.

— Je compte rester là pendant très longtemps, mon cœur, tu le sais. Mais je veux quand même que tu me le promettes. Prends ça comme un moyen d'aider une vieille femme à bien dormir.

Je fronçai les sourcils.

— Tu n'es pas une vieille femme.

— Promets-le-moi, insista-t-elle.

— Je te le promets. Et toi, promets-moi qu'il ne t'arrivera rien.

— Je ferai de mon mieux, dit-elle en souriant. Maintenant, tourne la tête, je vais te brosser les cheveux pendant que tu t'endormiras. Cela te fera faire de beaux rêves.

Avec un soupir, je roulai sur le côté et sombrai dans le sommeil sous les caresses aimantes de ma grand-mère, au son d'une douce berceuse cherokee.

Je fus réveillée par des voix étouffées. Croyant qu'elles provenaient de la caméra de surveillance, je m'assis et attrapai le moniteur. Je l'allumai, et poussai un soupir de soulagement : le corps de Stark était toujours là. J'éteignis l'écran et regardai le lit vide de Grand-mère. Je souris en balayant ma chambre du regard : Grand-mère avait fait le ménage avant de partir pour sa journée de shopping et son déjeuner. Nala miaula, mécontente.

— Désolée, c'est mon imagination hyperactive qui me fait entendre des voix.

La bougie brûlait toujours. Je regardai mon réveil : il n'était que quatorze heures, il me restait encore plusieurs heures de sommeil. Je me recouchai et tirai la couverture sous mon menton.

Une minute plus tard, j'en émergeai de nouveau : les voix, accompagnées cette fois de petits coups frappés à ma porte, n'étaient décidément pas le fruit de mon imagination. Nala grommela, furieuse.

— Si ce sont les Jumelles qui veulent aller faire les soldes, je vais les étrangler, dis-je à mon chat, que cette perspective sembla réjouir.

Je me raclai la gorge.

— Oui ! Entrez !

À ma grande surprise, la porte s'ouvrit sur Shekinah, Aphrodite et Neferet. Aphrodite pleurait. Je me redressai brusquement, repoussant mes cheveux en arrière.

— Que se passe-t-il ?

Elles s'avancèrent dans la chambre. Aphrodite s'assit sur le lit, à côté de moi. Je la regardai, puis Shekinah, et enfin Neferet : il n'y avait que de la tristesse dans leurs yeux. Je continuai de fixer Neferet, voulant voir derrière la façade et souhaitant que tout le monde en soit capable.

— Que se passe-t-il ? répétai-je.

— Mon enfant, commença Shekinah d'une voix douce. C'est ta grand-mère...

— Grand-mère ! Où est-elle ?

Personne ne répondit. J'attrapai la main d'Aphrodite :

— Dis-moi !

— Elle a eu un accident de voiture. Un accident grave. Elle conduisait dans Main Street, et elle a perdu le contrôle de son véhicule parce que... parce qu'un gros oiseau noir a foncé sur son pare-brise. Sa voiture a quitté la route et heurté un poteau de plein fouet.

Des larmes coulaient sur les joues d'Aphrodite, mais sa voix était ferme.

— Elle est à l'hôpital Saint-John, en soins intensifs.

Je ne pus parler pendant un moment. Je regardai le lit vide de Grand-mère et son petit oreiller rempli de lavande.

— Elle allait déjeuner à l'Ardoise. Elle me l'a dit hier soir, juste avant que…

Je m'interrompis, me rappelant que nous en avions parlé juste avant que j'ouvre les rideaux et que je voie l'horrible Corbeau Moqueur. Il nous avait écoutées, et il avait ainsi appris où Grand-mère irait aujourd'hui ! Puis il avait provoqué son accident.

— Juste avant quoi ?

À un observateur non prévenu, la voix de Neferet aurait paru inquiète, comme celle d'une amie et mentor. Mais, quand je fixai ses yeux émeraude, j'y vis les froids calculs d'une ennemie.

— Juste avant que nous allions nous coucher, répondis-je en essayant de ne pas montrer à quel point cette femme vile et tordue me dégoûtait. Elle m'a dit ce qu'elle comptait faire pendant que je dormirais.

Je détournai le regard de Neferet et je m'adressai directement à Shekinah :

— Je dois aller la voir.

— Bien sûr, mon enfant. Darius va te conduire à elle en voiture.

— Puis-je accompagner Zoey ? fit Aphrodite.

— Tu as déjà manqué tous tes cours hier, et je ne…, commença Neferet.

— S'il vous plaît, Shekinah, dis-je, je ne veux pas être seule.

— Ne pensez-vous pas que la famille est plus importante que le travail scolaire ? demanda Shekinah à Neferet.

Celle-ci n'hésita qu'une seconde.

— Si, bien sûr. Je m'inquiète juste qu'Aphrodite prenne du retard.

— J'emporterai mes devoirs à l'hôpital. Je ne prendrai

pas de retard, déclara Aphrodite en lui faisant un sourire aussi faux que la compassion de Neferet.

— Alors c'est décidé. Aphrodite accompagnera Zoey à l'hôpital, et Darius s'occupera d'elles, conclut Shekinah avec gentillesse. Prends ton temps, Zoey. Tu me diras si l'école peut faire quelque chose pour ta grand-mère.

— Merci.

Je ne jetai pas un seul regard à Neferet jusqu'à ce qu'elles sortent.

— Sale sorcière ! s'écria Aphrodite en foudroyant du regard la porte fermée. Comme si elle se souciait de mes résultats ! Elle ne supporte pas que nous soyons amies, c'est tout.

« OK... OK. Il faut que je réfléchisse. Je vais aller voir Grand-mère, mais je dois d'abord m'assurer que tout se passe bien ici. Il ne faut pas que j'oublie ma promesse. »

J'essuyai mes larmes et me précipitai vers ma commode, d'où je sortis un jean et un pull.

— Neferet ne supporte pas que nous soyons amies parce qu'elle ne peut pas entrer dans nos têtes. Mais elle peut entrer dans celle de Damien, de Jack et des Jumelles, et je suis sûre qu'elle va aller renifler de ce côté-là aujourd'hui.

— Nous devons les prévenir.

— Oui. Cet écran ne fonctionnera pas à Saint-John, si ?

— Non, le système a une portée d'une centaine de mètres seulement.

— Dans ce cas, pendant que je m'habille, emporte-le dans la chambre des Jumelles. Raconte-leur ce qui s'est passé, et dis-leur de prévenir Jack et Damien. Ce matin, il y avait un Corbeau Moqueur à ma fenêtre.

— Oh, ma déesse !

Je frémis.

— C'était horrible ! Grand-mère a jeté de la turquoise écrasée sur lui, j'ai demandé au vent de l'aider, et il a disparu, mais je ne sais pas combien de temps il nous a écoutées.

— C'est ce que tu allais dire tout à l'heure ! Le Corbeau Moqueur savait que ta grand-mère allait à l'Ardoise...

— Il a causé son accident.

— Lui, ou Neferet.

— Ou les deux ensemble. Cours porter l'écran aux Jumelles. Attends, dis-je avant qu'elle ne quitte la pièce.

Je pris le nécessaire de voyage de Grand-mère et fouillai dans le compartiment qu'elle avait laissé ouvert. Il y avait une petite pochette en daim. Je l'ouvris pour vérifier son contenu et, satisfaite, je la tendis à Aphrodite.

— C'est de la poudre de turquoise. Demande aux Jumelles de la partager avec Jack et Damien. Préviens-les que c'est une protection puissante, mais que nous n'en avons pas beaucoup.

— Compris.

— Dépêche-toi. Je serai prête à ton retour.

— Zoey, elle va se remettre. Elle est en soins intensifs, mais elle avait mis sa ceinture et elle est vivante.

— Il le faut, dis-je tandis que mes yeux s'emplissaient de larmes. Je ne sais pas ce que je ferais si elle ne survivait pas.

Le court trajet jusqu'à l'hôpital se fit en silence. Évidemment, il faisait grand soleil. Malgré nos lunettes et les vitres teintées, c'était très désagréable. Enfin, pour Darius et moi. Aphrodite paraissait avoir du mal à se retenir de passer la tête par la fenêtre et de profiter du soleil. Darius nous déposa devant les urgences en nous disant qu'il nous retrouverait en soins intensifs.

Même si je n'avais pas passé beaucoup de temps à l'hôpital, l'odeur m'évoquait des souvenirs détestables. Je ne supportais pas ce parfum d'antiseptique camouflant la maladie. Aphrodite et moi nous arrêtâmes à l'accueil, et une gentille vieille dame en blouse saumon nous indiqua le chemin.

Nous hésitâmes devant les portes battantes, sur lesquelles les mots « SOINS INTENSIFS » étaient écrits en rouge. Puis je me dis que ma grand-mère était là, et je franchis d'un pas déterminé les portes menant à Horreurville.

— Ne regarde pas, me conseilla Aphrodite, voyant que mes yeux étaient attirés par les vitres qui remplaçaient les murs dans les chambres des malades. Contente-toi de marcher jusqu'au bureau des infirmières. Elles te donneront des nouvelles de ta grand-mère.

— Tu as l'air bien au courant, murmurai-je.

— Mon père a fait deux overdoses, et il s'est retrouvé ici.

— Vraiment ? demandai-je en la regardant, choquée.

Elle haussa les épaules :

— Tu ne ferais pas une overdose si tu étais marié à ma mère ?

Sans doute que si, mais je m'abstins de le dire. Nous étions arrivées au bureau des infirmières.

— Puis-je vous aider ? demanda une blonde bâtie comme une armoire à glace.

— Je viens voir ma grand-mère, Sylvia Redbird.

— Et vous êtes... ?

— Zoey Redbird.

Elle consulta un registre, puis me sourit :

— Vous êtes signalée comme son parent le plus proche. Juste un instant. Le médecin est avec elle en ce moment. Si vous voulez bien passer dans la salle d'attente, au bout du couloir... Nous allons le prévenir que vous êtes là.

— Je ne peux pas la voir ?

— Bien sûr que si, mais le docteur doit terminer l'examen.

— D'accord, on va patienter.

Je fis quelques pas et m'arrêtai.

— Vous n'allez pas la laisser toute seule, n'est-ce pas ?

— Non, c'est pour ça qu'il y a des vitres à la place des murs. Aucun de nos patients n'est jamais vraiment seul.

Je pensai que regarder par une vitre n'étais pas suffisant.

— Assurez-vous que le docteur vienne me voir immédiatement, d'accord ?

— C'est promis.

Nous allâmes dans la salle d'attente, qui était aussi stérile et effrayante que le reste du service.

— Je n'aime pas ça, lâchai-je.

Incapable de rester assise, je me mis à faire les cent pas.

— Il lui faut plus que la protection d'une infirmière jetant un coup d'œil de temps à autre, déclara Aphrodite.

— Même avant qu'ils commencent à devenir plus forts, les Corbeaux Moqueurs avaient le pouvoir de faire du mal aux personnes âgées proches de la mort. Grand-mère est vieille, et maintenant elle est... elle est...

Je n'osai pas prononcer le mot à voix haute.

— Elle a été blessée, dit Aphrodite avec fermeté, c'est tout. Elle a juste été blessée. Mais tu as raison : pour l'instant, elle est vulnérable.

— Tu penses qu'ils me laisseraient appeler un sorcier ?

— Tu en connais un ?

— Il y a ce vieux monsieur, John Whitehorse, un ami de longue date de Grand-mère. Elle m'a dit que c'était un Ancien. Son numéro est probablement dans son portable. Je suis sûre qu'il connaît un sorcier.

— On peut toujours essayer.

— Comment va-t-elle ? demanda Darius en entrant.

— On ne sait pas encore. On attend le médecin. Nous étions en train de dire que nous aimerions appeler un ami de Grand-mère Redbird pour qu'il fasse venir un sorcier.

— Ne serait-ce pas plus simple de demander à Neferet de se déplacer ? fit-il. C'est notre grande prêtresse, et elle est guérisseuse.

— Non ! nous écriâmes-nous en même temps.

Darius fronça les sourcils, mais l'arrivée du médecin nous évita de nous expliquer.

— Zoey Redbird ?

Je me tournai vers l'homme, grand et mince, et lui tendis la main.

— C'est moi.

Sa poigne était ferme, sa main puissante et douce.

— Je suis le docteur Ruffing. Je m'occupe de votre grand-mère.

— Comment va-t-elle ? demandai-je, surprise que ma voix paraisse si normale, alors que ma gorge était serrée par la peur.

— Asseyons-nous, proposa-t-il.

— Je préfère qu'on parle debout, répondis-je en essayant de lui faire un sourire. Je suis trop nerveuse pour rester assise.

Son sourire fut plus réussi que le mien ; je fus soulagée de voir autant de bonté sur son visage.

— Très bien. Votre grand-mère a eu un grave accident. Elle souffre de blessures à la tête, et son bras droit a été cassé en trois endroits. La ceinture de sécurité lui a meurtri la poitrine, et les airbags lui ont brûlé le visage, mais ils lui ont sauvé la vie.

— Est-ce qu'elle va se remettre ? murmurai-je.

— Il y a de grandes chances. Mais nous en saurons plus dans vingt-quatre heures.

— Est-elle consciente ?

— Non. J'ai provoqué un coma pour que...

— Un coma ?

Je me sentis vaciller. Soudain, j'eus chaud et de petits points brillants occultèrent mon champ de vision. Darius m'attrapa par le coude et me conduisit à un siège.

— Respirez lentement. Concentrez-vous sur votre respiration, m'ordonna le médecin, accroupi devant moi.

Ses grands doigts enserrant mon poignet, il prenait mon pouls.

— Ça va, je n'ai rien, prétendis-je en essuyant la sueur qui perlait à mon front. C'est juste que le mot « coma » est si terrible.

— En fait, ce n'est pas si terrible. J'ai provoqué le coma pour permettre au cerveau de se soigner lui-même. Avec un peu de chance, nous parviendrons ainsi à réduire l'œdème.

— Et si vous n'y arrivez pas ?

Il me tapota le genou, avant de se lever.

— Chaque chose en son temps, un problème après l'autre.

— Puis-je la voir ?

— Oui, mais elle a besoin de calme, répondit-il en me conduisant vers les chambres.

— Mon amie peut-elle venir avec moi ?

— Une seule personne à la fois, pour l'instant.

— Pas de souci, dit Aphrodite. On t'attend ici. Et n'oublie pas, n'aie pas peur, quel que soit son état, c'est toujours ta grand-mère.

Je hochai la tête me mordant l'intérieur de la joue pour ne pas pleurer.

Nous nous arrêtâmes devant la porte d'une chambre. Le docteur me regarda.

— Elle est reliée par des tubes à beaucoup de machines. C'est assez impressionnant.

— Est-ce qu'elle respire seule ?

— Oui, et son cœur bat, régulièrement. Vous êtes prête ?

Je fis signe que oui, et il m'ouvrit la porte. En entrant dans la pièce, je perçus le bruit aussi distinct qu'effrayant d'un battement d'ailes.

— Vous avez entendu ça ? chuchotai-je.

— Quoi ?

Il fixait sur moi ses yeux candides.

— Rien, excusez-moi.

— Ce n'est pas facile, dit-il en me touchant l'épaule, mais votre grand-mère est forte et en bonne santé. Elle a d'excellentes chances.

Je m'approchai lentement de son lit. Elle paraissait si petite et fragile que je ne pus pas retenir mes larmes. Son visage était terriblement brûlé. Sa lèvre, déchirée, avait été recousue ; il y avait aussi des points de suture sur son menton. Sa tête était entourée de bandages. Son bras droit était pris dans un plâtre, d'où sortaient des vis en métal.

— Avez-vous des questions ? demanda le médecin.

— Oui, répondis-je immédiatement, sans détacher mon regard du visage de la blessée. Ma grand-mère est cherokee, et je sais qu'elle se sentirait mieux si j'appelais un sorcier.

Je regardai le médecin dans les yeux.

— Ce sera possible, mais seulement quand elle aura quitté le service des soins intensifs.

Je réprimai l'envie de lui hurler : « C'est maintenant qu'elle a besoin d'un sorcier ! »

— Vous devez comprendre qu'il s'agit d'un hôpital catholique, continua-t-il doucement. Nous n'autorisons que...

— Catholique ? l'interrompis-je, soulagée. Alors vous autoriseriez une nonne à la veiller ?

— Oui, bien sûr. Les bonnes sœurs et les prêtres rendent souvent visite à nos patients.

— Excellent ! dis-je en souriant. Je connais la personne idéale.

— Avez-vous d'autres questions ?

— Oui, pourriez-vous me trouver un annuaire téléphonique ?

CHAPITRE VINGT-NEUF

Des heures plus tard, j'étais toujours à l'hôpital. J'avais réussi à renvoyer Aphrodite et Darius à l'école, malgré leurs protestations. J'avais besoin qu'elle s'assure que tout allait bien là-bas. Et j'avais promis à Darius que je l'appellerais si je voulais quitter l'hôpital, même si l'école ne se trouvait qu'à un kilomètre de là et que j'aurais pu sans mal rentrer à pied.

Le temps s'écoulait d'une façon bizarre, à l'hôpital. Il n'y avait pas de fenêtres donnant sur l'extérieur et, dans ces pièces sombres, on n'entendait que le bruit de science-fiction des machines médicales. Cela m'évoquait une sorte d'antichambre de la mort ; c'était terrifiant. Mais je ne pouvais pas quitter Grand-mère. Je ne pouvais pas la laisser, pas avant que quelqu'un prêt à combattre des démons ne me remplace. Alors, j'attendis, veillant son corps endormi qui luttait pour guérir.

J'étais assise là, lui tenant la main et fredonnant une des berceuses cherokees qu'elle aimait me chanter pour m'endormir, lorsque sœur Marie Angela entra.

Elle me regarda, puis elle regarda ma grand-mère, et elle ouvrit les bras. Je m'y précipitai, étouffant mes sanglots dans le tissu lisse de son habit.

— Chut, mon enfant ! murmura-t-elle en me caressant le dos. Tout va s'arranger.

Lorsque je me sentis capable de parler, je fis un pas en arrière. Je n'avais jamais été aussi heureuse de voir quelqu'un.

— Merci beaucoup d'être venue, ma sœur.

— J'ai été très honorée de ton appel, et je suis désolée d'avoir mis si longtemps. J'avais beaucoup de choses à régler avant de pouvoir quitter l'abbaye.

Sans enlever son bras de mes épaules, elle s'approcha du lit.

— Ce n'est rien, lui assurai-je. Je suis contente que vous soyez là. Sœur Marie Angela, voici ma grand-mère, Sylvia Redbird, dis-je d'une voix étranglée. Elle a été mon père et ma mère. Je l'aime plus que tout au monde.

— Ce doit être une femme extraordinaire pour susciter la dévotion d'une telle petite-fille.

— Ici, on ne sait pas que je suis une novice, chuchotai-je.

— Ce que tu es n'a pas d'importance, déclara-t-elle fermement. Si ta famille a besoin d'aide et de soins, ils sont censés en donner.

— Cela ne fonctionne pas toujours comme ça...

— Malheureusement, je dois admettre que tu as raison, dit-elle en m'examinant avec attention.

— Alors, vous voulez bien m'aider sans leur révéler qui je suis ?

— Oui. Que puis-je faire ?

Je regardai Grand-mère : elle semblait plus paisible que tout à l'heure. Je n'avais plus entendu de battements d'ailes, ni eu de mauvais pressentiments. Et pourtant j'hésitais à la laisser seule, même pour quelques minutes.

— Zoey ?

Je sondai les yeux sages et bienveillants de cette nonne extraordinaire, et je résolus de lui dire la vérité.

— Il faut que je vous parle, mais pas ici ; on pourrait nous entendre. Seulement, j'ai peur de laisser Grand-mère seule, sans protection.

Elle me fixa avec calme, pas du tout déstabilisée par mes bizarreries. Puis elle sortit de l'une des poches de son ample habit noir une petite statue, merveilleusement détaillée, de la Vierge Marie.

— Cela t'apaiserait-il si Notre Dame restait ici le temps que nous discutions ?

— Je crois, oui.

Je ne voulais pas analyser pourquoi j'étais rassurée par une statue de la mère de la chrétienté. Mon instinct me soufflait simplement que je pouvais me fier à cette nonne, et à la « magie » qu'elle exerçait.

Elle posa la statuette sur la table de nuit, baissa la tête et joignit les mains. Je voyais ses lèvres bouger, mais je ne pouvais distinguer ses paroles. Elle se signa, embrassa ses doigts, toucha légèrement la statue, puis nous quittâmes la chambre.

— Fait-il encore jour ? demandai-je.

Elle me dévisagea avec surprise.

— Il fait nuit depuis longtemps, Zoey. Il est vingt-deux heures passées.

Je me frottai le visage. J'étais épuisée.

— Cela vous dérangerait-il qu'on marche un peu dehors ? J'ai des choses difficiles à vous dire, et ce sera plus simple si je sens l'air de la nuit autour de moi.

— La nuit est belle et douce. Je serais ravie de me promener avec toi.

Nous réussîmes à sortir du labyrinthe de Saint-John

et débouchâmes dans Utica Street, face à une superbe fontaine.

— On va s'installer là-bas ? proposai-je.

— Je te suis, Zoey, répondit-elle en souriant.

Nous marchâmes sans rien dire. Je levai les yeux à la recherche d'oiseaux monstrueux tapis dans l'ombre, guettant le croassement moqueur des Corbeaux. Il n'y avait rien. La seule chose que je percevais dans l'air était une attente. Et j'ignorais si c'était bon ou mauvais signe.

Il y avait un banc non loin de la fontaine, devant une statue en marbre blanc de Marie, entourée d'agneaux et de jeunes bergers. Une autre statue, très jolie, près de la porte des urgences, la représentait vêtue de son célèbre châle bleu. Je n'avais jamais remarqué qu'il y avait autant de statues de la Vierge à cet endroit.

Nous restâmes assises quelques instants, profitant du silence de la nuit. Puis je poussai un profond soupir et pivotai sur le banc pour regarder la nonne droit dans les yeux.

— Ma sœur, croyez-vous aux démons ?

J'avais décidé d'aller droit au but. Je n'avais ni la patience ni le temps nécessaires pour tourner autour du pot.

Elle haussa ses sourcils gris.

— Les démons ? Eh bien, oui. Les démons et l'Église catholique partagent une longue et tumultueuse histoire.

Elle me regarda sans ciller, comme pour me dire que c'était à mon tour de parler. C'était l'une des choses que j'aimais le plus chez elle. Elle n'était pas comme ces adultes qui terminent vos phrases à votre place, incapables d'attendre que vous y voyiez clair dans vos pensées.

— En avez-vous déjà rencontré un ?

— Non. Je l'ai cru, mais il ne s'agissait que de personnes très malades ou très malhonnêtes.

— Et les anges ?

— Tu veux savoir si j'y crois ou si j'en connais ?

— Les deux.

— Oui et non, dans cet ordre. Je préférerais rencontrer un ange plutôt qu'un démon, si on me donnait le choix.

— N'en soyez pas si sûre... Le nom « géant » vous est-il familier ?

— Oui, on en parle dans l'Ancien Testament. Certains théologiens ont émis l'hypothèse que Goliath était un géant, ou l'enfant d'un géant.

— Et Goliath n'était pas un type bien, n'est-ce pas ?

— D'après l'Ancien Testament, non.

— Bon, je dois vous raconter l'histoire d'un autre géant. Ce n'était pas non plus un type bien. C'est une légende du peuple de ma grand-mère.

— Son peuple ?

— Elle est cherokee.

— Oh ! Eh bien, vas-y, Zoey. J'aime beaucoup les légendes amérindiennes.

— Accrochez-vous à votre guimpe. Ce n'est pas un conte pour enfants.

Sur ce, je me lançai dans une version abrégée de ce que Grand-mère m'avait dit sur Kalona, les Tsi Sgili et les Corbeaux Moqueurs.

Je terminai par la chanson perdue des Corbeaux Moqueurs prédisant le retour de leur père emprisonné. Sœur Marie Angela se tut pendant un long moment.

— Des femmes ont réussi à donner vie à ce qui n'était guère plus qu'une poupée d'argile ? finit-elle par demander.

Je souris.

— C'est ce que j'ai dit à Grand-mère quand elle m'a raconté cette histoire.

— Et qu'a-t-elle répondu ? Que ce n'était qu'une légende ?

— Non, elle m'a rappelé que la magie existe. Et que cette histoire n'a rien de moins plausible qu'une jeune fille capable d'appeler et de maîtriser les cinq éléments.

— Es-tu en train de me dire que c'est ton cas, et que c'est pour cette raison que tu es accompagnée par un combattant quand tu viens aux Chats de gouttière ?

Je voyais dans ses yeux que, si elle ne voulait pas me traiter de menteuse et briser notre jeune amitié, elle ne me croyait pas non plus. Alors, je me levai et m'éloignai un peu du banc pour sortir de la lumière du lampadaire. Je fermai les yeux et inspirai profondément. Je n'eus pas besoin de réfléchir bien longtemps pour trouver l'est. Cela me vint naturellement. Je me tournai vers Saint-John, de l'autre côté de la rue. J'ouvris les yeux et appelai :

— Vent, tu as souvent répondu à mon appel ces derniers temps. Je te remercie de ta loyauté et te demande de m'obéir une fois de plus. Viens à moi, vent !

Soudain, alors qu'il n'y avait eu aucune brise jusque-là, une bourrasque souleva mes cheveux. Sœur Marie Angela était suffisamment proche de moi pour la sentir. Elle dut même tenir sa guimpe d'une main pour l'empêcher de s'envoler. Je souris en voyant son air éberlué. Puis je me tournai vers le sud.

— Feu, la soirée est fraîche, et nous avons besoin de ta chaleur protectrice. Viens à moi, feu !

Le vent se réchauffa aussitôt. On entendait le crépitement d'une cheminée.

— Mon Dieu ! s'exclama sœur Marie Angela.

Je fis un quart de tour en souriant.

— Eau, nous avons besoin de toi pour nous purifier et nous désaltérer. Viens à moi, eau !

Je sentis l'odeur et la fraîcheur de l'eau, qui apaisa la chaleur du feu. J'avais l'impression de me tenir sous une pluie torrentielle qui me lavait, me rafraîchissait, me régénérait, sans mouiller ma peau.

Sœur Marie Angela leva le visage vers le ciel et ouvrit la bouche, comme pour attraper des gouttes d'eau. Je continuai.

— Terre, je me sens toujours proche de toi. Tu nourris et protèges. Viens à moi, terre !

La pluie de printemps cessa, et je fus entourée de senteurs des prés. La brise réchauffée par le soleil embaumait la luzerne et le foin.

Je regardai la nonne. Elle avait retiré sa guimpe et ses cheveux gris voletaient autour de son visage alors qu'elle riait et inspirait profondément l'air d'été comme une enfant.

Je levai les bras au-dessus de ma tête.

— C'est l'esprit qui nous unit, et qui nous rend unique. Viens à moi, esprit !

Comme toujours, l'agréable sensation que mon âme s'élevait m'emplit de joie.

— Oh ! lâcha sœur Marie Angela, émerveillée.

Elle baissa la tête et pressa contre son cœur les perles du rosaire qu'elle portait autour du cou.

— Merci, esprit, terre, eau, feu et vent. Vous pouvez partir maintenant, avec ma reconnaissance, m'écriai-je en écartant les bras.

Les éléments tourbillonnèrent un moment autour de moi, joueurs, puis se dissipèrent dans la nuit.

Lentement, je retournai m'asseoir à côté de la nonne.

Elle lissa ses cheveux et remit sa guimpe, avant de me regarder.

— Je le soupçonne depuis longtemps.

Je ne m'étais pas du tout attendue à ça.

— Que je peux contrôler les éléments ?

— Non, mon enfant, dit-elle en riant, que le monde est habité de puissances invisibles.

— Ne le prenez pas mal, mais c'est un peu bizarre d'entendre ça dans la bouche d'une bonne sœur.

— Vraiment ? Je ne trouve pas. N'oublie pas que je suis mariée à un esprit. Et j'ai souvent senti le frémissement de ces puissances...

— De ces éléments, la corrigeai-je. Il s'agit des cinq éléments.

— Je te prie de m'excuser. Il m'est souvent arrivé de sentir le frémissement des éléments dans notre abbaye. D'après la légende, elle est bâtie sur un ancien site de pouvoir. Vois-tu, Zoey Redbird, jeune prêtresse, ce que tu m'as montré ce soir ne me choque pas, mais confirme mon intuition.

— Oh... Tant mieux alors.

— Tu m'expliquais donc comment les Ghigua avaient créé une jeune fille en glaise et piégé l'ange déchu, et comment les Corbeaux Moqueurs avaient chanté une chanson sur son retour avant de devenir des esprits. Que s'est-il passé ensuite ?

Son ton nonchalant me fit sourire.

— Apparemment, il ne s'est pas passé grand-chose pendant de nombreuses années – un millénaire peut-être. Puis, il y a quelques jours, j'ai commencé à entendre croasser ces oiseaux que j'ai pris pour des corneilles. Or c'étaient des corbeaux. J'en ai vu un ce matin à l'aube. Il écoutait à ma fenêtre alors que Grand-mère me disait ce qu'elle allait faire aujourd'hui. Puis elle a eu cet accident étrange, provoqué par un énorme oiseau noir qui s'est jeté sur son pare-brise.

— Sainte Mère de Dieu ! Pourquoi les Corbeaux Moqueurs s'en prennent-ils à ta Grand-mère ?

— Ils veulent m'atteindre, et l'empêcher de nous aider plus qu'elle ne l'a déjà fait.

— *Vous* aider ? Toi et qui d'autre ?

— Mes amis novices. La plupart possèdent une affinité avec un élément, et Aphrodite a des visions qui la préviennent de choses terribles qui vont se produire : des morts, le chaos, ce genre de choses.

— C'est cette adorable jeune femme qui a adopté Maléfique hier ?

— Oui, on l'appelle la Fille aux Visions. Sachez que nous ne sommes pas ravis de l'adoption de Maléfique... dis-je en grimaçant, ce qui fit rire la nonne. Bref, Aphrodite a pris connaissance de la prophétie des Corbeaux Moqueurs dans sa dernière vision.

La nonne pâlit.

— Et la prophétie annonce le retour de Kalona ?

— Oui, et il semblerait que ce soit imminent.

— Oh, Marie ! souffla-t-elle en se signant.

— Voilà pourquoi nous avons besoin de votre aide.

— Comment pourrais-je vous être utile ? Je sais deux ou trois choses sur les géants, mais rien qui soit lié à cette légende cherokee.

— En fait, nous avons déchiffré la prophétie, et ce soir nous allons essayer d'empêcher qu'elle se réalise. Ce dont j'ai besoin, c'est de votre présence auprès de ma grand-mère. Vous voyez, les Corbeaux Moqueurs avaient raison. En s'attaquant à elle, c'est moi qu'ils ont blessée. Je ne veux pas qu'ils la tourmentent. Le personnel de

Saint-John s'oppose à ce que j'appelle un sorcier, car ils n'apprécient pas l'aspect païen de cette démarche. Ce qu'il me faut, c'est quelqu'un qui soit spirituellement puissant, et qui me croie.

— Et c'est là que j'interviens.

— Oui. Resterez-vous avec Grand-mère pour la protéger des Corbeaux Moqueurs tandis que je m'efforcerai de repousser de quelques milliers d'années l'accomplissement de la prophétie ?

— J'en serai ravie, répondit-elle en se levant et en se dirigeant d'un pas déterminé vers le passage piéton. Quoi ? demanda-t-elle en se retournant vers moi. Tu pensais que tu devrais appeler le vent pour qu'il me ramène là-bas ?

J'éclatai de rire et traversai la rue avec elle. Lorsqu'elle s'arrêta devant la statue de Marie dans le hall et qu'elle murmura une prière, je l'attendis sans impatience. Je regardai attentivement la statue, remarquant pour la première fois la bonté de son visage, la sagesse de ses yeux. Et, alors que la sœur faisait une génuflexion, je murmurai : « Feu, viens à moi ! » Lorsque je sentis sa chaleur, je la recueillis entre mes mains, puis je claquai des doigts devant l'un des cierges posé au pied de la statue. Il s'embrasa, ainsi qu'une demi-douzaine d'autres.

— Merci, feu. Tu peux aller jouer, maintenant.

La nonne ne dit rien. Elle se contenta de prendre l'un des cierges allumés en me regardant comme si elle attendait quelque chose.

— Tu as une pièce ? finit-elle par me demander.

— Oui, je crois, dis-je en fouillant dans la poche de mon jean à la recherche de monnaie.

Ne sachant ce qu'elle voulait que j'en fasse, je la lui tendis.

— Bien, dit-elle en souriant. Pose-la à la place de cette bougie, et allons-y.

Je lui obéis, et nous retournâmes dans la chambre de Grand-mère, sœur Marie Angela protégeant avec sa main la flamme vacillante du cierge.

Aucun battement d'ailes ne nous accueillit, et aucune ombre menaçante n'apparut dans mon champ de vision. La nonne posa le cierge devant la statuette de Marie, puis elle s'assit sur la chaise où j'avais passé toute la journée et ôta le rosaire de son cou.

— Ne ferais-tu pas mieux d'y aller, mon enfant ? fit-elle sans me regarder. Tu as tes propres démons à combattre.

— Oui, c'est vrai.

Je m'approchai de Grand-mère. Elle n'avait pas bougé, mais j'essayai de me convaincre qu'elle avait meilleure mine et qu'elle respirait mieux.

Je l'embrassai sur le front et murmurai :

— Je t'aime, Grand-mère. Je reviendrai bientôt. En attendant, Sœur Marie Angela va rester avec toi. Elle ne laissera pas les Corbeaux Moqueurs te faire du mal.

Je me tournai ensuite vers la nonne, qui paraissait sereine, détachée du monde ; elle faisait glisser le rosaire entre ses doigts à la lueur du cierge, qui projetait des ombres dansantes sur son visage et sur sa déesse. J'allais la remercier, mais elle me devança :

— Ce n'est pas nécessaire, mon enfant. Je fais simplement mon travail.

— Veiller les malades, c'est votre travail ?

— Mon travail, c'est aider le bien à tenir le mal à distance.

— Je suis contente que vous soyez douée pour ça.

— Moi de même.

Je l'embrassai sur la joue, et elle me sourit. Mais j'avais encore une chose à dire avant de partir.

— Ma sœur, si je n'y arrive pas... si mes amis et moi ne parvenons pas à arrêter Kalona et s'il se réveille, les choses vont être difficiles pour les gens d'ici, en particulier pour les femmes. Il faudra que vous vous cachiez quelque part sous terre. Connaissez-vous un endroit, une cave, un sous-sol, ou même une grotte, où vous pourriez vous rendre rapidement et rester quelque temps ?

— Sous notre abbaye se trouve une grande cave qui a servi à de nombreuses choses, y compris à stocker de l'alcool illégal dans les années vingt, si on en croit la légende urbaine.

— Dans ce cas, vous devrez y aller. Emmenez-y les autres nonnes, et puis, zut ! tous les chats aussi. Allez là-bas. Kalona déteste les souterrains, il ne vous y suivra pas.

— Je comprends, mais je préfère penser que vous serez victorieux.

— J'espère que vous avez raison, mais promettez-moi de faire ce que je vous demande si les choses tournent mal.

Je la regardai dans les yeux, m'attendant à ce qu'elle me dise que faire sortir une vieille femme blessée de l'hôpital pour l'emmener dans la cave d'un couvent ne serait pas chose aisée.

Mais elle se contenta de sourire, sereine.

— Tu as ma parole.

Je clignai des yeux, surprise.

— Penses-tu être la seule à pouvoir user de la magie ? demanda-t-elle en haussant les sourcils. Les gens remettent rarement en question les actions d'une nonne.

— Hum... Je vois. Bon, j'ai votre numéro de portable. Gardez votre téléphone près de vous. Je vous appellerai dès que possible.

— Ne te fais pas de souci pour moi ou pour ta grand-mère. Les vieilles femmes savent prendre soin les unes des autres.

Je la serrai dans mes bras.

— Ma sœur, vous êtes exactement comme Grand-mère. Vous deux, vous ne serez jamais vieilles.

CHAPITRE TRENTE

Une fois dehors, j'appelai Darius. Même si mon école n'était pas très loin, je n'avais pas envie d'y aller à pied : la nuit, autrefois amie, était devenue une ennemie effrayante et imprévisible.

En l'attendant, je composai le numéro de Lucie. Elle ne répondit pas. Mon appel fut transféré directement sur sa messagerie vocale. Quel genre de message j'aurais pu laisser ? « Salut, Lucie, je voulais qu'on discute d'une prophétie effrayante et d'un démon légendaire avant que tu ne déboules en plein milieu de ce bazar. Tant pis, on se parlera plus tard » ? Quelque chose me disait que ce ne serait pas très intelligent. J'aurais dû l'appeler plus tôt, mais l'accident de Grand-mère m'avait accaparée, ce qui était précisément le but des Corbeaux Moqueurs.

La voiture noire de Darius se gara devant les urgences, et il en descendit pour m'ouvrir la portière.

— Comment va ta grand-mère ?

— Il n'y a pas de changement, ce qui est une bonne chose, d'après le médecin. Sœur Marie Angela la veille ce soir pour que je puisse diriger le rituel de purification.

Darius hocha la tête et fit demi-tour.

— Sœur Marie Angela est une prêtresse puissante. Elle aurait fait un excellent vampire.

— Elle sera contente d'apprendre ça, dis-je, amusée. S'est-il passé des choses à l'école que je devrais savoir ?

— On a envisagé de repousser le rituel à cause de ce qui est arrivé à ta grand-mère.

— Oh non ! Il ne faut pas faire ça ! m'écriai-je aussitôt. C'est trop important.

Il me jeta un regard bizarre dans le rétroviseur.

— C'est ce qu'a dit Neferet. Elle a convaincu Shekinah de ne pas modifier le planning.

— Vraiment ?

Pourquoi Neferet tenait-elle tellement à ce que je dirige ce rituel ? Peut-être avait-elle deviné qu'Aphrodite avait perdu son affinité avec la terre et espérait-elle nous humilier toutes les deux. Eh bien, elle allait avoir une surprise de taille !

— Ça va être juste ! ajouta Darius en jetant un coup d'œil sur l'horloge du tableau de bord. Tu as à peine le temps de te changer et de filer au mur est.

— Pas de problème. Je suis douée pour affronter les situations d'urgence, mentis-je.

— Je crois qu'Aphrodite et les autres ont tout préparé pour toi.

Il se gara et descendit pour me laisser sortir.

— Merci, mon ami, dis-je. On se retrouve pour le rituel.

— Je ne manquerais ça pour rien au monde.

— Oh, Zoey ! Comment va ta grand-mère ? Cette nouvelle m'a bouleversé !

Jack avait déboulé dans ma chambre telle une tornade, manquant m'étouffer dans ses bras. Duchesse, qui le suivait de près en remuant la queue, me salua d'un petit aboiement.

— Oui, on s'est fait beaucoup de souci pour elle, enchaîna Damien en entrant et en m'étreignant à son tour. J'ai allumé une bougie à la lavande à son intention, et je l'ai laissée brûler toute la journée.

— Merci, Grand-mère apprécierait beaucoup !

— Alors, quelles sont les nouvelles ? Est-ce qu'elle va se remettre ? demanda Erin.

— Aphrodite n'a rien voulu nous dire, se plaignit Shaunee.

— C'est faux ! protesta Aphrodite. Je vous ai dit que nous n'aurions aucune certitude avant un jour ou deux.

— Je n'en sais toujours pas plus, confirmai-je. Mais, au moins, son état n'empire pas.

— C'est vraiment un Corbeau Moqueur qui a causé son accident ? demanda Jack.

— Sans aucun doute. Il y en avait un derrière sa fenêtre, quand je suis arrivée.

— Et tu l'as laissée toute seule là-bas ?

— Elle n'est pas seule. Vous vous souvenez de la nonne dont Aphrodite et moi vous avons parlé, celle qui dirige Chats de gouttière ? Elle est avec Grand-mère, et elle fera en sorte que rien ne lui arrive.

— Les nonnes me filent les jetons, déclara Erin.

— Sœur Marie Angela saura se débrouiller, affirma Aphrodite.

— Et s'occuper des Corbeaux Moqueurs, s'ils essaient de s'en prendre à Grand-mère, ajoutai-je.

— Elle est au courant, pour les Corbeaux Moqueurs ? s'étonna Damien.

— Elle est au courant de tout : la prophétie et le reste. Je devais le lui expliquer pour qu'elle comprenne pourquoi il était si important qu'elle veille sur Grand-mère. Et puis, je lui fais confiance. Je sens une grande force positive qui émane d'elle. En fait, elle me rappelle Grand-mère.

— En plus, elle ne nous voit pas comme des pécheurs qui iront droit en enfer, compléta Aphrodite.

— C'est intéressant, commenta Damien. J'aimerais la rencontrer, dès que la folie Kalona sera terminée.

— En parlant de folie, vous avez pensé à la caméra de surveillance ? demandai-je.

Jack hocha la tête et tapota son cartable.

— Oui. Tout est toujours d'un calme, eh bien… mortel.

— Bon, on peut parler du déroulement du rituel et y aller ? demanda Aphrodite. Ce n'est pas le moment d'être en retard !

— Tu as raison, dépêchons-nous. Vous êtes tous très beaux, les félicitai-je. On forme un joli groupe.

Nous étions habillés de noir, mais chaque tenue était différente. La robe d'Aphrodite, très courte, était en velours, avec un décolleté en forme de larme. Avec ses bottes à talons, elle était à tomber. Sans doute suivait-elle sa devise : « Quoi qu'il arrive, si tu es belle, tout ira mieux. » Damien et Jack portaient des costumes très classe, et ils avaient vraiment fière allure. Les Jumelles avaient choisi des jupes courtes et des tuniques en soie. Moi, j'avais mis une robe avec de petites perles en verre rouge cousues autour du décolleté et au bout des longues manches ajustées. Elle m'allait à merveille ; de plus, lorsque je lèverais les bras pour invoquer les éléments, le clair de lune luirait comme du sang sur les perles. En d'autres termes, j'aurais l'air hyper cool.

Bien sûr, nous arborions tous notre pendentif à trois lunes de Fils et de Filles de la Nuit. Le mien avait des pierres rouges qui scintillaient comme les perles de ma robe.

J'étais pleine de fierté et de confiance. Grand-mère se trouvait entre d'excellentes mains ; mes amis étaient à mes côtés, et cette fois il n'y avait aucun secret entre nous. Le rituel se passerait bien, Lucie et les novices rouges se monteraient à tout le monde, si bien que Neferet ne pourrait plus faire semblant d'ignorer leur existence, qu'elle admette ou non son implication là-dedans. Erik avait plus ou moins recommencé à m'adresser la parole. Et, en parlant de garçons, j'espérais que Stark allait revenir à la vie. Son retour d'entre les morts se ferait sous les yeux de la puissante Shekinah. Quant à la possibilité que je m'intéresse de nouveau à deux garçons en même temps, j'avais décidé de m'en préoccuper plus tard.

Bref, je me sentais prête à m'attaquer à tous les démons qui s'en prendraient à nous.

— Bon, le rituel va se dérouler à peu près comme d'habitude, annonçai-je. J'entrerai sur la musique que passera Jack.

Celui-ci hocha la tête avec enthousiasme.

— J'ai préparé les meilleurs morceaux de *Mémoires d'une geisha*, et des extraits d'un autre texte. Mais c'est une surprise.

Je fronçai les sourcils : comme si j'avais besoin d'une surprise ce soir !

— Ne t'inquiète pas, dit Damien, ça va te plaire.

Je soupirai. De toute façon, il était trop tard pour apporter des changements.

— Ensuite, je formerai le cercle et prononcerai les invocations élémentaires, poursuivis-je. Aphrodite, tu te mettras devant l'immense chêne, près du mur.

— On a déjà fait le nécessaire, m'informa Erin.

— On a installé les bougies et la table de rituel, expliqua Shaunee. On a mis la bougie de la terre à côté de l'arbre.

— Vous n'avez pas aperçu Lucie aujourd'hui, par hasard ?

— Non, répondirent-ils en chœur.

Je sentis une pointe d'angoisse dans ma poitrine. Elle avait intérêt à se montrer !

— Ne t'en fais pas, elle sera là, m'assura Damien.

Aphrodite et moi échangeâmes un coup d'œil.

— Je l'espère, soupirai-je. Sinon, je ne sais pas comment on va faire quand la bougie de la terre volera de tes mains.

— Aphrodite pourrait laisser la bougie au pied de l'arbre et improviser une danse de la terre, suggéra Jack.

Aphrodite roula des yeux, s'apprêtant à riposter, mais je la devançai :

— Disons que ce sera le plan B, au cas où. Quand Lucie apparaîtra et que tous les éléments auront été invoqués, j'annoncerai l'arrivée des novices rouges, dont la présence servira à purifier l'école de ses secrets.

— Excellente idée, fit Damien.

— Merci. Comme il y aura sans doute beaucoup d'explications à donner après le rituel, je compte l'abréger.

— Et, ensuite, on regardera Neferet faire face aux conséquences de ses actes, dit Aphrodite.

— Si elle est bien la reine des Tsi Sgili, elle sera trop occupée à essayer de se tirer de ses ennuis avec Shekinah pour accomplir la prophétie de Kalona, conclus-je.

« Et, si le pire se produit, si la reine Tsi Sgili est Lucie ou l'un de ses novices, je laisserai Shekinah et Nyx prendre les choses en main », finis-je en pensée.

— Damien, repris-je, ouvre l'œil ! Si tu penses voir ou entendre un Corbeau Moqueur, chasse-le avec le vent.
— Tu peux compter sur moi, répondit-il.
— Bon, on est prêts ? leur demandai-je.
— Oui !

Alors, nous quittâmes le dortoir et, confiants, nous fonçâmes vers nos derniers moments d'innocence.

CHAPITRE TRENTE ET UN

Toute l'école était déjà là, à nous attendre. En installant les grosses bougies, les Jumelles avaient délimité la scène, si bien que les novices et les vampires avaient formé un immense cercle tout autour, le grand chêne servant de point central.

J'étais heureuse de voir les Fils d'Erebus. Les combattants s'étaient placés à l'extérieur du cercle, mais aussi sur le grand mur qui entourait l'école. Même si cela ne faciliterait pas les choses à Lucie et aux novices rouges, cernés par les Corbeaux Moqueurs, Kalona et les fanatiques qui avaient tué des vampires, je me sentis rassurée par leur présence.

Jack et moi restâmes dans l'ombre tandis que Damien, les Jumelles et Aphrodite prenaient place à côté des bougies de couleur qui correspondaient à leur élément. En me hissant sur la pointe des pieds, je crus voir quelqu'un à côté de la table des offrandes, mais il y avait tellement de monde que je n'en étais pas sûre.

— Bienvenue ! dit Shekinah en m'apercevant.

— Bienvenue ! répondis-je, avant de la saluer à la manière des vampires.

— Comment va ta grand-mère ?

— Elle tient le coup.

— J'avais envisagé d'annuler le rituel, ou du moins de le reporter, reprit-elle, mais Neferet a insisté pour que tout se passe comme prévu. Elle semble penser que c'est important pour toi.

— Je considère en effet que le rituel est important, et je n'aurais pas voulu qu'on l'annule à cause de moi, dis-je d'un ton neutre.

Je regardai autour de moi, étonnée que Neferet ne soit pas là. J'étais persuadée qu'elle avait insisté pour que le rituel ait lieu uniquement parce qu'elle savait que j'avais été bouleversée et distraite par l'accident de Grand-mère.

— Où est Neferet ? demandai-je.

Shekinah jeta un coup d'œil derrière elle, et je la vis froncer les sourcils et passer la foule en revue.

— Elle était juste là. Bizarre, je ne la trouve plus...

— Elle a probablement déjà pris place dans le cercle.

J'espérais que mon visage ne trahissait pas mon anxiété.

— Je devrais commencer..., fis-je.

— Oh, encore une chose ! À vrai dire, je pensais que Neferet s'en chargerait, fit Shekinah en regardant à nouveau autour d'elle. Peu importe, je peux le faire. Neferet m'a dit que tu n'avais encore jamais dirigé un rituel de purification aussi important, et que tu ne savais peut-être pas, étant donné ta jeunesse, que dans les cérémonies de ce genre tu dois mélanger le sang d'un vampire au vin sacrificiel que tu offriras aux éléments.

— Quoi ?

Je devais avoir mal entendu !

— Oh, c'est assez simple. Erik Night s'est porté volontaire pour t'appeler dans le cercle, remplaçant ainsi notre cher Loren Blake, et pour jouer le rôle traditionnel du consort de la prêtresse, proposant son sang en sacrifice. J'ai entendu dire qu'il était un excellent acteur, je suis sûre qu'il s'en sortira très bien. Contente-toi de suivre ses instructions.

— C'est la surprise dont je parlais ! s'écria Jack en apparaissant derrière Shekinah. Enfin, le fait qu'Erik t'appelle dans le cercle. Le sang, c'est une autre histoire...

Il était encore assez jeune pour ne pas être affecté par le sang aussi profondément que moi.

— C'est cool qu'il se soit porté volontaire, hein ? poursuivit-il.

— Oh oui, très cool, parvins-je à articuler.

— Je vais rejoindre ma place, nous interrompit Shekinah. Sois bénie.

— Soyez bénie, murmurai-je avant de me tourner vers Jack.

— Jack, sifflai-je, Erik prenant la place de Loren, ce n'est pas ce que j'appellerais une bonne surprise !

Il fronça les sourcils.

— Damien et moi pensions que cela te ferait plaisir. Vous pourrez montrer que vous arrivez à vous parler de nouveau.

— Pas devant toute l'école !

— Désolé, je n'avais pas vu les choses comme ça, lâcha-t-il. Si j'avais su que tu te mettrais en colère, je t'aurais prévenue.

Je me massai les tempes, prise d'une violente migraine. La dernière chose dont j'avais besoin, c'était d'affronter le superbe Erik et son sang délicieux en public. « Bon, respire, respire... Tu as connu des situations plus gênantes que ça. »

— Zoey ? Tu m'en veux ?

— Tout va bien, Jack. Vraiment. J'étais juste, eh bien… surprise. Ce qui est le but d'une surprise, non ?

— D'accord. Tu es sûre ? Tu es prête ?

— Oui, oui, répondis-je, me retenant de partir en courant. Tu peux lancer la musique.

— Montre-leur ce dont tu es capable, Zoey ! s'exclama-t-il en fonçant à sa place.

Je fermai les yeux et respirai à fond pour vider mon esprit, me préparer à appeler les éléments et à former le cercle. Du coup, j'oubliai complètement de demander à Jack de jeter un coup d'œil sur l'écran de surveillance.

Comme toujours, j'étais une boule de nerfs jusqu'à ce que je m'avance vers le cercle et que la musique m'enveloppe. La bande-son de *Mémoires d'une geisha* était superbe, obsédante. Je levai les bras et me mis à danser. Puis la voix d'Erik se mêla à la musique et à la nuit, et la magie commença à opérer.

Sous les étoiles brillantes,
Sous la lune luisante,
Lorsque la nuit a guéri les blessures
De la lune brûlante…

Je me laissai porter par le poème, et par la voix d'Erik. Je rejetai la tête en arrière, mes cheveux tombant dans mon dos alors que j'entrais lentement dans le cercle. Les mots, la musique, la danse et la magie créaient un tout harmonieux.

… et ainsi, je vous le dis,
Si la haine emplit votre cœur,
Lorsque les conflits du jour se meurent
Dites-lui de partir…

Le poème qu'Erik récitait convenait à merveille à ce rituel. Je compris que, lorsque Loren m'avait appelée dans le cercle, ce n'était que pour me séduire et m'impressionner. Il n'avait jamais pensé au sens que revêtait cette cérémonie pour moi, pour les autres novices, et même pour Nyx. Ses motifs avaient toujours été égoïstes. Je le voyais si clairement désormais que je me demandais comment j'avais pu me laisser avoir.

Erik était aussi différent de lui que la lune l'était du soleil. Le poème qu'il avait choisi avec Jack parlait de pardon et de guérison, et, même si j'aurais aimé qu'il me soit en partie adressé, je savais qu'il avait pensé avant tout à l'école, et aux élèves qui essayaient de se remettre de la mort de deux professeurs.

La décevante journée,
Aussi mauvaise soit-elle,
Est maintenant passée,
Et terminée.
Oubliez, pardonnez les blessures,
Et le sommeil vous trouvera c'est sûr,
Sous les étoiles brillantes,
Sous la lune luisante.

Le poème se termina au moment même où je rejoignais Erik au milieu du cercle, devant la table de Nyx. Je le regardai. Il était d'une beauté déchirante, vêtu de noir, couleur qui s'accordait avec ses cheveux sombres et soulignait le bleu de ses yeux.

— Bonsoir, prêtresse, dit-il doucement.
— Bonsoir, consort.

Il me salua selon les formes, s'inclinant très bas. Puis il se tourna vers la table. Lorsqu'il revint vers moi, il tenait le verre en argent dans une main et un couteau cérémoniel dans l'autre. Sa lame aiguisée, ornée de mots et de symboles sacrés de Nyx, luisait au clair de lune.

— Tu vas avoir besoin de ça, dit-il.

Je pris le couteau, ne sachant que faire. Par chance, la musique n'avait pas cessé, et tout le monde se balançait lentement au son de cette mélodie hypnotique. En d'autres termes, on nous regardait, mais sans impatience et, tant que nous parlions tout bas, on ne pouvait pas nous entendre. Je jetai un coup d'œil à Damien, qui me fit un clin d'œil.

— Zoey ? Ça va ? murmura Erik. Tu sais que ça ne va pas me faire mal.

— Vraiment ?

— Tu n'as jamais fait ça auparavant, n'est-ce pas ?

Je secouai la tête. Il me toucha la joue.

— J'oublie à quel point tout cela est nouveau pour toi ! C'est facile. Je vais tendre la main droite, paume vers le haut, au-dessus du verre.

Il me montra le verre, qu'il tenait maintenant dans la main gauche. Je sentis l'odeur du vin rouge.

— Tu lèves le poignard au-dessus de ta tête, tu salues chaque élément, puis tu entailles ma paume.

— Je l'entaille ? soufflai-je.

Il sourit.

— Tu la coupes, tu l'entailles, comme tu préfères. Passe simplement la lame à l'endroit charnu sous mon pouce. Elle est très acérée, elle fera le travail à ta place. Je tournerai la main et, pendant que tu me remercieras au nom de Nyx pour mon sacrifice, un peu de mon sang coulera dans le vin. Au bout d'un moment, je fermerai mon poing, et alors tu iras devant Damien pour commencer le rituel. Ce soir, tu dois offrir à chaque représentant des éléments une gorgée de vin, afin de le purifier avant de passer à la purification de l'école. Tu as compris ?

— Oui, dis-je d'une voix tremblante.

— Alors vas-y. Ne t'en fais pas, tu vas y arriver.

Je hochai la tête et levai le poignard.

— Vent ! Feu ! Eau ! Terre ! Je vous salue ! lançai-je en tournant la lame vers l'est, le sud, l'ouest et le nord.

Ma nervosité commença à s'estomper lorsque je sentis les éléments, impatients de répondre à mon appel, grandir autour de moi. J'abaissai le poignard et appuyai la lame sur la base du pouce d'Erik. Puis, d'un geste rapide, je tranchai sa paume.

L'odeur de son sang me frappa immédiatement, chaude, sombre, délicieuse. Figée, je regardai les perles rouges, tels des rubis ; puis Erik tourna la main pour qu'elles tombent dans le vin. Je plongeai mon regard dans ses yeux.

— Au nom de notre déesse, je te remercie pour ton sacrifice, ainsi que pour ton amour et ta loyauté. Tu es béni par Nyx et bien-aimé de sa prêtresse.

Alors, je me penchai et embrassai doucement le dos de sa main en sang.

Lorsque je relevai la tête, ses yeux étaient inhabituellement brillants ; son visage exprimait la tendresse et le désir d'intimité. J'ignorais cependant s'il jouait simplement le rôle de consort de Nyx ou s'il ressentait vraiment ces sentiments. Il ferma le poing et me salua de nouveau.

— Je suis et je serai toujours loyal envers Nyx et sa grande prêtresse, déclara-t-il.

Je n'avais plus le temps de me demander s'il parlait de moi. J'avais une tâche à accomplir. Je pris donc le verre de vin mêlé de sang et allai me placer devant Damien. Il leva sa bougie jaune.

— Vent, tu m'es aussi cher et familier que le souffle de la vie. Ce soir, j'ai besoin de ta force pour chasser les relents de la mort et de la peur. Je te demande de venir à moi, vent !

Ce rituel était un peu différent, et Damien en avait sans doute été prévenu, car il avait un briquet. Dès que la bougie fut allumée, nous fûmes pris dans une tornade, légère et contrôlée. Nous nous sourîmes, et je lui tendis le verre de vin pour qu'il puisse en boire une gorgée.

Je continuai, bougeant dans le sens des aiguilles d'une montre, et me plaçai devant Shaunee, qui tenait déjà sa bougie rouge.

— Feu, tu nous réchauffes et nous purifies. Ce soir, nous avons besoin de ton pouvoir pour brûler ce qui oppresse nos cœurs. Viens à moi, feu !

Comme d'habitude, la mèche de sa bougie s'enflamma toute seule, et nous fûmes entourées d'une chaleur et d'une lumière semblables à celles d'un feu de bois. Je donnai le verre à Shaunee, et elle but.

Je passai à Erin et à sa bougie bleue.

— Eau, tu enlèves toutes nos souillures. Ce soir, je te demande de nous laver des taches qui nous recouvrent. Viens à moi, eau !

Erin alluma sa bougie, et j'entendis le bruit des vagues sur une plage, sentis la fraîcheur de la rosée sur ma peau. Après avoir bu une gorgée de vin, elle murmura : « Bonne chance, Zoey ! »

Je hochai la tête et m'approchai résolument d'Aphrodite, pâle et tendue, sachant que sa bougie verte lui échapperait des mains si nous essayions d'appeler la terre.

— Où est-elle ? murmurai-je en remuant à peine les lèvres.

Elle haussa nerveusement les épaules.

Je fermai les yeux et priai. « Déesse, je compte sur vous pour que cela fonctionne. Ou du moins, si je me ridiculise, j'espère que vous me sortirez de là, une fois de plus. »

Lorsque je rouvris les yeux, ma décision était prise. Cela ne changeait rien si Lucie ne venait pas. J'allais quand même dire la vérité. Certains me croiraient sans exiger de preuves, d'autres non. J'allais tenter ma chance. Je savais que ce que je disais était vrai, et mes amis le savaient aussi.

Alors, au lieu de réciter la formule, je fis un clin d'œil à Aphrodite.

— Allez, on y va, murmurai-je avant de me tourner vers la foule. Je devrais maintenant invoquer la terre. Mais il y a un problème. Il s'est avéré que le don de l'affinité avec la terre qu'Aphrodite avait reçu de Nyx n'était que temporaire. Elle ne faisait que le garder pour celle qui représentait vraiment cet élément, Lucie.

À peine avais-je prononcé son nom que les branches du chêne s'agitèrent au-dessus de nous et Lucie se laissa gracieusement tomber à terre.

— Bon sang, Zoey, tu en as mis du temps à m'appeler ! lança-t-elle avant de se diriger vers Aphrodite et de lui prendre la bougie verte des mains. Merci d'avoir gardé ma place au chaud.

— Contente que tu aies pu venir, répondit Aphrodite en s'écartant pour lui laisser la place.

Lucie secoua ses boucles blondes et sourit à tout le monde. Les feuilles de vigne, les oiseaux et les fleurs qui formaient son tatouage écarlate resplendissaient aussi vivement que son sourire.

— OK, Zoey, maintenant tu peux invoquer la terre.

CHAPITRE TRENTE-DEUX

Une panique sans nom éclata aussitôt. Les Fils d'Erebus accoururent vers notre cercle en vociférant. Des vampires, choqués, poussaient des cris. Une fille s'évanouit...

— Oh, oh, murmura Lucie. Tu as intérêt à vite faire quelque chose, Zoey.

Je me tournai vers elle. Je n'avais plus de temps pour inventer des formules alambiquées.

— Terre, viens à moi !

L'espace d'un instant, je m'affolai, car je n'avais pas de briquet, et Lucie non plus. Aphrodite, aussi calme que d'habitude, s'approcha et alluma la bougie. Les parfums d'une prairie en plein été nous entourèrent immédiatement.

— Tiens, bois une gorgée, dis-je en tendant le verre à Lucie.

Elle en prit une grande lampée. Je fronçai les sourcils.

— Quoi ? murmura-t-elle. Erik est délicieux !

Je haussai les épaules et courus jusqu'au centre du cercle, où Erik dévisageait Lucie, bouche bée. Je levai un bras au ciel.

— Esprit, viens à moi ! m'écriai-je sans préambule.

Alors que mon âme s'échauffait, j'attrapai le briquet

cérémoniel sur la table de Nyx et enflammai la bougie violette. Puis je bus moi aussi une grande gorgée de vin.

Une sensation incroyable m'envahit alors. Lucie avait raison, Erik était délicieux, mais ce n'était pas nouveau. Grisée par le vin, le sang et l'esprit, je me remis en mouvement. Je n'aurais pas pu être plus fière de mes amis. Ils avaient tenu leur rôle à la perfection, contrôlant leur élément de façon que notre cercle reste fort et inviolable. Tout en longeant sa circonférence, je lançai très fort, pour me faire entendre par-dessus le chahut ambiant :

— Maison de la Nuit, écoute-moi !

Tout le monde se tut, tant la puissance de la déesse magnifiait ma voix. Je faillis me taire moi aussi sous l'effet de la surprise. Mais je me raclai la gorge et recommençai, cette fois d'une voix normale.

— Lucie n'est pas morte. Elle a subi une Transformation différente. Cela a été très dur pour elle, mais elle s'en est sortie, et elle est devenue une autre sorte de vampire. Nyx ne l'a jamais abandonnée. Comme vous l'avez vu, elle possède toujours son affinité avec la terre, un don que la déesse lui a fait à deux reprises.

— Je ne comprends pas. Cette jeune fille est une novice morte qui a ressuscité ? demanda Shekinah, qui s'était approchée de Lucie et la fixait, perplexe.

Lucie répondit avant moi :

— Oui, madame. Je suis morte. Mais je suis revenue, et alors je n'étais plus la même. Je m'étais perdue, ou du moins j'avais perdu la plus grande partie de moi, mais Zoey, Damien, Shaunee, Erin et, surtout, Aphrodite m'ont aidée à me retrouver. J'ai alors découvert que je m'étais transformée en une nouvelle espèce de vampire, dit-elle en désignant son magnifique tatouage rouge.

Aphrodite s'avança, traversant le fil argenté qui scintillait autour de notre cercle. Je crus qu'elle allait être éjectée, repoussée en arrière : pas du tout. Quand elle s'arrêta à côté de moi, je me rendis compte que les contours de son corps étaient de la même couleur que le fil argenté.

— Moi aussi, je me suis transformée, déclara-t-elle.

D'un geste rapide, elle effaça le croissant de lune bleu qu'elle avait dessiné sur son front. L'assistance poussa des cris étonnés.

— Nyx m'a transformée en humaine d'une nouvelle espèce, continua-t-elle. Je possède toujours le don de vision que la déesse m'a donné quand j'étais novice. Nyx ne m'a pas tourné le dos, conclut-elle en relevant fièrement la tête, comme pour défier quiconque de la contredire.

— Ainsi, nous avons un nouveau type de vampire et un nouveau type d'humain, résumai-je en regardant Lucie, qui sourit et hocha la tête. Nous avons également un nouveau de type de novices.

Dès que j'eus fini de parler, le chêne se mit à pleuvoir des novices. Ils étaient au moins une dizaine. Je reconnus Vénus, l'ancienne camarade de chambre d'Aphrodite, et je me demandai si elles avaient eu l'occasion de se parler. J'aperçus également l'insupportable Elliott, qui ne me plaisait toujours pas. Ils se tenaient tous à l'intérieur du cercle, autour de Lucie, l'air nerveux, leur croissant de lune rouge se détachant sur leur front.

Des élèves se mirent à pleurer et à crier le nom de certains novices rouges, d'anciens camarades de chambre et amis. Je comprenais leur émotion. Je savais ce que c'était de croire que votre ami était mort, puis de le voir marcher, parler, respirer de nouveau.

— Ils ne sont pas morts, dis-je fermement. Même s'ils forment un nouveau type de novices, ils appartiennent toujours à notre peuple, et il est temps que nous leur fassions une place auprès de nous et que nous découvrions pourquoi Nyx nous les a amenés.

— Mensonges ! hurla quelqu'un, si fort que tout le monde sursauta.

Il y eut des murmures dans la foule, puis les gens s'écartèrent pour laisser passer Neferet, qui s'avança telle une déesse vengeresse.

Sa beauté brute me coupa le souffle. Une robe exquise en soie noire moulait son corps parfait, dénudant ses épaules blanches et lisses. Ses épais cheveux acajou tombaient en cascade jusqu'à sa taille. Ses yeux verts flamboyaient, et sa bouche avait le rouge profond du sang frais.

— Tu nous demandes d'accepter une perversion de la nature comme une créature de la déesse ? lança-t-elle de sa voix parfaitement modulée. Ces espèces de zombis étaient morts ! Ils doivent mourir à nouveau.

La colère qui brûlait en moi brisa son magnétisme.

— Vous êtes bien placée pour parler de ces « zombis », comme vous les appelez.

Je redressai les épaules et me tournai vers elle. Je ne maîtrisais peut-être pas aussi bien ma voix qu'elle, je ne possédais peut-être pas son incroyable beauté, mais j'avais la vérité et la déesse avec moi.

— Vous avez essayé de les utiliser ! Vous avez essayé de les avilir. C'est vous qui les avez gardés prisonniers jusqu'à ce que, par notre intermédiaire, Nyx les soigne et les libère.

Elle écarquilla les yeux, feignant la surprise.

— Tu m'accuses d'être responsable de l'existence de ces monstres ?

— Hé, moi et mes amis ne sommes pas des monstres ! protesta Lucie.

— Silence ! Trop, c'est trop ! siffla Neferet en se tournant vers la foule ahurie. Ce soir, j'ai découvert une autre créature que Zoey et ses complices ont ramenée d'entre les morts.

Elle se baissa et ramassa quelque chose qui se trouvait à ses pieds, puis le jeta à l'intérieur du cercle. Je reconnus le cartable de Jack. Il s'ouvrit, déversant l'écran de surveillance et la caméra qui avait été cachée dans la morgue. Neferet parcourut la foule des yeux.

— Jack ! Oseras-tu nier que Zoey t'a forcé à dissimuler ceci dans la morgue, où reposait le cadavre de James Stark, décédé récemment, afin qu'elle puisse voir si ses sorts démoniaques agiraient sur lui ?

— Non. Oui. Ça ne s'est pas passé comme ça, couina Jack alors que Duchesse, collée contre ses jambes, gémissait.

— Laissez-le tranquille ! cria Damien depuis le cercle.

Neferet se tourna vers lui.

— Et toi, tu es toujours aveuglé par elle ? Tu préfères la suivre, elle, plutôt que Nyx ?

Avant qu'il puisse répondre, la voix d'Aphrodite se fit entendre dans mon dos.

— Hé, Neferet ! Où est votre insigne de la déesse ?

Neferet la regarda avec colère, les yeux plissés. Mais tout le monde la fixait maintenant, remarquant ce qu'Aphrodite avait pointé du doigt : il n'y avait pas d'insigne de Nyx sur la poitrine de la grande prêtresse. À la place, elle portait un pendentif que je n'avais jamais vu auparavant. Je clignai des yeux, me demandant si ma vue me jouait des tours. Non. Accrochées à une chaîne en or se trouvaient des ailes : de grosses ailes noires de corbeau, sculptées dans l'onyx.

— Qu'avez-vous autour du cou ? demandai-je.

Elle caressa automatiquement les ailes maléfiques qui pendaient entre ses seins.

— Les ailes d'Erebus, le consort de Nyx.

— C'est faux, intervint Damien. Les ailes d'Erebus sont en or. Elles ne sont pas noires. Vous me l'avez appris vous-même en cours de sociologie des vampires.

— J'en ai assez de ces bavardages absurdes ! s'emporta Neferet. Il est temps que cette petite mascarade se termine.

— C'est une excellente idée, dis-je en scrutant la foule à la recherche de Shekinah.

À cet instant, Neferet fit un pas de côté, désignant du doigt une silhouette qui se tenait dans l'ombre derrière elle.

— Toi, avance, et montre à tout le monde ce qu'ils ont créé ce soir ! ordonna-t-elle.

Le hurlement d'agonie que poussa Duchesse restera à jamais gravé dans ma mémoire, tout comme l'image de Stark. Il se mit à marcher comme un fantôme. Sa peau était d'une pâleur effrayante ; ses yeux avaient la couleur du sang séché. Le croissant de lune sur son front était rouge, comme celui des novices à l'intérieur de mon cercle, mais il était différent d'eux. La chose qu'était devenue Stark s'arrêta à côté de Neferet, le regard fou. Je crus que j'allais vomir.

— Stark !

J'avais voulu l'appeler avec force, mais seul un murmure sortit de mes lèvres.

Il tourna néanmoins la tête dans ma direction. Je vis

la couleur sang de ses yeux disparaître, et l'espace d'un instant je pus contempler le garçon que je connaissais.

— Zzzzoey..., siffla-t-il, ce qui me redonna espoir.

Je fis un pas vers lui en titubant.

— Oui, Stark, c'est moi, dis-je en m'efforçant de ne pas éclater en sanglots.

Je souris à travers les larmes qui me piquaient les paupières et je me dirigeai vers lui. Il se tenait juste en dehors du cercle. J'allais lui assurer que nous trouverions un moyen pour qu'il aille mieux, quand Aphrodite me prit soudain par le poignet et me tira en arrière.

— N'y va pas, murmura-t-elle. Neferet te tend un piège.

La voix de Shekinah s'éleva de l'autre côté du cercle :

— Ce qui a été fait à ce garçon est absolument horrible. Zoey, j'insiste pour que tu closes ce rituel. Il faut faire rentrer les novices et contacter le conseil de Nyx afin qu'il vienne juger ces événements.

Les novices rouges s'agitèrent dans mon dos, ce qui détourna mon attention de Stark. Je croisai le regard de Lucie.

— Ne t'en fais pas, dit-elle. Shekinah saura faire la différence entre la vérité et les mensonges.

— Je connais cette différence, et j'ai de mon côté quelqu'un de beaucoup plus puissant qu'un vulgaire conseil ! dit Neferet.

— Vous avez été démasquée ! criai-je. Ce n'est pas moi qui ai fait ça à Stark, ni à aucun autre novice. C'est vous, et maintenant vous allez devoir assumer vos actes.

— Et pourtant la créature te réclame ! ricana-t-elle.

— Zzzzoey..., répéta Stark.

J'essayai de voir dans ce visage hagard le garçon que j'avais connu.

— Stark, je suis vraiment désolée de ce qui t'est arrivé.

— Zoey Redbird ! s'exclama Shekinah d'une voix tranchante. Ferme le cercle immédiatement ! Ces événements doivent être examinés par ceux dont le jugement est fiable. Je vais m'occuper de ce malheureux novice.

Bizarrement, à ces mots, Neferet se mit à rire.

— J'ai un mauvais pressentiment, chuchota Aphrodite en me ramenant vers le centre du cercle.

— Moi aussi, dit Lucie.

Alors, j'entendis la voix de Neferet dans ma tête. « Ne ferme pas le cercle, et tu auras l'air coupable. Ferme-le, et tu seras vulnérable. Qu'est-ce que tu choisis ? »

Je la défiai du regard.

— Je choisis le pouvoir de mon cercle et la vérité.

Elle eut un sourire victorieux et se tourna vers Stark.

— Vise la véritable cible, celle qui fera saigner la terre. Maintenant ! ordonna-t-elle.

Je le vis hésiter, comme s'il luttait contre lui-même.

— Obéis-moi, et j'exaucerai le désir de ton cœur.

Neferet avait chuchoté ces mots pour que Stark seul puisse les entendre, mais je les lus sur ses lèvres rubis. Ils eurent un effet instantané. Les yeux rouges du garçon se mirent à luire et, avec la vitesse d'un serpent à l'attaque, il brandit un arc que je n'avais pas remarqué, encocha une flèche et tira. Fendant les airs avec un sifflement sinistre, elle frappa Lucie en pleine poitrine.

Lucie gémit et tomba à terre, se repliant sur elle-même. Je hurlai et me précipitai vers elle. J'entendis Aphrodite crier à Damien et aux Jumelles de ne pas rompre le cercle, et je la bénis silencieusement de garder la tête froide. Je tombai à genoux aux côtés de Lucie, qui respirait avec difficulté.

— Lucie ! Oh, déesse, non ! Lucie !

Elle releva lentement la tête et me regarda. Du sang coulait à flots de sa poitrine. Il pénétrait le sol autour d'elle, s'infiltrait entre les racines du chêne. Ce sang m'hypnotisait. Pas à cause de son odeur sucrée et envoûtante, mais à cause de l'effet produit. On aurait dit que la terre saignait.

Je regardai Neferet par-dessus mon épaule : elle souriait triomphalement. Stark s'était affalé à côté d'elle, et il me fixait avec des yeux horrifiés.

— Neferet, c'est vous le monstre, pas Lucie ! criai-je.

« Mon nom n'est plus Neferet. À partir de cette nuit, appelle-moi reine Tsi Sgili. » J'entendis ces mots dans mon esprit aussi distinctement que si elle les avait murmurés à mon oreille.

— Noooon ! hurlai-je.

Puis la nuit explosa.

CHAPITRE TRENTE-TROIS

Le sol, imbibé du sang de Lucie, se mit à trembler sous mes pieds, ondulant comme si ce n'était plus de la terre, mais de l'eau. Par-dessus des cris de panique, j'entendis la voix d'Aphrodite, toujours aussi calme.

— Rapprochez-vous de nous, mais ne brisez pas le cercle.

— Zoey, haleta Lucie en me regardant, les yeux pleins de douleur. Écoute Aphrodite. Ne brise pas le cercle. Quoi qu'il arrive !

— Mais tu...

— Non ! Je ne suis pas en train de mourir. Je te le promets. Il a juste pris mon sang, pas ma vie. Ne romps pas le cercle !

Je hochai la tête et me levai.

— Placez-vous de chaque côté de Lucie, ordonnai-je à Erik et à Vénus, qui se tenaient juste à côté de moi. Relevez-la. Aidez-la à tenir sa bougie, et ne la laissez s'éteindre en aucun cas.

Vénus paraissait secouée, mais elle s'approcha de Lucie. Erik, livide, me dévisageait.

— Fais ton choix maintenant, dis-je. Soit tu es avec nous, soit tu es avec Neferet et les autres.

— J'ai fait mon choix quand je me suis porté volontaire pour être ton consort ce soir, répondit-il sans hésitation. Je suis avec toi.

Puis il se précipita pour aider Vénus à relever Lucie.

Trébuchant sur le sol, qui ondulait toujours, j'allai chercher ma bougie sur la table de Nyx avant qu'elle ne tombe et ne s'éteigne. Je me tournai vers Damien et les Jumelles. Ils suivaient les instructions d'Aphrodite et, au milieu des cris et du chaos qui régnait à l'extérieur de notre cercle, ils marchèrent lentement, réduisant sa circonférence, jusqu'à ce que nous soyons tous, Damien, les Jumelles, Aphrodite, Erik, les novices rouges et moi, regroupés autour de Lucie.

— Maintenant, il faut qu'on s'éloigne de l'arbre, dit Aphrodite, mais sans rompre le cercle. Nous devons nous diriger vers la trappe dans le mur.

Je la regardai, et elle hocha la tête, solennelle :

— Je sais ce qui va se passer ensuite, et ça ne va pas être beau.

— Alors partons d'ici !

Nous nous mîmes en mouvement à petits pas, prenant mille précautions à cause de Lucie, des bougies et du cercle qu'il fallait maintenir à tout prix. Je m'attendais à ce que des novices ou des vampires nous bloquent le passage, ou du moins à ce que Shekinah nous ordonne de ne pas bouger. Or c'était comme si nous évoluions dans une bulle de sérénité à l'intérieur d'un monde de sang et de panique. Nous longeâmes le mur, progressant très lentement. Je venais de remarquer que le sol sous nos pieds était plus plat et sec lorsque le terrible rire de Neferet parvint jusqu'à moi.

Au même moment, le chêne se fendit en deux dans un craquement assourdissant. Je marchais à reculons, soutenant Lucie, si bien que je voyais clairement l'arbre. Au milieu du tronc apparut une créature enveloppée d'immenses ailes noires. Elle se posa au sol, redressa son corps puissant et déploya ses ailes couleur de nuit.

— Oh, déesse ! soufflai-je. Kalona !

C'était le plus bel homme que j'avais jamais vu. Sa peau lisse, sans aucune imperfection, semblait dorée par les rayons du soleil. Ses cheveux, aussi noirs que ses ailes, lui tombaient sur les épaules. On aurait dit un guerrier surgi du fond des âges. Et son visage... Comment pourrais-je décrire ce visage magnifique ? On aurait dit une sculpture qui se serait animée. En comparaison, le plus beau des humains ou des vampires passait pour une imitation ratée de sa gloire. Il avait des yeux ambrés, dans lesquels j'avais envie de me perdre.

Je m'étais arrêtée, et j'aurais brisé le cercle pour courir me jeter à ses pieds s'il n'avait pas levé ses bras superbes et crié d'une voix profonde :

— Relevez-vous, mes enfants !

Aussitôt, les Corbeaux Moqueurs jaillirent du sol et remplirent le ciel. La vue de leurs corps difformes brisa le charme que Kalona m'avait jeté. Ils encerclèrent leur père en poussant des cris, et Kalona se mit à rire en levant les bras au ciel pour que leurs ailes puissent les caresser.

— Nous devons décamper ! lança Aphrodite.

— Oui, maintenant ! Dépêchons-nous ! dis-je, ayant recouvré mes esprits.

Le sol ne tremblait plus, et nous accélérâmes le pas. Je marchais toujours à reculons, et je vis, horrifiée, Neferet s'approcher de l'ange libéré. Elle s'arrêta devant lui et fit une révérence gracieuse.

Il inclina la tête d'un air royal, ses yeux luisant déjà de luxure.

— Ma reine, dit-il.

— Mon consort, répondit-elle en se tournant vers la foule, qui avait cessé de s'agiter et fixait Kalona, fascinée.

— Voici Erebus, enfin revenu sur terre ! proclama-t-elle. Inclinez-vous devant le consort de Nyx, notre nouveau seigneur sur terre.

Une grande partie de la foule, en particulier les novices, tomba à genoux. Je cherchai Stark, mais je ne le vis pas. Shekinah fit un pas en avant, se frayant un passage au milieu des novices avec une expression méfiante, les sourcils froncés. Plusieurs Fils d'Erebus se joignirent à elle, vigilants, mais je n'aurais su dire s'ils se méfiaient de Kalona, comme Shekinah, ou s'ils voulaient le protéger d'elle. Avant qu'elle ait pu fendre la foule et affronter l'ange déchu, Neferet leva la main et fit un petit mouvement du poignet.

Shekinah écarquilla les yeux, mit la main sur son cou et s'effondra en poussant un cri. Les Fils d'Erebus accoururent auprès d'elle.

À ce moment-là, je sortis mon téléphone et tapai le numéro de sœur Marie Angela.

— Zoey ? répondit-elle à la première sonnerie.

— Partez ! Partez tout de suite !

— Je comprends, dit-elle, extrêmement calme.

— Emmenez Grand-mère ! Vous devez emmener Grand-mère avec vous !

— Bien sûr. Prends soin de toi et de tes amis. Je m'occuperai d'elle.

— Je vous appellerai dès que possible, promis-je avant de raccrocher.

Lorsque je relevai les yeux, je vis que Neferet nous regardait.

— On y est ! annonça Aphrodite. Ouvrez cette foutue porte, maintenant !

— C'est déjà fait, dit une voix familière.

Je jetai un coup d'œil derrière moi. Darius se tenait à côté du passage. Avec un immense soulagement, j'aperçus à côté de lui Jack, pleurant à chaudes larmes mais en un seul morceau, Duchesse à ses pieds.

— Si tu es avec nous, tu devras être contre eux, dis-je à Darius en désignant du menton la Maison de la Nuit et les Fils d'Erebus, qui ne faisaient pas un geste contre Kalona.

— J'ai fait mon choix, répondit le combattant.

— Peut-on partir, s'il vous plaît ? supplia Jack. Elle nous regarde !

— Zoey ! Il faut que tu gagnes du temps, intervint Aphrodite. Utilise les éléments, tous les éléments. Protège-nous !

Je hochai la tête et fermai les yeux pour me concentrer. Comme à travers le brouillard, j'entendais Aphrodite donner des ordres aux novices rouges, leur disant de rester groupés à l'intérieur du cercle. Mais je n'étais plus vraiment là. Mon être entier demandait au vent, au feu, à l'eau, à la terre et à l'esprit de nous dissimuler à la vue de Neferet. Quand ils m'obéirent, je me sentis vidée de toutes mes forces. Je n'en fus pas surprise : pour la première fois, j'avais sollicité en même temps les cinq éléments pour qu'ils accomplissent une tâche immense.

Je serrai les dents et tins bon. Les éléments s'agitaient autour de nous. Je sentais le sel de l'océan alors qu'une brise puissante faisait tournoyer une brume épaisse. Puis le tonnerre éclata dans le ciel soudain nuageux, et avec un bruit fracassant la foudre frappa un arbre à quelques mètres de nous. Lorsque j'ouvris les yeux, tandis qu'un des novices rouges m'entraînait dans le passage, je constatai que notre petit groupe était entièrement abrité par les éléments en furie. Au milieu de ce chaos, je perçus le miaulement de Nala. Elle menait une bande de chats, dont l'horrible Maléfique, tout ébouriffée, et Belzébuth, le terrible mâle des Jumelles.

J'aperçus Neferet, qui jetait des regards incrédules à la ronde, étonnée que nous ayons réussi à lui échapper. Puis le passage se referma.

— OK, reformez le cercle, resserrez-le. Les Jumelles ! Vous êtes trop proches l'une de l'autre, tout est déséquilibré. Les chats, arrêtez de cracher sur Duchesse. Ce n'est pas le moment !

Aphrodite donnait des ordres comme un sergent-chef.

— Les souterrains…, fit Lucie d'un filet de voix.

Elle ne tenait pas debout. Erik la prit dans ses bras et la serra comme un bébé, faisant attention à ne pas toucher la flèche qui l'avait transpercée. Elle était terriblement pâle, ce qui faisait ressortir son tatouage rouge.

— Nous devons aller dans les souterrains, marmonna-t-elle. Nous y serons en sécurité.

— Lucie a raison, acquiesça Aphrodite. Il ne nous suivra pas là-bas, et Neferet non plus. Plus maintenant.

— Quels souterrains ? voulut savoir Darius.

— Ceux qui s'étendent sous la ville. Ce sont d'anciennes caches datant de l'époque de la prohibition, expliquai-je. L'entrée se trouve dans l'ancienne gare.

— La gare ? C'est à cinq kilomètres d'ici, en plein centre-ville, dit-il. Comment allons-nous… ?

Il fut interrompu par des cris terribles venant des parages. Des boules de feu scintillantes apparurent, s'épanouissant dans le ciel telles des fleurs mortelles.

— Que se passe-t-il ? lâcha Jack en se rapprochant de Damien.

— Ce sont les Corbeaux Moqueurs, répondit Aphrodite. Ils ont réintégré leurs corps, et ils ont faim. Ils s'attaquent aux humains.

— Ils peuvent se servir du feu ? s'étonna Shaunee.

— Oui.

— Tiens, on va voir qui est le plus fort ! s'écria Shaunee en levant un bras.

Je sentis la brise qui nous entourait se réchauffer.

— Non ! cria Aphrodite. Il ne faut pas attirer leur attention sur nous. Si tu le fais, nous sommes fichus.

— Tout ça était dans ta vision ? lui demandai-je.

— Oui, et plus encore. Ceux qui ne se cacheront pas sous terre seront leurs proies.

— Alors on va dans les souterrains de Lucie, décidai-je.

— Mais comment ? gémit une des novices rouges que je ne connaissais pas.

Je rassemblai mes forces. Je ne voulais pas qu'ils sachent à quel point ces efforts me vidaient de mon énergie. Ils devaient croire que j'étais forte, sûre de moi, que je contrôlais la situation. J'inspirai profondément.

— Du calme ! Je sais comment me déplacer sans qu'on me voie. Je l'ai déjà fait. *Nous* l'avons déjà fait, me repris-je en adressant un pâle sourire à Lucie et à Aphrodite. Pas vrai ?

Lucie réussit à acquiescer.

— Oui, c'est vrai, dit Aphrodite.

— Alors, c'est quoi, le plan ? s'enquit Damien.

— Voilà : nous allons devenir brouillard et ombre, nuit et obscurité, répondis-je. Nous n'existerons pas.

Personne ne nous verra. Nous serons la nuit, et la nuit sera nous.

Alors que je donnais ces explications, je sentis le frémissement familier dans mon corps et je vis les novices rouges sursauter. Je compris qu'ils ne distinguaient plus à ma place qu'une masse brumeuse. Étrangement, il m'était plus facile de me fondre dans la nuit alors que j'étais épuisée... comme si je pouvais simplement disparaître et dormir enfin...

— Zoey ! s'écria Erik, ce qui me sortit de ma transe.

— Pas de panique ! Je vais bien. Maintenant, faites comme moi. Concentrez-vous. Vous pouvez y arriver. Vous êtes brouillard et ombre. Personne ne vous voit. Personne ne vous entend. Il n'y a plus que la nuit, et vous en faites partie.

Mon petit groupe se mit à chatoyer, puis à disparaître. Ce n'était pas parfait, car Duchesse était toujours un bon gros labrador blond. Les chats, eux, s'étaient fondus dans l'obscurité.

— Maintenant, allons-y. Restez groupés. Tenez-vous la main. Ne vous laissez pas déconcentrer. Darius, montre-nous le chemin.

Nous partîmes donc dans une ville aux allures de cauchemar éveillé. Je devais me demander plus tard comment nous avions réussi. C'était sans aucun doute grâce à Nyx, qui veillait sur nous. Nous nous déplacions dans son ombre. Dissimulés par son pouvoir, nous disparaissions dans la nuit, une nuit qui avait sombré dans la folie.

Les Corbeaux Moqueurs étaient partout. À minuit à peine passé, le soir du réveillon du nouvel an, les créatures avaient le choix parmi les humains éméchés qui dansaient dans les rues et ceux qui étaient sortis des clubs, des restaurants et des superbes manoirs parce qu'ils avaient entendu le crépitement des boules de feu et pensaient qu'il s'agissait de feux d'artifice. Combien d'entre eux avaient levé les yeux au ciel et eu pour dernière vision d'affreux yeux rouges luisant dans des visages monstrueux ?

Alors que nous étions à la moitié du trajet, j'entendis des sirènes de police et de pompiers, ainsi que des coups de feu, et je souris avec amertume. Nous étions en Oklahoma ; ici, les gens aimaient les armes à feu. Les armes modernes avaient-elles une quelconque efficacité sur des créatures nées du mythe et de la magie ? Je me dis que nous le saurions bien assez tôt...

À un pâté de maisons de la gare abandonnée de Tulsa, une bruine froide et triste se mit à tomber, nous glaçant les os, mais nous aidant à échapper mieux encore aux regards, qu'ils soient humains ou pas.

Nous nous précipitâmes au sous-sol de la gare, où nous étions entrés sans peine en poussant une grille en métal déverrouillée. Une fois plongés dans l'obscurité, nous poussâmes un soupir de soulagement.

— Maintenant, nous pouvons rompre le cercle, déclara Aphrodite.

— Merci, esprit, tu peux partir, commençai-je, avant de me tourner vers Lucie, toujours dans les bras d'Erik. Je te suis reconnaissante, terre, tu peux partir.

Puis je m'adressai à Erin.

— Eau, tu as été efficace ce soir. Tu peux t'en aller. Feu, dis-je à Shaunee, merci. Pars, je t'en prie.

Puis je rompis le cercle avec l'élément qui l'avait ouvert.

— Vent, tu as ma gratitude, comme toujours. Tu peux partir.

Alors, avec un petit crépitement, le fil argenté qui nous avait unis et protégés disparut.

Je grinçai des dents, luttant contre l'épuisement qui menaçait de me submerger, et je crois que je serais tombée si Erik ne m'avait pas attrapée par l'épaule.

— Descendons ! lança Aphrodite. Nous ne sommes pas complètement en sécurité ici.

Nous courûmes au fond du sous-sol, vers la plaque d'égout. Elle dissimulait une échelle qui menait à l'énorme réseau de souterrains. Me retrouver ici était une expérience surréaliste. La dernière fois que j'étais venue, en plein milieu d'une tempête de neige, c'était pour arracher Heath et Lucie aux griffes d'une bande de novices… que je m'efforçais désormais de sauver.

Heath !

— Zoey, on t'attend ! dit Erik en me voyant hésiter.

Il avait déposé Lucie dans les bras de Darius, et nous étions les seuls à ne pas encore être descendus.

— Je dois passer deux coups de fil d'abord. Il n'y a pas de réseau en bas.

— Alors dépêche-toi ! Je vais les prévenir que tu arrives.

— Merci, dis-je en lui faisant un sourire las. Je fais vite.

Il hocha sèchement la tête et dévala l'échelle.

À ma grande surprise, Heath répondit à la première sonnerie.

— Qu'est-ce que tu veux, Zoey ?

— Écoute-moi bien, Heath, je dois faire vite. Une créature sanguinaire a été relâchée à la Maison de la Nuit. Ça va être horrible, vraiment horrible. Je ne sais pas combien de temps ça va durer, car je ne sais pas comment l'arrêter. Mais tu ne peux être en sécurité que sous terre. Cette créature n'aime pas les sous-sols. Tu comprends ?

— Oui.

— Tu me crois ?

— Oui, répondit-il sans la moindre hésitation.

Je poussai un soupir de soulagement.

— Va te cacher avec ta famille et tous ceux qui comptent pour toi. Il n'y a pas une cave chez ton grand-père ?

— Si, on peut aller là-bas.

— Bien, je te rappellerai dès que possible.

— Zoey, est-ce que tu es en sécurité ?

— Oui, dis-je, le cœur serré.

— Où ?

— Dans les vieux souterrains de la gare.

— Mais c'est dangereux !

— Non, non, ce n'est plus comme avant. Ne t'en fais pas. Ne prends pas de risques, d'accord ?

— D'accord.

Je raccrochai avant de dire quelque chose que nous aurions tous les deux regretté. Puis je composai le second numéro. Ma mère ne répondit pas. Je tombai sur le répondeur à la cinquième sonnerie : « Vous êtes bien à la résidence Genniss. Nous aimons et craignons le Seigneur et nous vous souhaitons une journée bénie. Laissez-nous un message. Amen ! »

Je levai les yeux au ciel.

— Maman, tu vas penser que Satan a été relâché sur terre, et pour une fois tu ne seras pas loin de la vérité. Il se passe quelque chose de grave, et le seul moyen de fuir le danger est de te cacher sous terre, dans un sous-sol ou une grotte. Va dans le sous-sol de l'église et restes-y, OK ? Je t'aime, maman. J'ai fait en sorte que Grand-mère soit en sécurité elle aussi, elle est avec la...

Le répondeur me coupa. Je soupirai, espérant qu'elle m'écouterait. Puis je suivis les autres dans les souterrains.

Mon groupe m'attendait en bas de l'échelle. Des lumières clignotaient dans le couloir qui s'étendait devant nous, long et intimidant.

— J'ai envoyé les novices rouges s'occuper de l'éclairage et du reste, m'annonça Aphrodite. Le « reste » étant des couvertures et des vêtements secs.

— Bien. Très bien.

Je me forçai à réfléchir, malgré mon épuisement. À la lueur des vieilles lampes à huile, je pus distinguer l'expression de mes compagnons. Je lus la même chose sur tous les visages, même sur celui d'Aphrodite. Ils avaient peur.

« S'il vous plaît, Nyx, priai-je, donnez-moi de la force et aidez-moi à trouver les mots justes, car de mes paroles dépend la vie que nous allons mener ici. Je vous en prie, ne me laissez pas tout gâcher. »

Aussitôt, je ressentis de la chaleur, de l'amour et de l'assurance, et j'eus un regain d'énergie.

— La situation est grave, commençai-je. On ne peut le nier. Nous sommes jeunes. Nous sommes seuls. Nous sommes blessés. Neferet et Kalona sont puissants et, apparemment, les autres vampires et novices sont de leur côté. Mais nous possédons quelque chose qu'eux n'auront jamais. Nous avons l'amour, la vérité, et nous sommes là les uns pour les autres. Nous avons Nyx. Elle a marqué chacun de nous, et d'une manière extraordinaire elle nous a choisis. Il n'a jamais existé de groupe comme le nôtre. Nous sommes uniques.

Je fis une pause, les regardant à tour de rôle pour leur transmettre ma confiance. Darius en profita pour prendre la parole :

— Prêtresse, ce qui se passe en ce moment est aussi unique en son genre ! Je n'ai jamais entendu parler d'une chose pareille. Cette créature indomptée bouillonne de rage ! Lorsqu'elle a jailli de l'ombre, j'ai eu le sentiment très fort que le mal était revenu sur terre.

— Tu l'as reconnu, Darius, ce qui n'est pas le cas des autres Fils d'Erebus. J'ai observé leur réaction. Ils n'ont pas saisi leurs armes, ils ne nous ont pas rejoints, comme toi.

— Peut-être qu'un combattant plus courageux serait resté, dit-il.

— N'importe quoi ! s'écria Aphrodite. Un combattant plus *stupide* serait resté ! Tu es là avec nous, et maintenant tu as une chance de t'opposer au mal. Tes collègues ont été fauchés par ces saletés d'oiseaux, ou sont tombés sous le charme de Kalona, comme la plupart des novices et des vampires.

— Oui, intervint Jack. Nous sommes là parce que nous sommes différents.

— Tellement différents que la définition de ce mot dans le dictionnaire devrait être accompagnée d'une photo de nous, enchérit Lucie.

— Bien. Alors qu'est-ce qu'on fait, maintenant ? demanda Erik.

Ils me regardèrent tous

— Eh bien, on trouve un plan.

— Un plan ? répéta Erik. C'est tout ?

— Non, on conçoit un plan, et ensuite on le met à exécution pour récupérer l'école. Ensemble.

Je tendis les mains.

— Vous êtes avec moi ?

Aphrodite leva les yeux au ciel, mais elle fut la première à poser sa main sur les miennes.

— Oui, dit-elle.

— Moi aussi, s'écrièrent tous les autres en l'imitant.

— Très bien ! Alors montrons-leur de quoi nous sommes capables ! m'exclamai-je.

Et, tandis qu'ils se mettaient tous à crier, je sentis un picotement familier dans mes paumes et je sus que, lorsque je retirerais mes mains, de nouveaux tatouages y auraient apparu, comme si j'étais une prêtresse exotique marquée au henné par sa déesse. Et soudain, au milieu de cette folie, de ce chaos, je fus envahie par un sentiment de paix, et j'eus la certitude de marcher sur le chemin que la déesse avait tracé pour moi.

Ce chemin n'était pas facile ; il était semé d'embûches. Mais c'était le mien et, comme moi, il était unique.

Ouvrage composé par
PCA - 44400 Rezé

Cet ouvrage a été imprimé
en France par

BRODARD & TAUPIN

La Flèche (Sarthe), le 20-02-2014
N° d'impression : 3004014

Dépôt légal : mars 2014

Pocket Jeunesse, une marque d'Univers Poche,
est un éditeur qui s'engage pour
la préservation de son environnement
et qui utilise du papier fabriqué à partir
de bois provenant de forêts gérées
de manière responsable.

12, avenue d'Italie – 75627 PARIS Cedex 13